TRPGしたいだけなのにっ！

異端審問ハソレヲ許サズ

純血のダークエルフ

〈上〉

おかゆまさき

イラスト◆ななしな

※ＴＲＰＧとは

テーブルトークＲＰＧ（テーブルトーク・アールピージー）、あるいはテーブルトーク・ロールプレイングゲームは、ゲーム機などのコンピュータを使わずに、紙や鉛筆《えんぴつ》、サイコロなどの道具を用いて、人間同士の会話とルールブックに記載《きさい》されたルールに従《したが》って遊ぶ〝対話型〟のロールプレイングゲーム（ＲＰＧ）を指す言葉である。

Wikipedia より

テーブルトークロールプレイングゲーム（テーブルトークＲＰＧ、ＴＲＰＧ）とは、サイコロなど専用《せんよう》の道具を用いた対話型の卓上遊戯《たくじょうゆうぎ》である。

ＲＰＧとは、それぞれの役割《やくわり》（Role）を演《えん》じる（Playng）遊び（Game）である。それをテーブル（table）を囲いながら談話形式で遊ぶのでＴＲＰＧ（テーブルトークＲＰＧ）と呼《よ》ばれる。

つまり、ＲＰＧとは各々《おのおの》が与《あた》えられた役割を演じるゲームである。

ニコニコ大百科より

ダブルデイは大興奮《だいこうふん》している自分が変態《へんたい》であると自覚した。

この身は、やはりヴァンパイアだったのだと強く強く意識《いしき》しながら走り抜《ぬ》ける。地下鉄坑道《こうどう》は深く濃《こ》い闇《やみ》と沈黙《ちんもく》の中ですべてを受け入れつづけていた。

「ぎィ……ッ、ふ、ふ……ぐゥッ」

夜の一族にとって、下顎《したあご》を粉砕《ふんさい》され、牙《きば》をも折り捨《す》てられるということは恥《は》ずべきことだった。それは一般的《いっぱんてき》な成人男性が股間《こかん》を強打され、引っこ抜かれる以上に屈辱的《くつじょくてき》な意味を持つ。

顔面の下、三分の一。破壊《はかい》された鼻面《はなづら》より下は、もはやただの肉片《にくへん》。ぶらぶら揺《ゆ》れるそれが再生《さい》《せい》する兆《きざ》しはない。

だがその痛《いた》みにすら、ダブルデイは色めく興奮を覚えている。

「はっ、く、グムァア……！」

舌《した》も歯もなくなっている。喉《のど》を出入りする呼気《こき》に裂《さ》かれた肉片が絡《から》まり奇妙《きみょう》な音を立てた。粘《ねば》つく赤黒い血が飛びちり滴《したた》って、走りつづけるダブルデイの高価《こうか》なスカーフとシャツ、スーツを汚《よご》しつづける。

ヴァンパイアが人間の社会に混《ま》じり、やがて高貴《こうき》なる己《おのれ》の正体に関して無自覚、無感覚になることを、夜の一族は『棺忘れ《ひつぎわす》』と呼《よ》び、堕落《だらく》の一つに数えた。

人間とヴァンパイアは相容《あいい》れることない反種族。姿形《すがたかたち》が似《に》ているからこそ相手のやり方が気に入らない。

精気《せいき》を吸《す》い取る陰《かげ》の一族と、世界を謳歌《おうか》する陽の一族。

「ごほ、がはッ！　ハァァアッ……」

それを忘れ、夜の一族たる自分は、陽の当たる世界でいつしか名声を求めた。ヴァンパイアを狩《か》る者達に気づかれたのは必然だった。

闇の中、地中奥深《おくふか》く。地下共同墓地《カタコンベ》にも似た深夜の地下鉄坑道をひた走るダブルデイのサラサラヘアはぬめぬめとした汗《あせ》に張《は》りつく。

髪《かみ》のわかれ目から前方に僅《わず》かに突《つ》き出た一本の黒い骨《ほね》のごときもの。反り身、短い剣状《つるぎじょう》の角。吸血鬼《ヴァンパイア》たる由縁《ゆえん》にまで、髪は絡《から》まった。

それでも彼は身長一六七センチに体重一五〇キロの鞠《まり》のような体型とはとても思えない速度で、塗《ぬ》り潰《つぶ》された闇の中を六本木《ろっぽんぎ》から新宿《しんじゅく》方面に疾駆《しっく》する。削《けず》り残された、白く柔《やわ》らかいお餅《もち》のような頬肉《ほほにく》が風速に耐《た》えかねたぷたぷ揺れる。

ヴァンパイアだからできる飛ぶような速度でダブルデイは逃《に》げていた。

「捻《ひね》り潰す」

唐突《とうとつ》に、ダブルデイの耳元でそれが聞こえた。

「我は帰死者《またがえりもの》を磨《す》り潰《つぶ》し、討滅《とうめつ》する浄火《じょうか》の破槌《はつい》である」

「ぬああっ⁉　ッあぎぎぎぃい……っ‼」

間近でささやかれた吐息《といき》にも近い宣告《せんこく》にダブルデイの足はもつれ、いびつな地面に球体に近い体が転がる。線路に頭頂部《とうちょうぶ》の角がこすれ赤い火花がちった。

「ぐ、ぶがぐっ！」

だが上等なスーツを血と埃《ほこり》まみれにしたダブルデイは勢《いきお》いそのまま、体をコマのように旋回《せんかい》させ立ち上がる。癒《い》えない口蓋《こうがい》の奥《おく》を変質《へんしつ》させ、まがい物の声帯、舌《した》、即興《そっきょう》の歯を並《なら》べ、

「餌風情《えさふぜい》が！」

歪《ゆが》んだ声を吐《は》き捨《す》てた。

「甘《あま》えないでいただきたいですね……。夜族風情が」

声が返った。ダブルデイは塗《ぬ》られたような闇《やみ》の中に立つ人影《ひとかげ》に目を凝《こ》らす。

「後悔《こうかい》するぞ。ハンターごときが、俺の前に立つか……！」

「ハンター……？　今、そう言ましたか？」

自分を追って来た者の姿《すがた》が今、ダブルデイにはっきり見えた。長身がきわ立つ細身の身体《からだ》を、濃《こ》い灰色《はいいろ》の騎士《きし》然とした軍服《ぐんぷく》でぴたりとつつんでいる。肩《かた》に担《かつ》ぐようにして片手《かたて》で握《にぎ》りしめているのは、刀身をさらした蒼《あお》く太い日本刀。

「そんなものと一緒《いっしょ》にされるのは、やはり僕のやり方が悪いんでしょうね。これは反省です」

ひどく丁寧《ていねい》な声の主は人間ばなれした鋭《するど》い眼光《がんこう》を持っていた。瞳《ひとみ》に頑《かたく》なすぎる光が宿っている。そこから放たれる視線《しせん》は高価《こうか》なスーツを着た肉玉のようなヴァンパイアから一ミリもずれることなく、静かで冷たかった。

「『聖団』異端審問庁《いたんしんもんちょう》・秘蹟《ひせき》示現局《げんきょく》、第零課《だいぜろか》、帰死者《ヴァンパイア》戦略《せんりゃく》班所属《はんしょぞく》。——通称《つうしょう》、『鶏鳴騎士団《クルースニク》』。異端討滅のため現代を生きる十字騎士《じゅうじきし》。そう認識《にんしき》するといい」

青年の持つ太刀《たち》の蒼い切っ先が、ダブルデイの喉《のど》へと向けられ、

「瀆聖《とくせい》の骸《むくろ》は、僕がすべて葬処《そうきょ》へ送ってさしあげます」

「……ッ……！」

うめき声がダブルデイの喉に開いた口もどきからこぼれる。恐怖《きょうふ》のためではない。両足を痺《しび》れさせるように縛《しば》っていたものは、強い快楽《かいらく》だった。頭頂の角にまで血がめぐり脈《みゃく》打っている。

現代《げんだい》の十字騎士を名乗る青年は、カリスマ配置と呼《よ》ばれる彫《ほ》りの深い鼻梁《びりょう》の持ち主だった。薄《うす》く締《し》まった唇《くちびる》。形の良い耳。どの角度からも絵になる鍛《きた》えあげられたそのボディを見ただけで、全身がうずき、戦慄《わなな》く。青年の頭部を丁寧《ていねい》に飾《かざ》る七三分《しちさんわ》けの髪型《かみがた》には、美学さえ感じた。

「ぐぅふ……ッ」

この状況《じょうきょう》に大興奮《だいこうふん》を覚える自分は、やはりヴァンパイアでありつづけているのだ。多幸感につつまれる。目の前に立つ青年の精気《せいき》をすするところを想像《そうぞう》するだけで、著《いちじる》しい快楽に神経《しんけい》が

浸《ひた》される。ダブルデイは手を伸《の》ばせばとどく悦楽《えつらく》に、今までにない強い意味すら感じた。

「逃《に》げるのは、やめだ」

声をうわずらせる。恥《は》ずべき『棺忘《ひつぎわす》れ』であったことを悔《く》いるのはあとだ。

「存分《ぞんぶん》に啜《すす》りあげてやろう」

目の前の、なにかを勘違《かんちが》いしているとしか思えないヴァンパイアハンターを髄《ずい》まで食らい、より凶暴《きょうぼう》に生きる。口蓋《こうがい》を元通りに修復《しゅうふく》しないまま、ダブルデイは喉奥《のどおく》にあらたな牙、凶暴な獣《けもの》のごとき肉色の唇《くちびる》を生み出し、異貌《いぼう》のヴァンパイアへと変化した。本来の自分だったならありえない忌《い》むべき姿。礼式すら侵《おか》す背徳感《はいとくかん》がダブルデイの気持ちをさらに高めた。

「ヴァンパイアの新精神とやらには正直、反吐《へど》が出る思いです」

「餌風情《えさふぜい》に理解《りかい》してもらおうとは思わん」

最終電車が通りすぎてから、すでに数時間。始発を気にするべき刻限《こくげん》になりつつある地下鉄杭内《こうない》、トンネルの中の冷えた闇《やみ》をダブルデイの大呼《だいこ》が引き裂《さ》いた。

「目覚めろ、兵卒《へいそつ》ども……！」

ダブルデイの両手の指から熟《じゅく》した植物の嚢《のう》がはじけて種子をちらすように、暗闇へとなにかがばらまかれた。

「あの餓鬼《がき》だ。ここへ持って来い」

それらが青年騎士《せいねんきし》の視界《しかい》の中、赤と黒の精緻《せいち》なチェスの駒《こま》であると認識《にんしき》できた瞬間《しゅんかん》、

「……ッ！」

赤《ルージュ》と黒《ノワール》の軍勢《ぐんぜい》が、いくつもの旋風《せんぷう》を巻《ま》き起こしながら地下鉄坑内に生まれていた。展開《てんかい》されたポーン、ナイト、ビショップ、ルークらの駒の一体一体が、身の丈《たけ》二メートルはあろうかという鋼鉄《こうてつ》の兵士となって地に降《お》り立つ。

「脳《のう》と脊髄《せきずい》だけすくい取らせ賞味してやる！」

兵士達は瞬《また》く間に陣形《じんけい》を組み、異端討滅騎士《いたんとうめつきし》へと殺到《さっとう》した。地下鉄を走る列車の通過音《つうかおん》にも引けをとらない金属的《きんぞくてき》な戦陣騒音《そうおん》が地下鉄坑道に吹《ふ》き荒《あ》れる。

後陣、キングの位置。

赤と黒のクイーンに両脇《りょうわき》を固めさせたダブルデイは確信的《かくしんてき》な勝利を手のひらに感じていた。あの青年にふいを打たれ、牙を砕《くだ》かれ動揺《どうよう》してしまった自分などもう覚えてはいなかった。ダブルデイは戦い方を――否《いな》、殺戮《さつりく》の方法を思い出していた。

もはや騎士を名乗る青年の姿《すがた》は、全方位から連携《れんけい》するポーンの槍盾《そうじゅん》を筆頭に、大剣を振《ふ》りかぶるナイト、破城槌《はじょうつい》を猛進《もうしん》させるルークの陰《かげ》に隠れて見えなくなっている。

「ぶふっ！　ぐははっ」

砕《くだ》ける音、潰《つぶ》れる振動《しんどう》、爆心地《ばくしんち》とも言うべきチェスの軍勢の結集点で粉みじんに破壊《はかい》されてゆく気配が伝わった。

「はははははは……!!」

多勢《たぜい》に無勢、パワーが違う。あらがう術《すべ》などありはしなかった。

「……はん？」

高笑が途絶《とだ》える。

ダブルデイの異形《いぎょう》の口が真っ二つに裂《さ》け、蒼炎《そうえん》をあげ、ちぎれ飛んでいた。

「お、おごおぼぼぼ……ォォッ!!」

二度目の顎破壊《がくはかい》。

「笑い声が不快《ふかい》だったので、つい」

戦闘騒音《せんとうそうおん》が凪《な》いだ一瞬《いっしゅん》に響《ひび》いた青年の声。平然と苦笑すら混《ま》ざった声がダブルデイの耳までとどいた。

次瞬、赤《ルージュ》と黒《ノワール》の兵達は木《こ》っ端微塵《ぱみじん》。蒼《あお》い剣閃《けんせん》によって切り崩《くず》され、破片《はへん》は中心へ爆縮《ばくしゅく》した。

思わず耳をふさぎたくなる、鋼板《こうはん》を無理矢理折りたたむような不快な破壊音が生まれつづけている。片手に太い日本刀を提《さ》げた青年の手の上に円軌道《えんきどう》を描《えが》いて凝縮《ぎょうしゅく》されていく赤と黒のチェス兵の破片達。

「僕とチェスで遊びたいんですか？　不毛ですね」

七三《しちさん》の青年は無傷《むきず》で、元から立っていた地点でダブルデイと対峙《たいじ》していた。

「終わったと思うかァッ！」

ダブルデイは口元を押《お》さえ、第二陣《じん》ともいうべきチェス駒《こま》を盛大《せいだい》にばらまく。

「『唯一性《ゆいいつせい》』というものをご存《ぞん》じですか？」

青年騎士《せいねんきし》は臆《おく》することなく前に出た。

「すべての秘蹟《ひせき》、その始原の太祖《たいそ》ともいうべき久遠《くおん》の一者《いっしゃ》が、僕ら鶏鳴騎士団《クルースニク》にあたえたもう力は偉大《いだい》です」

チェス兵達が組む必殺の陣形から、意味と価値《かち》が喪失《そうしつ》していた。

ダブルデイは見ていた。騎士が片手《かたて》で空間を撫《な》でた瞬間、陣形から兵達が一人ずつ、青年に斬《き》られるために吸《す》い出されている光景を。

「聖遺物《せいいぶつ》のゼロレプリカを封《ふう》じたこの刀から、僕が導《みちび》くことができる秘蹟が『唯一性』です」

七三分けの刀使いは、炎なびかせる蒼い剣閃で鋼《はがね》の兵士達を微塵に切り捨てながら、何かを告げている。

「僕はそれを『原子』と直照しました。そのイデアは『それ以上は分割《ぶんかつ》できない最小単位』よって無傷。彼はそう言っているのだろうか。青年はルークの破城槌《はじょうつい》、ナイトの剣撃《けんげき》、ビショップのメイスやポーンの槍《やり》を時たま、試すように手のひらで受け止め、分析的《ぶんせきてき》にうなずいてみたりしている。

「秘蹟示現局《ひせきじげんきょく》にも『唯一性使い』は少なくありませんが、それを『原子』として扱《あつか》い、『原子間引力』をもって『重引力制御《せいぎょ》』として行使できるのは、まあ、僕ぐらいのものでしょう」

「無茶苦茶だァ……ッ！」

放ったチェス兵はすべて青年の腕《うで》と刀によってずたずたにされていた。場にはもう、キングたるダブルデイを守るクイーン二体しか残っていない。

「よく聞こえません。もうちょっと近くで言ってもらえませんか？」

青年と対峙《たいじ》するダブルデイは力を放出しすぎたせいか痩《や》せ細り、皮膚《ひふ》はしわしわだった。

「うお……っ⁉」

ぐんッ！　と引きずられるようにダブルデイのボディが無防備《むぼうび》なまま、青年の剣域《けんいき》に突出《とっしゅつ》。

濡《ぬ》れたような斬撃音《ざんげきおん》が地下鉄坑道《こうどう》に響《ひび》き渡《わた》った。

「……さすがクイーン、チェスでは最強の兵種というわけですか」

青年は初めての衝撃《しょうげき》にはじかれ、後退《こうたい》していた。

「あくまでもキングを庇《かば》い、戦況《せんきょう》を覆《くつがえ》そうとするつもりですか？　いいでしょう」

二体のクイーンが舞《ま》っていた。赤《ルージュ》がダブルデイと位置を交換《こうかん》するように肉のヴァンパイアを護《まも》り、黒《ノワール》のクイーンの剣は、騎士《きし》の頬《ほお》に傷《きず》をつけていた。

ダブルデイには青年の、なにが「いいでしょう」なのかわからなかった。クイーンが青年騎士の刀によって残骸《ざんがい》に変えられていく光景だけが繰《く》り広げられる坑内。彼は、すでに死を意識《いしき》していた。

「その血を一滴《いってき》、するといい」

「……は？」

腰《こし》を抜《ぬ》かして地面に尻《しり》をついていたダブルデイの目の前に、ずたずたに動かなくなった黒のクイーンの剣先があった。そこに、わずかに赤い血が雫《しずく》となって付着している。青年の頬《ほお》をかすった時のものだった。

「この僕に傷をつけた、その褒美《ほうび》だと思えばいい」

――これを、この血を舐《な》めろと言っているのか？

「それとも、そのままもう一度死にますか？　僕はどうでもいいんですよ」

「ぐっ！」

渇死寸前《かっしすんぜん》のヴァンパイアとしての欲望《よくぼう》、そしてなにより恐怖《きょうふ》がそうさせた。ミイラのようにかさかさになっていたダブルデイは剣の血を、震《ふる》えながらすすった。

「ふ……ぶぅおォオ……ッ!?」

芳醇《ほうじゅん》でコクのある血味が舌《した》に触《ふ》れた瞬間《しゅんかん》、突《つ》き刺《さ》さるような刺激《しげき》が、全身を駆《か》けた。目の裏《うら》が虹色《にじいろ》に染《そ》まる。

「うお……おあぁあ……っ！」

みるみる顎《あご》の負傷《ふしょう》が癒《い》え、本来の牙《きば》が戻《もど》った。身体《からだ》の芯《しん》から気力が充実《じゅうじつ》している。とてつもない陶酔《とうすい》と悦楽感《えつらくかん》。覚醒剤的《かくせいざいてき》ともいえる活力がボディに満ちていた。久《ひさ》しく生で味わうことのなかった暗い快感《かいかん》に、ダブルデイは全身の肉をぷるぷる震《ふる》わせる。

「ふんーっ！　んふぅーっ⁉」

すばらしい法悦の時だった。そして、それだけではなかった。

「ふぅおおっ！　ごぉぉおおお……⁉」

全身が、熱く厚《あつ》く、張《は》りつめていた。


「ッ……‼」

異常事態《いじようじたい》を知った。

「僕の味は、どうでしたか？」

「キ、キサマはぁぁああ……ッ！」

スーツをミチミチと引き裂《さ》き、元の自分の姿《すがた》はもとより、チェス兵のナイトやルークよりも、さらに二回りは巨大《きよだい》な悪鬼《あっき》の姿に、ダブルデイは変身していた。

「ぁぁああああッ！　ヴァンパイアハーフ……ウッ‼⁉」

ダブルデイがひたる感情、暗黒の快楽とあふれ出すパワーは彼の残虐性《ざんぎやくせい》をさらに深みから汲《く》みあげ、それは無限《むげん》とも思える意思の力まで彼に与《あた》えつづける。

「僕の血は、あなた達のような帰死者《またがえりもの》に対しては相当な効力《こうりよく》を持つらしいですね」

「キサマはもう死んでいい！」

ダブルデイは青年のはるか頭上から、轟音《ごうおん》とともに大鉄球のごとき拳《こぶし》を振《ふ》り下ろした。

「我が名は、刀儀野祇園《ときのぎおん》――」

青年の持つ蒼い太刀《あおたち》が、全長三百三十センチ、体重四百十キロと化したヴァンパイアを、爪先《つまさき》から脳天《のうてん》へ向け、縦一文字《たていちもんじ》に両断《りょうだん》した。

「『鶏鳴騎士団《クルースニク》』第十三小隊隊長、刀儀野祇園。憶《おぼ》えておいてください。あなたの灰《はい》を、葬処《そうきょ》に叩《たた》き込んだ者の名ですから」

ヴァンパイアの切断面《せつだんめん》が暗い空色の火炎《かえん》を吹《ふ》きあげ、二つにわかれた肉の塊《かたまり》が爆散《ばくさん》する。地下鉄坑道内《こうどうない》に高い破裂燃焼音《はれつねんしょうおん》がコウコウと響《ひび》くなか、祇園は刀を捧《ささ》げ持ち、

「その魂《たましい》の行き先に、茜《あかね》と山査子《さんざし》の棘《とげ》があらんことを」

帰死者に二度目の死を与え、火葬ならぬ爆葬を終えた青年騎士。虚空《こくう》に祈りを捧《ささ》げる祇園の眼《め》には、許《ゆる》しの片鱗《へんりん》すらない。

「祇園くーんっ！」

騎士が納刀《のうとう》を終え、来た道を戻《もど》ろうと振《ふ》り向いた先から、少女とおぼしき声が近づいて来る。

「遅いですよ、柩《くるる》」

スカートタイプの軍服《ぐんぷく》に身をつつんだ少女、嬉奈森柩《うれしなもりくるる》であった。

彼女は、ここがヴァンパイアのひそんでいた暗黒の地下鉄坑道ではなく、彼氏と二人っきり

で訪《おとず》れたプラネタリウムと勘違《かんちが》いしているような表情で、

「ひどいよ祇園《ぎおん》くん！　罠《わな》のチェス兵全部、ボクに押《お》しつけたー！」

口では文句《もんく》言いながらも、真っ白い純粋《じゅんすい》さで育てたお花を、少女は瞳《ひとみ》の中に輝《かがや》かせている。

いつもの合図で始まる遊びを待ち望む子犬のような仕草《しぐさ》の枢《くるる》に、

「まさか、あれに手こずったんですか？」

「べつにそーいうわけじゃないよ！　ちょっとだけ寂《さび》しかったのっ！」

ただ一点、少女の両腕《りょううで》をつつむ巨大《きょだい》なガントレットだけが、暗い地下鉄坑道《こうどう》に釣《つ》りあうだけの剣呑《けんのん》さを放っている。まったく戦闘《せんとう》には向かないロングヘアを揺《ゆ》らす少女の大きな手甲《てっこう》は、まるで工事用の穿孔重機《せんこうじゅうき》の先端《せんたん》のように、傷《きず》だらけに摩耗《まもう》していた。

「祇園隊長……！」

「諌奈《いさな》、枢になんとか言ってやってください」

そしてもう一人、遅《おく》れて坑道内に姿《すがた》を現《あらわ》したのは枢と双子《ふたご》のようにそっくりな少女。けれども髪の毛の先まで元気を行き渡《わた》らせている手甲少女と比《くら》べると、彼女はかなり落ち着いた雰囲気《ふんいき》の才女然としたショートカットの眼鏡娘《めがねむすめ》だった。

伏兵《ふくへい》として放たれたチェス兵は二人で始末するので、隊長は本体であるダブルデイを追うようにと、うながしたのは彼女、後方情報支援担当《しえんたんとう》の嬉奈《うれしな》森《もり》諌奈だ。

小脇《こわき》に魔導書《まどうしょ》らしき薄《うす》い本を抱《かか》えた彼女は、細い銀鎖《ぎんさ》を垂《た》らすメガネのつるに指先を当て、

「隊長、戦闘で傷を？」

祇園の頬《ほお》に薄《うす》く引かれた赤みを、諫奈はめざとく見つけていた。

「あーっ、祇園くん、それって……」

側面打撃《だげき》戦闘支援要員の枢も、それに気がついてニヤニヤし始める。だが、あと数秒もすれば跡形《あとかた》もなくなる傷を気にせず、長身の騎士《きし》は坑道を歩み始めた。枢と諫奈の姉妹は地下鉄坑道内の暗闇《くらやみ》を見回しながらそれにつづく。

「ヴァンパイアとはなんであるか、二人は答えられますか」

七三分けの青年は問いかけた。二人の前を行く祇園は表情を変えていない。

「……エロカッコイイ？」

嬉奈森枢が、小走りになって、祇園をのぞきこむように答えた。

「ふむ」

ヴァンパイアとはなにか。

ダブルデイをヴァンパイアの筆頭とするわけにはいかないが、青年は彼にさえ一種の美学を見ていた。——それがひどく安物に見えたとしても、それはある種のこだわりに違《ちが》いない。

帰死者《またがえりもの》達は、自分達を高貴《こうき》で理性的な一族と称《しょう》している。

そして彼らは、自分達の本性が持つ、どうしようもなく淫《みだ》らな獣欲《じゅうよく》を抑《おさ》えつけることを美《び》徳《とく》とし、本能《ほんのう》のままふる舞《ま》うことを、はしたないこととして忌避《きひ》した。

だが青年から言わせれば、ヴァンパイアが自《みずか》ら〝新精神〟とよぶそれらの思考は、その欲望《よくぼう》を倒錯的《とうさくてき》に剝《む》き出し、なによりの快楽《かいらく》としてむさぼる行為《こうい》までをセットとしているとしか思えない。

「人の世に仇《あだ》を為《な》す屍怪《しかい》かと」

背筋《せすじ》を真っ直ぐに伸《の》ばしたままの諫奈《いさな》の答えは、それだった。

ヴァンパイアは、それぞれ固有の特殊能力《とくしゆのうりよく》、『血罪示現《ヴァンピリズム》』を行使してくる。

『血罪示現』には、彼ら帰死者《またがえりもの》の残虐性《ざんぎやくせい》、さらには戦慄《せんりつ》を求める快楽欲《かいらくよく》と獣性《じゆうせい》が反映《はんえい》されるため、その能力内容《ないよう》を人間界の『遊技《ゲーム》』に関連させることが少なくない。

一説には、ヴァンパイアは生来的に『そうせずにはいられないから』という身も蓋《ふた》もない理由が、そこに加わるという。

現《げん》に、人間の間にはこのような『吸血鬼信仰《きゆうけつきしんこう》』がある。

魔《ま》の者を遠ざけるには、地面にマメを撒《ま》いておいたり、蛇《じゃ》の目《め》をかざしておけばよい。

なぜならヴァンパイアは細かなマメや格子《こうし》の数を数えることに一生懸命《いつしようけんめい》になってしまい、鶏《にわとり》が鳴く時間、つまりそのまま夜明けを迎《むか》え、朝日を浴びて灰《はい》になってしまうからだ、と。

細かなコトから目がはなせず、それを極めなければ気が済《す》まない。身が滅《ほろ》びるほどに。

それらの性質《せいしつ》が悪しき遊技性《ゆうぎせい》にまで高められるのだ。

夜の一族は不死性ゆえにありあまる時間を使い、世にあふれるゲームに精通《せいつう》し、己《おの》が特殊能力『血罪示現』にまで練《ね》りあげてくる。ゲームの相手に選ばれるのはいつでも人間であり、それゆえ、帰死者は人に仇《あだ》を為《な》す存在《そんざい》と言えた。

「隊長？」

沈黙《ちんもく》をつづけていた青年が、流れるような歩みを止めた。

「いいですか二人とも。やつらを定義《ていぎ》するときに、そんな高尚《こうしょう》なセリフは必要ありません」

とんっと跳躍《ちょうやく》し、刀儀野《とぎの》小隊の隊長たる青年は、明かりの消えているホームへと降《お》り立つ。

「帰死者はただのゴミ。僕達が帰死者に対し祈《いの》るのは、やつらに汚《けが》された人々の無念を除《のぞ》くために他なりません」

腰《こし》に提《さ》げた長刀の鞘《さや》を握《にぎ》り、鍔《つば》に親指をかけたまま、同じくホームに上がった二人の少女へと振《ふ》り向く。

「忘《わす》れないで下さい。我《われ》ら鶏鳴騎士団第十三小隊《クルースニク》は、あまねく穢《けが》れを葬処《そうきょ》へ送り返すためだけにあるということを」

鶏鳴騎士団の騎士《きし》である青年の意思と身体《からだ》に、抑《おさ》えきれぬ峻烈《しゅんれつ》な力波《りきは》がたゆたっていた。

並《なみ》のヴァンパイアならば、その場で腰《こし》が萎《な》え、へたり込んで泡《あわ》を吹《ふ》くであろう、憎悪《ぞうお》に近い怒《いか》り。

「はぁぁ……祇園《ぎおん》くん、やっぱりカッコイイ……！」

「その姿勢《しせい》を散歩中の子犬にも、コンビニでお釣《つ》りを貰《もら》う時にも変えないのは、社会的にはどうかとは思いますが……」

諫名《いさな》は小脇《こわき》に抱《かか》えていた魔導書《まどうしょ》を持ちかえ、メガネのブリッジにふれる。

「ただ、隊長のことばはどれも、私が最初にしました、なぜあのダブルデイから傷《きず》を負《お》ったかという質問《しつもん》の答えにはなっていません。隊長が手こずる相手のはずがなく」

「簡単《かんたん》な話で答えたくなかったんですが、いいでしょう。チェスの『血罪示現《ヴァンピリズム》』は、メジャーなようでいて、僕にとって初めてでしたから」

「つまり油断《ゆだん》したと……？」

「いいえ、本気を出す機会もそうそうありませんし、ついつい色々試してしまいました」

「……ついて、いけません……」

地上に出るホームの階段《かいだん》を登る隊長のことばに、諫名は大きな溜息《ためいき》をもらす。

「今回も潜入《せんにゅう》捜査《そうさ》のはずでした。ダブルデイが属《ぞく》していた、帰死者《またがえりもの》最大にして最悪の『褥訓《レリジョン》』である『非存在《メー・エオン》』を探《さぐ》る目的の作戦を、隊長は……」

早朝と深夜のあわいだった。地下鉄渋谷《しぶや》駅、地上出口にはゆるい風が吹《ふ》いている。

地上に出た。

高い建物に囲まれてはいたが、人気《ひとけ》はなかった。

「この件《けん》の処理《しょり》が終わりましたら、私は隊を辞《や》めます」

「やれやれ諫奈《いさな》、またそれですか」

「私、今度は本気です」

「……お姉ちゃん？」

立ち止まりうろたえた枢《くるる》に遅《おく》れて、青年も立ち止まる。振《ふ》り返りはしなかった。

「もう私は疲《つか》れました。隊長、あなたの独断《どくだん》に」

夜気《やき》に少しだけ、早朝の気配が生まれていた。眼鏡《めがね》の軍制服少女《ぐんせいふくしょうじょ》はつづける。

「作戦は初日で無に帰《き》したのです」

「いつものことじゃないですか。諫奈も『聖団《ティアソス》』や異端審問庁《グレゴリウス・ナイン》が、僕に任務《にんむ》を回すとどういうことになるか知っていてやっているのは承知《しょうち》しているでしょう？」

「ですが——」

「付いて来られないのなら、隊を去るのもいいでしょう。好きにしてください」

「ぎ、祇園《ぎおん》くん!?」

「隊長……」

青年は振り返るようにして諫奈に身体《からだ》を向けた。小隊の後方支援《こうほうしえん》を担《にな》う少女は魔導書《まどうしょ》を握《にぎ》りしめる。

「どうしました？　諫奈。あなたが言い出したことですよ。……ただ、これだけは言わせてください」

あきらかに除隊《じょたい》を願い出た諫奈の方が動揺《どうよう》していた。青年はそれに構《かま》わなかった。

「帰死者共《またがえりもの》を泳がせておけば、それだけ何も知らない無辜《むこ》の人々に被害《ひがい》が広がりつづけます。そんな馬鹿《ばか》なこと、僕にはできません。できるわけがない」

青年騎士《せいねんきし》の怒《いか》りは明らかに内側へ、自分の半身に流れるヴァンパイアの血に向けられるかのように放たれている。

「僕はヴァンパイアのすべてを葬《ほうむ》ります。すべての異端悪《いたんあく》をぶちのめし、灰《はい》に還《かえ》す。ヴァンパイアハーフでもある僕の力はそのためだけにある」

びくりと、諫奈はおろか枢も、隊長である青年の戦気に無意識下《むいしきか》で身体が反応《はんのう》していた。

「それを理解《りかい》せず邪魔《じゃま》をしようとするなら、あなたはもう、僕の部下じゃない」

まるで高位の帰死者と相対しているような粘性《ねんせい》と濃度《のうど》の高い鬼気《きき》が空間に満ちている。

「失礼、します」

「お、お姉ちゃんっ!!　待って！」

「枢」

「はうっ」

きびすを返し立ち去る姉を追い、駆《か》けだそうとする軍制服の少女を呼《よ》び止める。

「放っておきましょう、枢。諫奈が決めたことですよ。それよりも次の任務《にんむ》は、確《たし》か……」

「学院潜入《がくいんせんにゅう》！」

枢《くるる》も青年も、ともに年齢《ねんれい》は十七。本来ならば高等学校に通っている年齢だった。国の教育《きょういく》課程《かてい》からずれた日常《にちじょう》に身をおく枢は次の任務《にんむ》を大変楽しみにしていたのだが、

「あ、お姉ちゃん……」

姉も密《ひそ》かにそれを心待ちにしていたことを思い出し、テンションをややもやさせている。

「確《たし》か『聖《せい》ロヨラ学院』とか、言いましたね。……やれやれ」

そんな枢や、姿《すがた》を消してしまった諫奈《いさな》、嬉奈森《うれしなもり》姉妹の動向を気にする様子もなく、祇園《ぎおん》は黎明《れいめい》を迎《むか》える都会の薄明《うすあ》かりを鋭角《えいかく》に見あげた。

「ミッションスクールに帰死者《またがえりもの》が通っているとは、笑えない冗談《じょうだん》です」

その瞳《ひとみ》は次なるヴァンパイア討滅《とうめつ》を頑《かたく》なに見つめていた。

「はぁ……、転校初日で解決《かいけつ》となると転出がまた面倒《めんどう》ですねぇ」

キャラクター名
リュドミナ・エステルハージ

種族
人間

性別
♀

年齢
16

生まれ
山賊

冒険者レベル **2**

HP 20
MP 18

技能	
ファイター	レベル2
レンジャー	レベル1
スカウト	レベル1

	能力値 ボーナス				
器用度	19(+3)	生命力	14(+2)	先制力	4
敏捷度	18(+3)	知力	12(+2)	回避力	5
筋力	18(+3)	精神力	18(+3)	魔物知識	2

装備	
ハードレザー（身体）	ハンドアックス（左手）
ハンドアックス（右手）	ノーマルボウ

シールドユニバース RPG　キャラクターシートから抜粋

聖《せい》ロヨラ学院。

明治維新《めいじいしん》直後に設立《せつりつ》されたミッション系の学舎《がくしゃ》であり、関東の海沿《うみぞ》いに位置する。幼稚舎《ようちしゃ》と高等学院を擁《よう》し、日曜日に人々がつどう礼拝堂《れいはいどう》が敷地《しきち》の中心にあった。刀儀野祇園《とぎのぎおん》が属《ぞく》する『聖団』とも浅からぬ縁《えん》があり、転入手続きは難《むずか》しくはなかった。

「この学校が気に入ったようすですね、枢《くるる》」

「うんっ！」

在籍者《ざいせきしゃ》の数は多く、他県から入学する生徒も珍《めずら》しくない。校舎は丘の上にあり、整備《せいび》された緑地と教室から見える海と空が印象的だった。


ダブルデイを屠《ほふ》った二週間後。

刀儀野祇園と嬉奈森《うれしなもり》枢は学院指定の制服《せいふく》に身をつつみ、生徒会室を目指している。

ボーダレス娘《むすめ》の枢は、転校初日で友達百人作る勢《いきお》いだった。すれ違《ちが》う生徒達と、さかんに手をふりあっている。

「けれども、残念ながら今日でこの学校ともおさらば。惜《お》しいですね、枢」

「祇園くんのけちんぼ！」

言いながらも枢は、またとある女子生徒に手をふり、軽い会話を交わしている。

スタイリーな七三分《しちさんわ》けの青年はそれを涼《すず》やかに見ていた。自分に関係あることだとは思えなかった。本日転校して来たこの青年を迎《むか》えた生徒達もまた、刀儀野祇園を扱《あつか》いかねているようだった。

今朝《けさ》のこと。

教師《きょうし》に連れられて男女二人の転校生が、とある二年生の教室に現《あらわ》れた。

そのうちの一人、嬉奈森枢を見た生徒達はどよめいた。無遠慮《ぶえんりょ》に携帯端末《けいたいたんまつ》で彼女の映像《えいぞう》を保存《ほぞん》し始めた男子生徒を教師は注意した。教室にいる誰《だれ》もが枢と友達か、それ以上になりたそうだった。

やれやれ、と祇園は胸《むね》の中で溜息《ためいき》をついた。枢はそんなことはお構《かま》いなしに、きらきらと教室中に純白《じゅんぱく》に輝《かがや》く花びらをふりまいていた。

刀儀野祇園に対する同級生達の反応《はんのう》も同じくどよめきであったが、あきらかに枢とは違う種類の動揺《どうよう》だった。枢がハーフのように見える純《じゅん》日本人だとすると、祇園は瞭然《りょうぜん》たるハーフなのだ。

そのことに誰も触《ふ》れてこない。そして祇園も自分がことさら『ヴァンパイアハーフ』であると自己紹介《じこしょうかい》する気はなかった。

長身で細身。あきらかに鍛《きた》えあげられているとおぼしきボディ。相貌《そうぼう》には異国人的《いこくじんてき》な彫《ほ》りの深さがある。眼光《がんこう》は日本で育った若者《わかもの》ではありえない頑《かた》なさで、なにより髪型《かみがた》が七三分《しちさんわ》けだった。

それについても、誰《だれ》からもことばが出ない。元より彼には近寄《ちかよ》りがたい剣呑《けんのん》さがあった。瞳《ひとみ》の中と周囲の空間に白いお花を満開にさせている枢《くるる》の隣《となり》では、ニコリともしない祇園《ぎおん》がより浮《う》いて見える。

校舎《こうしゃ》の中では沈黙《ちんもく》の雲が祇園をつつむことになった。青年もそれを意に介《かい》す様子がない。ミッション系特有《けい》の「聖書」の授業《じゅぎょう》にて、祇園が教師《きょうし》と交わした、聖《せい》ペテロと啓示《けいじ》についてのやり取りが、さらに祇園へ対する周囲の反応《はんのう》に拍車《はくしゃ》をかけた。

それで構《かま》わなかった。すぐに消える身の上なのだ。

掃除《そうじ》の行きとどいた明るい廊下《ろうか》を歩み、祇園は生徒会室の扉《とびら》に手をかける。

「準備《じゅんび》はいいですか？　枢」

放課後の喧噪《けんそう》は遠くにあった。

青年が腰《こし》に提《さ》げた黒鞘《くろさや》の刀には意識《いしき》ばらいの儀式《ぎしき》がほどこしてある。枢がスポーツバッグから取り出した鋼《はがね》の手甲《てっこう》にも同じ秘蹟《ひせき》が封《ふう》じられていた。

「でも、またお姉ちゃんに怒《おこ》られない？　調査《ちょうさ》は？」

聖《せい》ロヨラ学院に紛《まぎ》れ込《こ》んだヴァンパイアは生徒会長になりおおせ、生徒達を意のままにしているとの情報《じょうほう》が伝えられていた。そして確《たし》かに、この扉の奥《おく》に忌《い》むべき夜の一族がいることを祇園は強く感じ取っている。

「僕は帰死者《またがえりもの》を葬処《そうきょ》に叩《たた》き込むことを『聖団』から命じられたと思っています」

「ボクは祇園くんについてく」

七三分け青年は枢にうなずき返し、生徒会室の扉に手をかける。スライドする扉は音を立てない。二人は気配を絶《た》ち、素早《すばや》く室内へと移動《いどう》した。

見える範囲《はんい》に人影《ひとかげ》はなかった。

長年の使用に耐《た》えつづけているとおぼしき生徒会室は、整理《せいり》整頓《せいとん》と混沌《こんとん》の中間といった様相を見せている。壁《かべ》ぎわはスチール棚《だな》で囲まれ、数台ある事務机《じむづくえ》の上には書類や冊子《さっし》が積まれていた。

「(祇園くん……！)」

「(わかっています)」

枢が示《しめ》したのは、教室を半分に仕切る衝立《ついた》ての向こうだった。

そこに三つの気配がある。侵入《しんにゅう》したこちらに気づいている様子はない。スチール棚のガラス面の反射《はんしゃ》で祇園は確認《かくにん》する。教師らしき人物が一人、女子生徒らしき人物が二人。

その生徒の片方《かたほう》が、どうやらヴァンパイアのようだった。

「(やれやれ、これはひどく楽な仕事になりそうです)」

祇園《ぎおん》の中に虚《むな》しくも、それでいて得難《えがた》い充実感《じゅうじつかん》が満ちる。いつか予告してみた通り、あの帰死者《またがえりもの》を討滅《とうめつ》すれば任務《にんむ》はそれで完了《かんりょう》。学院生活も初日で終了となる。

「ふ……っ」

わかりきっていたことだが思わず苦笑の一つも漏《も》れるというものだった。

気配を消したまま祇園と枢《くるる》は衝立《ついた》てに近づき、さらに向こう側の気配を探《さぐ》る。教師《きょうし》と生徒達は、さかんになにかを打ちあわせていた。机《つくえ》の上には筆箱やプリント、いくつかの文具と書籍《しょせき》がちらばっている。議論《ぎろん》の内容《ないよう》はよくわからないが白熱しているらしく、こちらに注意など向ける気配はまったくなかった。

「(……っ)」

ふと、二人は息をひそめた。議論しあっている衝立て向こうの三人が、机から床《ゆか》になにかを落としたらしい。

硬《かた》い音が響《ひび》いた。

一瞬《いっしゅん》、侵入《しんにゅう》したことを悟《さと》られたのかと思ったが、教師を含《ふく》め、生徒達は何事もなかったように真剣《しんけん》に、時に笑い声なども立てつつ話しあいをつづけている。落下物には気づいていないらしい。そこに不自然な様子はなかった。祇園は引き締《し》めた気を少しだけ解《と》いた。

やはり緩《ぬる》い任務だった。

「(……ん？)」

衝立て下の隙間《すきま》を抜《ぬ》け、机から落下したらしきものが祇園の足下まで転がって来ていた。

「(これはいったい……)」

殺気も戦波《せんぱ》も感じられないそれを青年騎士《せいねんきし》は拾いあげる。小さなプラスチックの立方体だった。面の一つ一つに、異《こと》なった小さなくぼみがある。

「(サイコロ？)」

——瞬間《しゅんかん》、祇園と枢《くるる》の肉体は、無意識《むいしき》と脊髄《せきずい》の反射《はんしゃ》により最適《さいてき》な挙動で駆動《くどう》していた。

「「ッ……!?」」

身を伏《ふ》せ、なにかを避《さ》けようとしたらしき体勢《たいせい》にある二人の意識が、今自分達の周囲に起こった出来事について答えを求めていた。そして、自分が激《はげ》しい混乱《こんらん》の中にあると悟《さと》った直後、

「『血罪示現《ヴァンピリズム》!?』」

蒼《あお》い太刀《たち》を黒鞘《くろさや》から抜《ぬ》き放っていた青年は冷静のかけらを取り戻《もど》した。足下のサイコロを拾いあげたのとほぼ同時。極彩色《ごくさいしき》の暴風《ぼうふう》の霧《きり》につつまれたかのように周囲の景色、すべてが音もなく変貌《へんぼう》していたのだ。

周囲が、原生林《げんせいりん》にも似《に》た樹木《じゅもく》に囲まれた空間に変化した。

目の前の空間をめくりあげて、あたかも異世界《いせかい》へと侵入《しんにゅう》してしまったかのように。

「祇園《ぎおん》くん!? これって……」

「血罪示現《ヴァンピリズム》の一種です。慌《あわ》てず、警戒《けいかい》してください」

異次元に捕《と》らわれたわけではない。これは幻術《げんじゅつ》に近いものであるはずだった。

「それにしても……」

雑然《ざつぜん》としていた生徒会室、天井《てんじょう》も床《ゆか》も、学校の風景、気配が跡形《あとかた》もなく消えていた。そこにあったのは全天、気温や湿度《しつど》、空気の組成まで別種になったとしか思えない世界。今さっきまでいた場所とは全く異《こと》なる、樹木が生《お》い茂《しげ》る雑木林《ぞうきばやし》の細い間道だった。

青い、木もれ日。

木々を渡《わた》る透明《とうめい》なそよ風。

葉擦《はず》れの音とともに歌うような不思議な鳥声。

くさいのか香《かぐわ》しいのかもわからない大地と樹木の匂《にお》いに、懐《なつ》かしい記憶《きおく》さえよみがえる。

五感で感じるすべてが見知った日本のものではなかった。

「やれやれ……」

祇園は両手で構《かま》えつづけてしまっていた刀を静かに鞘《さや》へおさめる。

「ここまでの幻覚……いえ、テレポートにしろ幻術にしろ……、これほど見事な空間支配《くうかんしはい》ともなれば、相手は推定《すいてい》魔王級《まおうきゅう》のヴァンパイア。『聖団』はよく今まで放置――」

その時ふいに青年の瞳《ひとみ》が、すっと細くなる。

「ぎ……祇園くん……?」

枢《くるる》も気がついた。間道の奥《おく》から荒々《あらあら》しい気配が複数《ふくすう》、近づいて来ている。

「身を」

言って祇園は頭上の樹木の太い枝《えだ》に音もなく飛びうつった。枢も黙《だま》って静かにそれにつづく。

樹上から、迫《せま》る者の正体が見えた。

「(オオカミと、誰《だれ》……!?)」

枢がささやく。猛獣《もうじゅう》の速度で出現《しゅつげん》したのは巨大《きょだい》な狼《おおかみ》にまたがる、粗末《そまつ》な革鎧《かわよろい》を着た大柄《おおがら》な人間――

「(あれはゴブリンです)」

「(ゴブリン!?　ほんとだ！　あれ、人間じゃないよっ!?　ど、どうするの?)」

「(異端《いたん》には違《ちが》いありません。屠《ほふ》りましょう)」

「(待って！　いいの?　祇園くん！　こんなのボク、聞いてないっ！)」

「(ここが現実の異界であれ幻術であれ……、ここまで精緻《せいち》であればヴァンパイアの精神攻撃《せいしんこうげき》とみなして構《かま》わないレベルです。排除一択《はいじょいったく》で)」

「(で、でもっ)」

「（それに、あいにくですがあの手の異端《いたん》、僕は初めてじゃありません。それがヴァンパイアの支配下《しはいか》にあるものなら、なおさら）」

祇園《ぎおん》と枢《くるる》がひそむ樹木《じゅもく》の下で、異端と呼《よ》ばれた怪物《かいぶつ》は間道から枝《えだ》わかれする獣道《けものみち》を探《さぐ》るように周囲をうかがっている。ゴブリン。濁《にご》った緑色の肌《はだ》をしたお伽噺《とぎばなし》の住人。動物園にいる象のようにしわしわでたるんだその皮膚《ひふ》の奥《おく》で、獰猛《どうもう》な筋肉《きんにく》がぴくぴくと動いているのがわかった。

制服姿《せいふくすがた》のままの青年が太刀《たち》の柄《つか》に手をかけ、太い枝の上から無音のまま滑空《かっくう》した。

空中。抜刀《ばっとう》の瞬間《しゅんかん》、周囲の雑音《ざつおん》が消えるような錯覚《さっかく》を枢はいだく。祇園の居合《いあ》い斬《ぎ》りは、それほど見事にゴブリンと、騎乗《きじょう》されていた巨大《きょだい》な狼《おおかみ》を縦一閃《たていっせん》に断《た》ち割《わ》っている。

「なッ⁉」

祇園の腕《うで》が衝撃《しょうげき》に痺《しび》れ、刀がはじけ飛んでいた。

当然の出来事として目の前にあるべき両断《りょうだん》が、失敗していた。

ゴブリンも狼も、無傷《むきず》。

それどころか祇園の蒼《あお》い太刀はにぶい音を立ててゴブリンの頭部にはじき飛ばされ、大地に転がっている。狼をまたぐ異端の人型がそれに気づき、膝《ひざ》をついて着地した青年を見下ろしていた。

「祇園くんっ！」

枢が幻《まぼろし》を見るほどに青年の不意打ちは完璧《かんぺき》だった。

少女は混乱《こんらん》したまま枝を蹴《け》る勢《いきお》いで下方に向かって、飛んだ。発射《はっしゃ》された落下の勢いそのまま枢の両腕、鉄塊《てっかい》のごときガントレットが祇園に視線《しせん》を向けるゴブリンの後頭部に炸裂《さくれつ》。

結果は同じだった。

同等の鉄塊を殴《なぐ》りつけたような音を立ててガントレットもはじき返され、少女は吹《ふ》き飛ぶ。攻撃《こうげき》を受けた異端のモンスターには戸惑《とまど》うという感情がないのか、突然《とつぜん》の襲撃《しゅうげき》に怒《いか》り狂《くる》い、目を赤くして吠《ほ》え叫《さけ》んでいる。

「ゴブリンごとき……ッ！」

祇園はその隙《すき》に太刀を拾いあげ、下段《げだん》に構《かま》えていた。すべるようなモーションだった。刀の軌道《きどう》、青年騎士《せいねんきし》の動きにゴブリンが反応《はんのう》できていないのは確実《かくじつ》だった。

――殺《と》れる！

確信は、だが先ほどと同じ現実《げんじつ》をなぞった。再《ふたた》び音高く、はじかれる。

「なぜです⁉」

刃《は》こぼれはなかった。ただ刃だけが異端の生物に到達《とうたつ》できず、無効《むこう》ともいえる結果を生み出す。狼に乗ったゴブリンがなにごとかわめき、ついに棍棒《こんぼう》を振《ふ》りあげた。

「ドォアラッ！」

叫び、狼をけしかけ襲《おそ》いかかって来たゴブリンの動きは祇園にとって緩慢《かんまん》とも言えるものだ

った。今度こそ屠《ほふ》れる。ゴブリンの持つ棍棒《こんぼう》を避《よ》け、すれ違《ちが》い様《ざま》にその胴体《どうたい》を真っ二つにするべく踏《ふ》み出した祇園《ぎおん》の身体《からだ》が、

「な……ッ⁉」

動かなかった。

狼《おおかみ》の駆《か》け抜《ぬ》け様《ざま》、ゴブリンの棍棒がにぶい音を立て祇園の胸《むね》から左肩《ひだりかた》にかけてめり込《こ》んだ。

その衝撃《しょうげき》のまま背後《はいご》に転がり地面にもんどり打つ。

「ぐはっ⁉」

全身が痺《しび》れている。それでも懸命《けんめい》に立ち上がり、ゴブリンと狼の行方《ゆくえ》を追う。狼ごと振《ふ》り向く怪物《かいぶつ》は戦意をさらに高めているように見えた。

「やるじゃ……ないですか。僕も、そろそろ本気で、いきますよ……？」

屈辱《くつじょく》に全身が活性化《かっせいか》していた。

この異世界《いせかい》が、さらにクリアに知覚される。

「避《よ》けるのじゃっ！　そこな村人ッ‼」

「はっ⁉」

はじかれたように身体《からだ》が動いた。背後に気配。ものすごい速度で迫《せま》り来る。

身をひるがえした祇園の脇《わき》をすり抜けゴブリンへと一直線に飛翔《ひしょう》していたのは、輝《かがや》く雷光《らいこう》につつまれた、弓から射《い》られたとおぼしき一条《いちじょう》の矢。

「ボアァッ!!」

いともたやすく矢弾《やだま》はゴブリンの眉間《みけん》に吸《す》い込まれ、濁《にご》った緑色の身体が狼の上から転げ落ちた。

「よっしゃぁ！　当たったのじゃよーっ！」

「ク、クリティカル出たんですから、リュドミナ先輩《せんぱい》っ」

間道脇の茂《しげ》みをかきわけて姿《すがた》を現《あらわ》したのは二人の少女だった。

「ほら、リュドミナ先輩、やっぱり弓矢は持ってて正解《せいかい》でしたでしょう？　接近戦《せっきんせん》主体でも、やっぱり飛び道具は持っているべきなんです」

「いやいや、さっすがアズサじゃなぁ！　うぬとわしの絆《きずな》スキルは相性いいのかもしれんてっ！」

一番に姿を現したのは、弓を手にした毛《け》皮鎧《がわよろい》の少女。

見事な輝銀髪《プラチナブロンド》の持ち主だった。腰《こし》までの真っ直ぐなストレートは美術品《びじゅつひん》じみた光沢を放つ。輝く前髪《まえがみ》は眉の上で、なにかの決意を表すかのように横一文字に断《た》たれている。身にまとっているものこそ違《ちが》えど、生徒会室にいた少女の一人に間違《まちが》いなかった。

「おおっ！　ゴブリンの眉間に命中しておるっ！」

毛皮鎧《けがわよろい》の少女が地面に倒《たお》れたゴブリンを見つけ、連れの少女に振《ふ》り向いた。

その瞳《ひとみ》。濃《こ》い桃色《ももいろ》をしていた。

見つめた者へ、覗《のぞ》きたくなくとも内部まで見せ切ってくるようにつぶらな、濡《ぬ》れた瞳だった。

鼻や唇《くちびる》の形がハッキリとしているのも相まって、濃桃《ディープピンク》という異色《いしょく》の瞳が作る表情はどれも大げさに映《うつ》る。

「ダイアーウルフは逃《に》げてしまったか？　まあ、問題はないか」

だが浮《う》かぶ表情。その仕草《しぐさ》に不思議と嫌味《いやみ》がない。存在《そんざい》が目立つわりには、ふる舞《ま》いに尖《とが》った印象を持たせない、妖精《ようせい》のような可憐《かれん》さが彼女にはあった。

妖精——。少女の身体のつくりは、どこか幼かった。ぎりぎり背伸びの、早熟すぎる中学生という印象をいだかせる。

だが濃桃の瞳には妖物《ようぶつ》じみた圧力《あつりょく》が確《たし》かに宿《やど》っている。その二つの瞳であらゆるものを見てきたのだというような否応《いやおう》ない迫力《はくりょく》。そのアンバランスさは、ある種族特有の兆候だった。

「……ッ！」

異端《いたん》を討《う》つ青年は、彼女にさらに別のものを見ている。

輝銀髪《プラチナブロンド》の少女の形の良い頭部、両サイド。そこから細く、象牙色《ぞうげいろ》のうろこを重ねあわせたような角が上方へとのびている。宝飾《ほうしょく》のティアラなどではない。それは、鬼《おに》たる証《あかし》。

「やはりあいつが、ヴァンパイア……！　……っく！」

祇園《ぎおん》は立ち上がろうとしたが再度《さいど》、膝《ひざ》をついていた。ふいに目眩《めまい》に襲《おそ》われたのだ。

「んー、しかしあの狼《おおかみ》はやはり心配じゃなぁ。わしの手斧《ておの》も投げておいたほうが良かったか？」

「まだ序盤《じょばん》ですよ？　主武器は大切にしたほうがいいと思いますけど……」

帰死者《またがえりもの》が話し掛けていたもう一人は黒紫《くろむらさき》の鍔広帽子《つばひろぼうし》とそろいのマントを羽織《はお》り、長く大きな杖《つえ》を持つ少女だった。やはり生徒会室にいたもう一人の真面目そうな女生徒だ。二人は仲間内同士に特有の慣《な》れたやり取りをつづける。

「まあ、最初はいろいろ試してみよう。それよりも、これでわしらを見つけてしまったゴブリンは全部片《かた》づいたのか？」

「ゲームマスター、なにか、周辺で変わったことはあります？」

戦士と魔法《まほう》使い。そうとしか思えぬ少女の脇《わき》に、こつ然と一人の女性が出現《しゅつげん》する。

『それなんですが、お二人とも――』

彼女の存在はこの場にはまったくそぐわなかった。黄緑色をしたヘッドボンネットとエプロンドレスというウエイトレス然とした装《よそお》いは、人が立ち入らない樹林の中では明らかに浮《う》いている。

『――ゲームマスターであるわたくしにも、こちらの方が、いったいどなたなのか……』

三人の視線が集まる中、祇園は、

「ぐッ、ぅぅう……ッ」

ダメージを負った姿勢《しせい》のまま動けずにいた。

「祇園《ぎおん》くん！　大丈夫《だいじょうぶ》⁉　こ、この人達……って、さっき、生徒会室にいた……？」

ゴブリンに樹上《じゅじょう》にまで吹《ふ》き飛ばされていた枢《くるる》がようやく祇園に合流する。青年の部下である少女は、祇園をかばうように三人との間に立った。枢は焦《あせ》っていた。彼女は隊長である祇園が、こうまで立ち上がれなかった状況《じょうきょう》を知らない。

「リュドミナ先輩《せんぱい》！　この方達、うちの高校の制服《せいふく》着てますよ⁉」

「はぁっ⁉　ということは、紛《まぎ》れ込んでしまった者かっ？」

「ヴァ、ヴァンパイアが……！」

祇園は枢に支《ささ》えられ立ち上がっていた。その右の瞳《ひとみ》。燐《りん》が燃焼《ねんしょう》するように蒼《あお》く、燃《も》え上がっている。

「はぇ？　わ、わし……⁉　いや、それより七三分《しちさんわ》けのうぬ！　右眼《みぎめ》が燃えておるよ⁉　うぬはそれ、平気なの⁉」

「見敵必葬《けんてきひっそう》ッ‼」

答えがそれだった。祇園の腰《こし》から鞘走《さやばし》る蒼刃《そうじん》が、修羅場《しゅらば》に鍛《きた》え抜《ぬ》かれた反応速度《はんのうそくど》でヴァンパイア少女へのびた。

「ひぃっ⁉」

クリスタルが金属《きんぞく》に砕《くだ》かれたかのような高音。

「があぁあッ！　……またしてもぉッ!!」

異端殲滅《いたんせんめつ》の使命、その重さをすべて刃先《はさき》に乗せた一撃《いちげき》が輝銀髪《プラチナブロンド》少女の直前ではじかれた。

よどみなく、すべらかな水流のごとき青年の一撃を前に棒立《ぼうだ》ち。一切反応《はんのう》できずにいた少女はぺたりと地面にへたり込《こ》む。

「な、なんじゃあ……？　パーティアタックが、したいのかぁっ!?」

「なるほど……」

飛びのき、再《ふたた》び距離《きょり》をとった祇園《ぎおん》は黒鞘《くろさや》におさめた刀の柄《つか》に手を当てたまま、

「この『血罪示現《ヴァンピリズム》』を破《やぶ》らないかぎり、あなたは倒《たお》せないというわけですね……？　ふふふ……、驚《おどろ》きましたよ、これほどまでの力とは……。しかし、それでこそ、僕に類《るい》する可能性《かのうせい》のあるヴァンパイアです……」

「……う、うぬは、なにを……？」

「しかし無駄《むだ》なこと。これほどの『血罪示現』は初めてのことですが、この僕が攻略《こうりやく》できなかった異端悪はこれまで皆無《かいむ》」

異端殲滅騎士《きし》の右眼《みぎめ》が苛烈《かれつ》な蒼い炎《ほのお》を吹《ふ》きあげる。

「これより異端を磨《す》り潰《つぶ》し、浄火《じようか》の炎を灯すための死《し》体裁判《たいさいばん》を開廷《かいてい》する！」

「リュドミナ先輩《せんぱい》、あの人、すごいプレイングですね……」

「じゃがシナリオを理解《りかい》しているとは思えぬよっ⁉　ま、待て！　うぬのプレイは別の卓《たく》ではないか⁉　かなりの経験者《けいけんしゃ》とお見受けするがっ！」

アマゾネス風の毛皮鎧《けがわよろい》に身をつつむ輝銀髪の少女は中腰《ちゅうごし》で立ちあがり、問いただす。

「経験者といえば、そうなるでしょうね。いえ、謙遜《けんそん》しているわけじゃありませんよ？　ただ、これまで僕がどれほどの帰死者《またがえりもの》を討滅《とうめつ》して来たか……。まあ、生憎《あいにく》と、僕はこれまで異端の命乞《いのちご》いを受けつけたことが、一度もないものでして」

「帰死者《またがえりもの》……と、わしを呼《よ》ぶ……？」

少女の呼気《こき》が一段《いちだん》、上がった。

「ということは……、うぬは、もしかして、いわゆるヴァンパイアハンターッ⁉」

「いえ、ヴァンパイアハンターなどではなく、僕は『聖―』ぐふぅ」

「お願いなのじゃよーっ！」

少女の速度は異常《いじょう》だった。祇園が反応した時には、彼は象牙色《ぞうげいろ》の角を持つ少女に正面から捕《と》らわれていた。

「なっ⁉　くっ！　いつの間に……ッ！」

「ギオンとやら、この通りじゃぁ！」

ひしりと正面から抱《だ》きつかれた恰好《かっこう》のまま祇園は少女を引きはがそうとするが、それさえ密《みっ》着《ちゃく》されすぎていて上手《うま》くいかない。

「な、なにをっ⁉　今さら命乞《いのちご》いですか⁉　無駄《むだ》です！　くそっ！　なんて力とスピードだ……ッ！」

悶《もだ》えるだけ悶えながら祇園《ぎおん》はどうにか少女から逃《のが》れ、距離《きょり》を取る。彼女の方からするすると離《はな》れていたのだ。

「頼《たの》む！　お願いじゃっ！　一緒《いっしょ》にプレイして欲《ほ》しい‼　うぬは絶対《ぜったい》向いてる！」

そして、

「や、やめてくださいっ！　なにをしているんですか！　あ……あなた恥知《はじ》らずですかっ⁉　ヴァンパイアが土下座《どげざ》して、泣きべそって……‼」

祇園の目の前で輝銀髪《プラチナブロンド》を地面に投げ打つようにして、少女は膝《ひざ》を折っていた。

「なにがあなたをそうさせるんですっ⁉」

「これもなにかの縁《えん》じゃ！　わしらと一緒に、この、今週発売されたばかりの『シールド・ユニバース』をプレイしてくれーっ！　たのむーっ！　話だけでも！　わしの話だけでも聞いて欲しいっ」

「くっ……！」

祇園は飛びすさり帰死者《まただえりもの》の少女と距離を取る。得体が知れなかった。

「す……すまん、興奮《こうふん》して、しまった……。つい、嬉《うれ》しすぎて……！」

少女は恥《は》ずかしそうに立ち上がっている。

「なんじゃろう、わし、すごいドキドキしてしまう！　あっ！　あと、わしは……っ」

ここで彼女は急に祇園に顔を寄《よ》せ、小声になって、

「わしはヴァンパイアなどではなく、不死君《モール・ヴィヴァン》じゃから！　ヴァンパイアとはこだわりが違《ちが》う！」

「確《たし》かに、ただのヴァンパイアとは違うようですね……」

接近《せっきん》した帰死者からとっさに身を引いた体勢《たいせい》で、祇園はすぅっと目を細める。

「まあ、順を追って話そう」

見つめてくる青年からそっと視線《しせん》をそらしながらも、彼の表情《ひょうじょう》が変化するのをチラチラと確《たし》かめる戦士姿《すがた》の少女。

「……聞こうじゃ、ありませんか」

祇園は刀をおさめ、けれど不死君を名乗る身軽な少女を隙《すき》なく観察しつづける。

今まで彼は、それがどんなに傲慢《ごうまん》なヴァンパイアであっても、その思惑《おもわく》と行動を手玉に取り、翻弄《ほんろう》することさえしてきた。異端《いたん》の討滅者《とうめつしゃ》は帰死者に対して常《つね》に上位に立つべきであった。肉体的にも。そして精神的《せいしんてき》にも。

この少女に対する現状《げんじょう》は祇園に許容《きょよう》できるものではなかった。よいではないか。話を聞くくらいならば。相手の方から自らの手のうちをさらそうとしているのだ。

「こほん……さて、」

象牙《ぞうげ》色《いろ》の角と輝銀髪《プラチナブロンド》を持つ帰死者《またがえりもの》の少女は咳《せき》ばらいして、祇園《ぎおん》に向き直る。

「うぬは『テーブルトーク・RPG』というものを、したことはあるか?」

「残念ながら、初耳です」

「じゃよねーっ!」

少女は大げさに天をあおぐ。やや演技《えんぎ》がかった仕草《しぐさ》にも、やはり嫌味《いやみ》がない。

「……ふう、まあしかたがない。わしもTRPGがメジャーな遊技《ゲーム》と言えないことはわかっている。聞いたこともないと言われてしまっても、残念ながら驚《おどろ》かぬ。しかし、だからこそ、わしはこうしてロヨラの生徒会長になってまで、布教《ふきょう》をしているわけなのじゃが……」

帰死者の少女は、ちらりと祇園を探《さぐ》るような視線《しせん》を走らせる。

「うむ、というのもじゃ。わしはこの『テーブルトーク・RPG』というゲームが、世界で一番楽しい、究極のゲームだと確信《かくしん》しているからなのじゃよ。やれば納得《なっとく》。いまやこの学院はTRPG一色に染《そ》まっていると言って過言《かごん》ではない。くくく……」

祇園は、魔《ま》法使《ほうつか》いの少女と黄緑色のウエイトレス風の女性がうんうんとうなずいているのを横目に見る。どうやら本当のことらしい。

「なるほど『究極のゲーム』ですか」

「うむ!!」

さすがに祇園は眉根《まゆね》を寄せていた。彼はこれまで帰死者に対するべく、数多くの遊技を学び、体得してきている。

その中に、彼が究極だと思えるゲームはなかった。

刀儀野《とぎの》祇園にとって会得《えとく》する『遊技』とは、すべて帰死者殲滅《せんめつ》のための道具にすぎない。

「つまり、その『Ｔ　ＲＰＧ《テーブルトーク》』というゲームが、この『血罪示現《ヴァンピリズム》』の核《かく》となっているわけですね……」

冷静な分析《ぶんせき》が青年の中で進んでいる。この帰死者を討滅《とうめつ》するタイミングは、そう遠くないところにありそうだった。露出《ろしゅつ》の多い毛皮鎧《けがわよろい》の少女はつづける。

「ＴＲＰＧは想像力《そうぞうりょく》のゲームじゃ。ゲームを進める方法のメインは、テーブルトーク。つまり、会話とコミュニケーションでプレイは進められる！」

「ふむ……、とりあえず理解《りかい》できます。つづきを」

「プレイヤーはキャラクターになりきり、想像力がつづく限《かぎ》り、その世界において自分の取る選択肢《せんたくし》を作りあげてよいのじゃ。そして、それがどのように行われたかを作るのも、また我々《われわれ》の役目。そこには無限《むげん》の可能性《かのうせい》があると言ってよい。……ん？　どうしたのじゃ？　なにか質問《しつもん》が？」

「それでゲームになるんですか？」

あまりに納得がいかない表情《ひょうじょう》をしていたのだろう。ここに来て、『ＴＲＰＧ』というものがなにをするゲームなのかがわからなくなり、ふいに疑問《ぎもん》が口をついていた。祇園は自信満々の濃桃《ディープピンク》の瞳《ひとみ》を持つ少女を問いつめたくなっていた。

「くっくっく。うぬは今さっき、サイコロも振《ふ》らずにわしに攻撃《こうげき》をしたな？」

それがさも嬉《うれ》しいことのように毛皮鎧《けがわよろい》の少女は笑う。

「成功するか失敗するか未知数の判定《はんてい》が必要とされたとき、その行動の運命は、ダイスを振ることによって決めることとなる！」

少女はこれでもこらえているつもりのようだったが、自分の領域《りょういき》に他人を勧誘《かんゆう》する者特有の喜びの火が全身からもれ出してしまっていた。

「ここまでの自由度と柔軟性《じゅうなんせい》を持つ快楽的遊技《かいらくてきゲーム》が他にあるじゃろうか！　くっくっく……どうじゃ、やる気になったか？　ん？　んっ？」

「いえ、今もって、なにがなにやら、さっぱり」

祇園《ぎおん》は思案するように片手《かたて》で口元を覆《おお》う。このヴァンパイアを討滅《とうめつ》することは容易《たやす》いだろう。心の底から思えていた。隙《すき》だらけを装《よそお》っているのではない。この輝銀髪《プラチナブロンド》のヴァンパイアにあるのは本当の隙だった。それを突《つ》くことにためらいはない。

「……が、あなたのいう『究極のゲーム』には……いささか興味《きょうみ》が」

「まことかっ⁉」

実のところ、祇園は彼女との会話中、何度もこの幻影《げんえい》の解除《かいじょ》を試みていた。しかし目の前の帰死者《またがえりもの》が行使しているであろう能力《のうりょく》を中和、解除——つまり、この異世界《いせかい》を消し去ることが出来ていない。さらには祇園固有の秘蹟《ひせき》である『重引力制御《せいぎょ》』も発動不可《はつどうふか》。

——二週間前に討滅したダブルデイとは桁違《けたちが》いにレベルの高い帰死者だった。

あの地下鉄坑道《こうどう》のヴァンパイアは、祇園によって彼の『血罪示現《ヴァンピリズム》』が解除しつづけられていたことにも気づいていなかった節《ふし》がある。

これまで祇園の戦闘《せんとう》は、おおむねダブルデイを屠《ほふ》った時のように行われていた。

そしてだからこそ、得体の知れない者に、ここまでの力をこうも易々と使われていることを許《ゆる》すことはできない。

自分ならば、こちらのあらゆる手段《しゅだん》を封《ふう》じられていても、このヴァンパイアを即滅《そくめつ》させることは可能《かのう》——。己《おのれ》の力に対する自信は揺《ゆ》るがない。それだけの修羅《しゅら》場《ば》はくぐって来た。

だがこの現状《げんじょう》、やはり確《たし》かめなければならない。

「……そうですね、実際《じっさい》に触《ふ》れてみなければ、これ以上の理解はできそうにありません。つまり僕はこの、いわゆるファンタジーの世界で、会話とサイコロによるゲームをすればいいんですよね」

「マ、マスターーっ！」

帰死者の少女はふるふると自分を抱《だ》きしめながら叫《さけ》んでいた。

「大丈夫《だいじょうぶ》じゃろうか！　この者達を、サンプルキャラクターで参加させてもっ！」

『はい、もちろんです。今回のサンプルシナリオは、もともと四人パーティ推奨《すいしょう》のものを、リュドミナさんとアズサさんのお二人に調整していましたから』

「というわけじゃ！　あ、ちなみに！　今のように、やりたいことや、現在《げんざい》の状況《じょうきょう》などはゲームマスターという役割《やくわり》のものが管理してくれる」

「了解《りょうかい》です。よろしくおねがいします」

祇園《ぎおん》はマスターへと優雅《ゆうが》にお辞儀《じぎ》をしてみせる。

「それではギオン。うぬは、剣士」

輝銀髪《プラチナブロンド》の少女が、ぱんと空間を叩《たた》いた瞬間《しゅんかん》、

「な、なにをっ⁉」

所持していた刀はそのままに、祇園の姿《すがた》は学院制服《がくいんせいふく》から、青銅色《せいどういろ》の硬革鎧《ハードレザーアーマー》を身にまとう姿に変貌《へんぼう》していた。

「ふぅ……。まあ、いいでしょう」

ギオンは抜《ぬ》きかけた刀を元《もと》に戻しながら視線《しせん》をそらす。動きづらくはなかった。

「えっと、ボクは枢《くるる》！　嬉奈森《うれしなもり》枢！　ボクはなにっ？」

祇園の変身に驚《おどろ》きながらも枢は瞳《ひとみ》を輝《かがや》かせ、ギオンと少女に迫《せま》った。

「では、クルルはそうじゃな……前衛《ぜんえい》二人になったから、後衛の、神官はどうじゃ？」

「いいの？　ボク、神官ってやってみたかったの！」

「では、クルルは神官、と……」

「わぁ！　見て見てギオンくん！」

帰死者《またがえりもの》の少女に指定された瞬間、枢の制服は直線的にゆったりとしたオレンジ色、筒型帽《つつがたぼう》子《し》が印象的な司祭服へと変化していた。

「では、遅《おく》ればせながら自己紹介《じこしょうかい》しておこう。わしはリュドミナ・エステルハージ。手斧《ておの》二刀流の戦士じゃよ！」

「私は、アザマ・アズサ。魔法使い《スペルエフエクター》です」

毛皮鎧《けがわよろい》の少女につづき、黒紫《くろむらさき》のローブと帽子の少女がぺこりと頭を下げる。つづくように、黄緑色のウエイトレス風の女性が会釈《えしゃく》し、

『ゲームマスターの天花寺《てんげいじ》鳥籠《とりかご》です。本来は教員なのですが、今回はマスターをやらせていただいています。よろしくおねがいしますね？　お二人とも』

「失礼？」

進み出たのは祇園。素早《すばや》く、そして医者の手つきに似《に》ていた。

「ぃあんっ⁉」

「ひゃっ……！」

魔法使いアズサとゲームマスターの鳥籠は、小さく悲鳴をあげた。二人は、ギオンに素早く、両手で全身をまさぐられていた。

その手は事務的《じむてき》で他意は感じられなかったものの、それでも二人の要所要所をしっかりと、

そして執拗《しつよう》に触《ふ》れ、押《お》さえ、時には重みを測《はか》るように撫《な》でて、それによる彼女達の表情《ひょうじょう》の変化をじっと観察していた。

「ふぅ……」

顔を赤らませ硬直《こうちょく》したアズサと鳥籠《とりかご》を残し、ギオンは神官姿《すがた》のクルルへと報告《ほうこく》する。

「二人ともヴァンパイアに操《あやつ》られているわけでも、眷属《けんぞく》になっているわけでもないようです。信じられませんが、己《おのれ》の意思で、この『血罪示現《ヴァンピリズム》』に侵入《しんにゅう》しているようですね」

「ギオン……くん……？」

「なんですか？」

クルルにうながされるように背後《はいご》を振《ふ》り返った瞬間《しゅんかん》だった。

「ぎぃやあああああッ!!」

ギオンはアズサの大きな杖《つえ》からほとばしった紫色《むらさきいろ》の雷光《らいこう》に貫《つらぬ》かれていた。

「うッ⁉ ごあああ……ッ！」

電撃《でんげき》にはじかれ、ギオンががくっと膝《ひざ》を落としたとみるや、今度は地面がメリメリと音を立てて真っ二つに割《わ》れ、重力に引かれた七三《しちさん》の青年を呑《の》み込《こ》む。

「ギオンくぅぅんッ!!」

「あぁあぁあああぁッ！」

突如出現《とつじょしゅつげん》し、ギオンを呑み込んだ奈落穴《ならくけつ》の縁《ふち》まで走ったクルルの背後の地面に、なぜか空より落下してきた青年がズムン！　と激突《げきとつ》している。

「な、なにかが減《へ》ってるよぅギオンくーんっ！」

地面にうつぶせで半分めり込《こ》んでいたギオンの頭上に、HP34／34という数字が浮《う》かび、それがみるみるうちに24／34へと変化する。

「それはヒットポイントといって、白い34という値《あたい》が最大値《さいだいち》。減ってしまった黄色が現在値《げんざいち》を表《あらわ》している。クルル、うぬは神官なのじゃから、ダメージを負《お》ったギオンを魔法《まほう》で回復《かいふく》させるといい」

「魔法!?　ボクが使えるのっ!?」

筒型帽子《つつがたぼうし》を押さえながら、クルルはリュドミナに振り向く。

「神官が使える神聖魔法《しんせいまほう》じゃ。レベル1ならキュア・ヴェールじゃろうな。それでギオンの傷《きず》が治る」

「よぉし！　キュア・ヴェール！」

腰《こし》に提《さ》げてあった聖印のメダルを地面にめり込んだままのギオンに掲《かか》げ、クルルは唱《とな》える。

「……あれ？」

笑顔のまま首を傾《かし》げた。なにも起こらない。

「サイコロを振って、結果を求めるのじゃ」

「??　どーゆーこと？」

かたわらに寄《よ》って来た毛皮鎧《けがわよろい》のリュドミナを、クルルはさらにいぶかしむ。

「テーブルトークRPGは基本的《きほんてき》には会話のやりとりでストーリーを進める。じゃが、話しあいでは解決《かいけつ》が難《むずか》しいことがらがあるじゃろう？　喋《しゃべ》ったままにキャラクターが万能《ばんのう》では、ゲームとしては不完全じゃからな」

「じゃあどうするの？」

「魔法《まほう》がどれくらいうまく使えたかを、サイコロの出た目で決めるのじゃ」

「ふぅん……？」

「簡単《かんたん》じゃよ？　まあ見ておれ」

後ろ手に、腰《こし》に留《と》めてあった手斧《ておの》を一丁跳《は》ねあげ、リュドミナは器用に空中でつかむ。

「あの木の実を、この手斧を投げて落とす。マスター、達成値《たっせいち》は？」

十五メートルほど離《はな》れたところに、赤い果実のなる樹木《じゅもく》があった。

『達成値は十二としましょう。腕《うで》の立つ戦士ならば、やってできないことはない値です』

「順当であろうな。では、まず、【アクション宣言《せんげん》!】わしはこの手斧を投げ、あのりんごを落とす！」

周囲の空気になにかが通い、びしりとセッティングされたような気配が生まれた。

「それから、サイコロを振る。【ダイスセット!】」

右手で握《にぎ》りしめた手斧を振りあげ構《かま》えるリュドミナ。リンゴに向かってゆるくのばした左手の先に、サイコロが出現《しゅつげん》し、輝《かがや》きだす。

「いざ、【ロール！】」

　はじかれたように発射《はっしゃ》された二つのサイコロは赤い木の実へ、シュパっと音を立て飛び、駆《か》けのぼるように停止する。出た目は、

「⚂と⚄の八！」

　大きく強調されたサイコロを毛皮鎧の少女は読みあげた。

「……た、足りてないよリュドミナちゃん！」

「ふむ、このサイコロの出た目に、使用者のレベルや能力値《のうりょくち》という基礎《きそ》の値《あたい》を足すのじゃよ？　サイコロの数字に追加される基礎値《きそち》によって、キャラクターの得意分野や、職業《しょくぎょう》スキルが活《い》かされるというわけじゃ」

「ふぅん……？」

「つまりじゃ。サイコロの出目《でめ》である八と、わしのファイターレベルの2と、筋力《きんりょく》ボーナスの3を足して合計は十三になる。マスターの指定した達成値は十二じゃったから、成功というわけなのじゃ！　よいかっ？」

　言うやいなや、再《ふた》び構えをとったリュドミナの腕《うで》から、びゅんっ！　と手斧が放たれた。

　ぐるぐると回転する重い刃《やいば》は弧《こ》を描《えが》いて飛び、りんごにぱしゃーんと命中。そのまま樹木に突《つ》き刺《さ》さる。

「すごーい！」

クルルは手斧《ておの》を追いかけるように樹木《じゅもく》へ駆《か》け寄《よ》り、確《たし》かめるように刃《やいば》を引き抜《ぬ》いた。

「ボクもやってみたい！」

「違《ちが》う！　そっちじゃない！　手負いのギオンに手斧を投げてはとどめになってしまう！」

「で、でも……！」

「でもではないっ！　うぬがするのはキュア・ヴェール！　【アクション宣言《せんげん》】でギオンにキュアヴェールを使うことを宣言し、【ダイスセット】でサイコロを構《かま》え、【ロール】で結果を出すのじゃ！」

「【アクション宣言！】ギオンくんにキュア・ヴェール！　【ダイスセット！】」

手斧を持ったままギオンに駆け寄ったクルルは宣言。サイコロが聖印《せいいん》をにぎった腕《うで》の上に出現《しゅつげん》し始める。

「【ロール！】」

小さな流れ星のようにサイコロはちりぢりに舞《ま》い、ギオンの上に到達《とうたつ》。

「うわ、四つもサイコロ飛んだ！　⚁と⚁で四と、⚂と⚃で、七だって！」

「うむ、上の四は行使判定《こうしはんてい》と言って、その行動が成功したかを。それから下の七が、キュア・ヴェールの威力《いりょく》を示《しめ》す。キュア・ヴェールは、⚀と⚀の一ゾロが出ない限《かぎ》り成功じゃから、魔法《まほう》は発動じゃな」

「キュア・ヴェールっ！」

クルルが掲《かか》げた聖印が今度こそ輝《かがや》き、光のヴェールとなって倒《たお》れ伏《ふ》したギオンを取りかこむ。

「かっこいいっ！」

「そして威《い》力《りょく》が七、それにうぬの神官レベル1と、精神力《せいしんりょく》ボーナスの2を足して、値《あたい》は十じゃな」

「ギオンくん起きて！」

ギオンの体内に光のヴェールが染《し》みこむにしたがい、頭上に表示《ひょうじ》されていた数値《すうち》がスクロールするように増《ふ》え、34／34に到達《とうたつ》すると、

「いや、ずっと聞いてましたけど。なるほど……」

ぱらぱらと土埃《つちぼこり》をはらいながら、青銅色《せいどういろ》の革鎧《かわよろい》を纏《まと》う剣士は立ち上がった。

「この【アクション宣言】と【ダイスセット】、そして【ロール】によって行動しなければ、この世界に決定的な効果《こうか》をあたえることはできないんですね？　僕の刀の攻撃《こうげき》がゴブリンにはじかれたのはそのせいです」

「うむ。うぬは理解《りかい》が早そうじゃな」

「よいでしょう、リュドミナ」

グラスをはじいたような音を立て、ギオンは抜刀《ばっとう》。

「その『ＴＲＰＧ』とやら、受けて立ちます。理解しましたよ。……ふむ、思ったよりも単《たん》

純《じゅん》なゲームじゃないですか」

静かに、異端討滅騎士《いたんとうめつきし》の青年は、切っ先を相手に向けたまま上段《じょうだん》へと持っていく独特《どくとく》の構《かま》えでリュドミナと対峙《たいじ》する。

「い、いや、うぬはなにか勘違《かんちが》いしているみたいじゃから言っておくと」

「なんですか？」

「ギオン、クルル、うぬ達二人は、わしらと一緒《いっしょ》のパーティじゃよ？」

「パ、パーティ？」

「冒険者仲間《ぼうけんしゃなかま》と言った方が早いじゃろうか。ともかく、仲間なのじゃよ。我々《われわれ》は、ともに冒険者として、この『シールド・ユニバース』という世界を旅するのじゃ！」

魔法使《スペルエフェクター》いのアズサも、ゲームマスターの鳥籠《とりかご》も、TRPGの説明をリュドミナに一任《いちにん》しているようだった。神妙《しんみょう》にうなずいている。

「いえ、待ってください。僕が、あなたのような帰死者《またがえりもの》と、仲間……、ですかッ⁉」

「うむ、わしらはゲームマスターの用意したシナリオを解決《かいけつ》、時には謎《なぞ》を解《と》いたり、強大なモンスターを倒《たお》すことでクリアーすることを目的としておるわけで」

「シナリオを、クリアー……。じゃあ僕ら同士が戦うわけではない……と⁉」

「そういうこともあるかもしれませんが、今回は私達、とある村を救いにいく途中《とちゅう》なんです」

アズサが帽子《ぼうし》の鍔《つば》の奥《おく》からギオンに告げる。

「む、村を、救いに……⁇」

「先ほど倒《たお》したゴブリンは、この先にある山の頂《いただき》にある村を牛耳《ぎゅうじ》ってしまったモンスターどもの見張《みは》り役じゃ」

「私達は、そのモンスター共に支配《しはい》されてしまった村を、解放《かいほう》しにいく途中《とちゅう》なんです」

「でも、どうして二人は、支配されちゃった村のことを知ったの？　ゲームマスターに教えてもらったの？」

「それがな、命からがら、その村から逃《に》げ出して、わしらがいた街まで助けを求めに来た少女がいたのじゃよ。次の満月の晩《ばん》に、少女の姉がモンスターのボスと結婚《けっこん》させられてしまうらしい。それで、妹が命がけで――」

「どうしたの？　ギオンくんっ⁇」

小さく鋭《するど》い破《は》砕音《さいおん》が、異端殲滅騎士の手元から響《ひび》いていた。ギオンの右手親指が刀の鍔《つば》に食い込み、赤くなっていた。

「ゆ……許《ゆる》せんッ‼」

青年の右眼《みぎめ》が再《ふたた》び蒼《あお》く燃《も》え上がった。

「ギオンくんッ⁉　な、なんでガチギレしてるの⁉」

「異端のやつらめがぁぁッ‼」

ギオンを中心軸《ちゅうしんじく》に空気が揺《ゆ》らいだ。

「この地域《ちいき》の騎士団《きしだん》はなにをやっているんですか⁉　そいつらは今すぐ葬処《そうきょ》にぶち込《こ》まれるべきだッ‼」

パーティメンバーもゲームマスターも呆気《あっけ》にとられている。祇園を取り囲んでいた彼女達は、とりあえず半歩、青年から下がった。

「どこにあるんですかその異端《いたん》に支配《しはい》された村というのは！　……いえ、あの異端はこの獣道《けものみち》を進もうとしていました。つまり、この先に村があると考えるのが道理。急ぎましょう！」

「マスター……？」

リュドミナがうながす。ボンネットを揺《ゆ》らし、ウエイトレス風ゲームマスターが進み出る。

『それではギオンさん。さっそくですが、【危険感知判定《きけんかんちはんてい》】をお願いできますでしょうか。ゴブリンが探《さぐ》っていた茂《しげ》みを進もうとしたギオンさんだけが、判定することができます』

「危険感知判定？」

『戦士であるギオンさんの第六感が働いたかをチェックいたします。失敗すれば、不意打ちを受けます』

「こちらの動向に気づいたとでも？　……ふっ、だが、舐《な》めないでもらいましょう。【ダイスセット】秩序《ちつじょ》をかき乱《みだ》す異端の走狗《そうく》などに遅《おそ》れを取る我《われ》らではない。直《ただ》ちに振《ふ》りはらい、掃滅《そうめつ》する！【ロール！】」

祇園の腕《うで》から放たれる二つのサイコロ。白い軌跡《きせき》を描《えが》いてとある茂《しげ》み上に転がり行き、

「⚄と⚅の十一！　最大値《さいだいち》一歩手前ですッ！」

『それならばギオンさんにはわかります。茂みに、ゴブリンが二体、こちらをうかがっていることが』

「今度こそ、仕留《しと》めます……！」

青年はすでに腰《こし》を落とし、刀の柄《つか》に、手のひらを当てている。

『危険感知に成功したため、今回のイニシアチブは冒険者《ぼうけんしゃ》にあるということで、どうぞ』

「ギオン、うぬは――」

「リュドミナ」

ギオンは帰死者《またがえりもの》に口を挟《はさ》ませなかった。

「僕はまだあなたを仲間と認《みと》めていないことを、忘《わす》れずに。迂闊《うかつ》なことをすれば、問答無用で、次はあなたの番です」

「う、うむっ……!?」

「【アクション宣言《せんげん》】あのゴブリンを、僕のこの刀で攻撃《こうげき》。【ダイスセット】」

異端がひそむ茂みを中心にして視野《しや》を拡散《かくさん》させたギオンの眼前《がんぜん》に、四つのサイコロが出現《しゅつげん》。

「『限《かぎ》りなき愛をもって我《われ》は要請《ようせい》する。異端に火を。破門《はもん》の槌《つち》を』……【ロール】」

はじかれたかのごとく直線的な軌道だった。突《つ》き刺《さ》さるように回転を止めたサイコロが示《しめ》す、

「⚅⚅……ッ」

「こ、ここで六ゾロ《クリティカル》じゃとッ⁉　しかもダメージダイスも五ゾロときてる！　さっきからギオンの出目《でめ》、爆発《ばくはつ》しておるよ……⁉」

「塵滅《じんめつ》……ッ‼」

青年は、不意打ちの機会を狙《ねら》っていたゴブリンの頭上に出現《しゅつげん》していた。

居合《いあ》い抜刀《ばっとう》に音はなかった。絶叫《ぜっきょう》も。

円弧《えんこ》を描《えが》いた光が波動となって、茂《しげ》みごと一匹の首を撥《は》ねあげ、周囲の樹木《じゅもく》を震《ふる》わせる。

刃《やいば》についた血をはらい、ギオンは納刀《のうとう》。

「その魂《たましい》、煉獄《れんごく》で焼き抜《ぬ》かれんことを」

閉《と》じていた瞳《ひとみ》が開かれ、右眼《みぎめ》から蒼《あお》い灯火が、ちる。

「そもそも異端《いたん》の祈《いの》りに、終末を超《こ》える速度があるとは思えませんがね。……おや？」

固まったように身動きせず、自分を見つめているパーティに、ギオンは声をかける。

「どうされたんです？　僕がつづけて、残りの異端を屠《ほふ》ってしまってもいいんですか？」

『い、いえ、ルール上、一ターンには基本《きほん》、一回の主行動しか、行えません……』

「では、早く」

答えるマスターにうなずき、残り一体のゴブリンを指し示《しめ》すギオン。

「いや、ちょっと、待って欲《ほ》しい……」

解凍《かいとう》されたように、長い輝銀髪《プラチナブロンド》を持つ毛皮鎧《けがわよろい》の戦士がギオンへと歩み寄《よ》る。

「なんですかリュドミナ。あなたが向かうのはあっちの異端のはず。……それとも、さっそく仲間割《わ》れですか？」

「んんっ、そうではなく……」

「わかりました、その手斧《ておの》を構《かま》えて下さい。そういう運命だということはわかっていたことです。ためらいは、ありません」

「……思った通り、かもしれん……。やはり、うぬは……！」

「は……っ？」

リュドミナの行動は、またもやギオンの予想を超《こ》えていた。両手を広げ、

「頼《たの》む！　ギオン！　一生のお願いじゃぁ……っ！」

青年が構える暇《ひま》もなく、またもや力強く彼を抱《だ》きしめていた。

「ちょっ！　ヴァンパイアが一生のお願いとか笑えませんよ⁉　あなた、まったく、なにをしているんですかっ⁉　やめてくださいお願いですからっ！」

彼女の背《せ》が低すぎるのではなく、ギオンの背が高すぎるのだ。下を向いても象牙《ぞうげ》色《いろ》の角の先《せん》端《たん》と、輝銀髪の頭頂部《とうちょうぶ》しか見えない。身体《からだ》の前面を覆《おお》う感触《かんしょく》は、あえて考えなかった。

「ギオン！　できるなら、やっぱり絶対《ぜったい》、わしと一緒《いっしょ》に、このTRPGを、セッションをつづけて欲しいっ！　最後まで！」

「……はぁ⁉　な、なんですっ⁉」

慌《あわ》てふためき、もがいた。リュドミナの言っている意味がわからなかった。

「うぬは気づいてはいないのかっ⁉」

「なにがですか⁉」

「おそらくうぬは、TRPGにおいて希有《けう》な才能《さいのう》を持ったプレイヤーなんじゃぞ……っ⁉」

「言っていることがよくわかりません！　普通《ふつう》です！　僕はいたって普通です‼」

上を向いてくる帰死者《またがえりもの》の濃桃《ディープピンク》の瞳《ひとみ》から、ギオンは視線《しせん》を逸《そ》らした。

「いいや！　このロヨラ学院に『TRPG』を広めたわしが言っているのじゃ！　うぬにはTRPGプレイヤーの才能がある‼　わしはうぬと一緒《いっしょ》にプレイ、したい！」

「あなたわかっているんですか⁉　僕は異端《いたん》の討滅者《とうめつしゃ》！　あなたは僕の敵《てき》なんですよ⁉」

「そう！　だからこそなのじゃよギオン！　うぬはヴァンパイアハンター！　わしはうぬを、絶対《ぜったい》にはなさないからなっ！　だって、うぬはこのわしを、やっぱり絶対、」

濃桃の瞳の中が、ハートになっていた。

「めろめろにさせた……ッ！」

「く、苦しいですリュドミナ！　滅しますよ！　やっぱり僕は今すぐあなたを討滅しなくてならないようだ……ッ！」

「お、落ち着いてくださいリュドミナ先輩《せんぱい》！」

無理矢理ギオンがリュドミナを引きはがし、出来た隙間《すきま》に魔法使い《スペルエフェクター》アズサが割《わ》りこんだ。

「先輩がこうなってしまったら、もうだめです！　私達は睡魔《すいま》に意識《いしき》が奪《うば》われるまでプレイを辞《や》めさせてもらえません！　ここはギオンさん達だけでも先に逃《に》げて下さい！」

彼女の行動が功を奏《そう》し、ギオンは自由の身になった。だが青年はそれ以上、下がらなかった。

「に、逃げるですって!?　いいえ！　帰死者を前にして逃げるという選択肢《せんたくし》は鶏鳴騎士団《クルースニク》にはありません！　僕は帰死者に対し常勝《じょうしょう》の誓《ちか》いを立てている身。……いいでしょう、リュドミナ。あなたの気力が勝るか。それとも僕の気力が勝るか……。この勝負、受けてたちます！」

「ギオンくんっ!?　で、でも……っ、今日は早く帰らないと、今夜はお姉ちゃんが――」

「本当かギオン！　やったぁぁぁあっ!!」

『それでは、改めて四人パーティでセッションを再開《さいかい》いたします』

祇園《ぎおん》と枢《くるる》が家に帰ることができたのは、あと少しで日にちが変わろうかという深夜だった。

◆第1章
【初日】はじめてのTRPG。
はじめてのクリティカル。
／シナリオ1『剣の花嫁』

◆第2章
【2日目】ヴァンパイア（ハーフ）ですので。
／シナリオ2『ストームライディング
ストームスターター』

◆第3章
【4日目】運は天にまかせて
／シナリオ3『《重魔素》死守指令！』

キャラクター名	
ギオン	
種族	ダークエルフ
性別	♂
年齢	16
冒険者レベル	3
HP	36
MP	21

技能	
パラディン	レベル3
ソフィスト	レベル2
ライディング	レベル2

	能力値（ボーナス）				
器用度	10(+1)	生命力	12(+2)	先制力	1
敏捷度	8 (+1)	知力	12(+2)	回避力	2
筋力	5 (+0)	精神力	12(+2)	魔物知識	3

装備	
プレートアーマー（身体）	タワーシールド（左手）
ブロードソード（右手）	ダガー（予備）

シールドユニバース RPG　キャラクターシートから抜粋

――祇園《ぎおん》にとって睡眠中《すいみんちゅう》に見る夢《ゆめ》とは、フラッシュバックを意味していた。

いつしか彼の中で、それは儀式性《ぎしきせい》すら帯びている。

自分が体験《たいけん》した、あの日のあの場面を繰《く》り返すためのビジョン。

異端討滅《いたんとうめつ》の騎士《きし》として成長した青年は、その『夢』を見る度《たび》に、誓《ちか》いを新たにする。

本当の家族だと、今でも信じている。

父と母と姉。自分を生み、だからともに暮《く》らし、育ててくれていると疑《うたが》う道理などなかった。

養子であった自分を、最後まで守り抜《ぬ》いてくれた。

ヴァンパイアハーフの呪《のろ》われた血。

その血は、人間に対する麻薬《まやく》以上にヴァンパイアを快楽《けらく》に浮《う》かべ、漂《ただよ》わせる。

夜の一族は上等のワインを求めるように、とある宵闇《よいやみ》の中で、ヴァンパイアハーフである幼《おさな》い少年を襲《おそ》った。

彼は、それしか夢を見ない。

青年の見る夢は、自分の運命を変えてしまった夜の出来事。ただその一つである。

自分を守ってくれた義父《ぎふ》と義母《ぎぼ》、そして義姉《ぎし》の魂《たましい》は、今は天の懐《ふところ》にあると青年は信じていた。

一人生き残ってしまったあの夜から、異端殲滅《せんめつ》を誓う。

帰死者《またがえりもの》のあぎとの犠牲《ぎせい》になった人々のために、祈《いの》りを捧《ささ》げ、戦陣《せんじん》に立つ。

あの温かさ。血の色をした闇《やみ》に覆《おお》われることで途切《とぎ》れ、二度と戻《もど》ってこないもの。

必ず家族の無念は晴らす。

終わらせる。

自分のような存在《そんざい》が生まれる連鎖《れんさ》を。


静かに目が覚めていた。


三日前に引っ越《こ》し——とも呼《よ》べぬ移動《いどう》を完了《かんりょう》させた場所は、駅近くの高層《こうそう》マンションだった。

『聖団』が日本各地にセーフハウスを用意していることを祇園は知っている。

とどいていた荷物は三人分。刀儀野《とぎの》祇園。嬉奈森枢《うれしなもりくるる》。そして姉の嬉奈森諌奈《いさな》の名が書かれた段《だん》ボールが積まれていた。

マンションの面積は無駄《むだ》に広く、一人が一部屋ずつ確保《かくほ》できた。

一番北側の部屋に祇園はいち早く荷物を運び込《こ》んだ。据《す》え置いてあったベッドを整え、机《つくえ》周りを整理すれば、それで引っ越しは完了した。

祇園は枕《まくら》に埋《う》まった首を動かす。カーテンの隙間《すきま》。窓越《まどご》しの外は、すでに明るい。寝具《しんぐ》の中からベッドサイドの時計を確認《かくにん》する。目覚ましが鳴る十五分前。

気が、高ぶっているのだ。

久《ひさ》しぶりに夢《ゆめ》を見たせいでもあるし、昨日の出来事のせいでもあった。目を閉《と》じる。シャワーでも浴《あ》びようと掛《か》け布団《ふとん》をめくった。

「うぅー、なにをするぅ〜」

白い下着《したぎ》姿《すがた》のリュドミナが情《なさ》けない声でうめいた。

「さむいではないかぁ」

不機嫌《ふきげん》そうな濃桃《ディープピンク》の瞳《ひとみ》が眠《ねむ》たげであった。もぞもぞと掛け布団をたぐる輝銀髪《プラチナブロンド》。帰死者《またがえりもの》の姿を、祇園《ぎおん》は停止した空間の中、見ていた。

「リュドミナ……？」

聖《せい》ロヨラ学院の生徒会長の白い胸《むね》は、彼女の小さな体躯《たいく》に似《に》つかわしいものではなかった。制服《せいふく》の上からではわからなかったが、極めて押《お》し出しが強い。

「なんじゃぁ……？」

「どうやって？」

「……は？」

「いや、そのままじっと寝《ね》ていてください」

寝起きの青年はベッドから立ち上がり、机《つくえ》の上、黒く細長い柩《ひつぎ》に似《に》た鞘《さや》を握《にぎ》り、

「ううん、……はっ」

　ぱっとリュドミナが身を起こした直後。すいんっと空気がしなった気配と同時、ズシィンッ！　とベッドが中央へ向け、傾《かたむ》いた。

「ぎ、祇園《ぎおん》ッ！　うぬはなにをしているぅぅッ!!　ベッドが！　ベッドが両断《りょうだん》……ッ!?　わしのお布団《ふとん》がぁぁ〜！」

「お気になさらず、楽な気分で、そのまま」

　すいんっ、ズシャァ！

「あぶなぁぁぁいいッ!!　な、なんでうぬはまたもベッドを切った!?　どうしてお布団とベッドをいっぱい切る!?　何をかんがえておるの!?　こんなのではもう寝《ね》れないではないかッ！　刀を置け！　右眼《みぎめ》が蒼《あお》く燃《も》えておるし！　うぬの顔めっちゃこわい！」

「僕としては、あなたを二つにする予定だったのですが、……なんで避《よ》けたんですか？」

「なんで心底不思議そうな顔をしているのじゃぁッ！　死んでしまうからに決まっているであろう！　待て！　わしは……」

　象牙質《ぞうげしつ》、多鱗《たりん》の角を持つ少女は自分の姿《すがた》に気がつく。

「ひぃッ!?　わしなんで下着なの!?」

「それを僕は尋《たず》ねているのです」

　刀を腰溜《こしだ》めに、祇園は上半身を柔《やわ》らかく。ますます強まる殺気をリュドミナに放つ。

「ぬおぉぉお……っ、お、思い、出したぁ！　ほら、昨日の夜、この時期にしては珍《めず》しく暑かったじゃろ⁉　じゃからかっ⁉　それできっと無意識《むいしき》に脱《ぬ》い……で、ご、ごめんなさい！　だから殺さないで！　わしまだ死にたくないぃっ！」

「死にたくないのに、なぜ僕のベッドに？　答えによっては」

鯉口《こいぐち》が鳴り、右眼《みぎめ》が蒼く爆《は》ぜ、火花をあげた。

「今すぐです」

「あばばばばば！　言う！　言うから！」

ベッドからずり落ちたリュドミナは、壁《かべ》ぎわまで追いつめられ両手を突《つ》き出す。

「わし、思いついてしまったのじゃよ昨日の夜っ！」

「なにをですか？　僕のベッドに不法侵入《ふほうしんにゅう》することをですか？　死にますね？」

「ちがうっ！　なにその問いかけ！　そうではないっ！　祇園、うぬと枢《くるる》は、やっぱり自分達のキャラを作るべきじゃと、わし、閃《ひらめ》いてっ！」

「……はい？」

「だって祇園、うぬは昨日、ＴＲＰＧのシナリオが終わった後、先にふらふらと帰ってしまったではないかっ！」

「それとこれとにどういう関係があるんですか⁉　さっきから理由にはなっていません！」

「じゃからなっ？」

祇園《ぎおん》の右眼《みぎめ》に瞬《またた》く鬼火《おにび》がわずかに小さくなったのが嬉《うれ》しいのか、リュドミナは身を乗り出す。

「わし、やっぱり祇園と枢《くるる》に『TRPG』をつづけてもらうなら、自分で作ったキャラでプレイしてもらいたいのじゃよ！　これ、本当に！」

「ほう……つまりはもう、あなたは僕にちゃんと現状《げんじょう》を説明する気がないと解釈《かいしゃく》して構《かま》いませんね？」

「ひぃぃっ！　また目の火が戻《もど》ったぁ！　ま、待て！　ちゃんと説明する！　よ……よいか？　じゃってわし、絶対《ぜったい》にその方が楽しいと思いついてしまったんじゃよ？　そしたら居《い》ても立ってもいられなくなるであろう？　ふぅ……うぬにもようやく理解できたかな？　これは仕方な――わわわっ！　な、なぜーっ!?　なんで刀の先っぽがさっきよりこっちに向いているぅ!?　やめて！　こわいっ！　う、うえぇぇぇん！　だれかーっ！」

「どうしたの祇園くんっ！」

「隊長っ!?」

ようやく異変《いへん》に気づいた同居人《どうきょにん》たる姉妹が、祇園の部屋のドアを開け姿《すがた》を現《あらわ》した。

「枢！　諫奈《いさな》！　ヴァンパイアです！」

室内の光景にことばを失っていた嬉奈森《うれしなもり》姉妹だったが、祇園の視線《しせん》の先にハッとし、

「リュ、リュドミナちゃんっ!?」

「ぁあっ、く、枢！　おはようっ！」

「隊長、これはどういうことか、説明していただけますか……？」

「ちがう！　誤解《ごかい》してはならぬ！」

動いたのは下着姿の帰死者《またがえりもの》だった。そのスタイルに姉妹は思わずうめいた。輝銀髪《プラチナブロンド》の少女は青年をかばうように彼を背《せ》に手を広げ、

「祇園は悪くない！　悪いのは、ぜんぶこのわしなのじゃから！」

「女の子にここまで言わせて……、私はやはり隊長を見損《みそこ》ないました」

「なにを言っているんですか諫奈！　あなたも知っているはずです！　僕はヴァンパイア討滅《とうめつ》と同時に、生涯不犯《しょうがいふぼん》を誓《ちか》った身ですよッ!?」

「生涯不犯て……ま、まことか祇園!?　うぬは死ぬまでえっちとかできぬの!?　かわいそう！」

「うううるさいですよっ!?　そんなこと関係ないでしょあなたには……！　わかりました。やはり、リュドミナ、あなたはここで討滅しましょう。その瀆聖《とくせい》の骸《むくろ》を刻《きざ》んで灰《はい》にし、葬処《そうきょ》に叩《たた》き込《こ》みます」

「なんでぇ!?」

「待って祇園くん！　はやまっちゃだめ！」

動いた異端殲滅騎士《いたんせんめつきし》の前に立ちはだかったのは枢。忌々《いまいま》しそうな表情の祇園に、側面打撃文援《そくめんだげきえん》の少女は瞳《ひとみ》の中をトゲトゲさせた。

「リュドミナちゃんを切ったらだめって決めたのは祇園《ぎおん》くんでしょ⁉　ほら、リュドミナちゃん早くお洋服を着て‼」

「さあ、こちらです」

「す、すまぬーっ！」

諌奈《いさな》の先導《せんどう》で、帰死者《またがえりもの》の少女は部屋を脱出《だっしゅつ》した。

「……枢《くるる》、なんで止めたんですか。あの帰死者、少しは痛《いた》い目を見るべきです」

「ボク、祇園くんが手加減《てかげん》とかできると思えない。祇園くんこそ、昨日の夜の作戦会議、忘《わす》れちゃったの？」

「もちろん覚えています。だからこれでも、我慢《がまん》したんです」

祇園は刀を完全に納刀《のうとう》し、ゴリ押《お》しするように机《つくえ》の上の刀掛《かたなかけ》へ戻《もど》した。

「やれやれ」

疲《つか》れた様子の隊長に、隊員の少女は、彼のいつもの癖《くせ》を真似《まね》して肩《かた》をすくめた。


——昨夜の事になる。

転校初日の学院からマンションに帰着した祇園は、いまだかつて体験したことのなかった遊技《ゲーム》、『ＴＲＰＧ』による疲労《ひろう》でふらふらだった。

それでも夕飯を済《す》ませ、シャワーを浴《あ》びて心身を引き締《し》め直した祇園は、すぐさま作戦会議を呼《よ》びかけた。

「どうして私がこの会議に参加しなくてはならないのでしょう。私は刀儀野《とぎの》小隊をすでに抜《ぬ》けた身です」

「それにしてはお姉ちゃん、やる気満々に見えるけど……」

ダイニングテーブルの上にノートや筆箱や魔導書《まどうしょ》を広げペンを構《かま》える諫奈に、枢の頬《ほお》は熱くなった。

姉の諫奈はさっきまで、聖《せい》ロヨラからいつまで経《た》っても帰ってこない二人を待ちわび、長椅《ながい》子《す》でふて寝《ね》してしまっていたのだ。祇園はそれを気にしたふうもなく、顔をあげ、

「枢」

「ん？　な、なにっ？　祇園くん」

ホワイトボードを引っ張《ば》り出し、立ったまま講師的《こうしてき》な位置で思案している隊長に、妹の枢は振《ふ》り向いた。

「僕と枢が本気なら、あのヴァンパイア、何秒でやれますか？」

「九秒から、遅《おそ》くても十一秒。周囲と自分の損害無視《そんがいむし》なら二秒」

「ですよね……」

「どうしたの祇園くん。ボク、祇園くんが命令してくれれば、いつでもリュドミナちゃんの首

を取る用意があるよ？」

「得体が、知れないのです」

祇園《ぎおん》の声は冷静だった。枢《くるる》は姉の諌奈《いさな》に請《こ》われ、今日、あの生徒会室で行われたことを詳《くわ》しく説明し始めた。

リュドミナという名のヴァンパイアの目的が、祇園にはわからなかった。

「ふむ……」

──山と村を支配《しはい》していたフィクサー・オークのハンマーを華麗《かれい》に避《よ》け、トドメを刺《さ》しきったのはギオンだった。

『TRPG』のシナリオは、クリアーすることができた。

モンスターに支配されていた村は解放《かいほう》されたのだった。遅《おく》れてやってきた騎士団《きしだん》を叱咤《しった》し、祇園は、彼らが村に常駐《じょうちゅう》するための聖堂《せいどう》を造《つく》る約束までさせた。そんなギオンのプレイに手を叩《たた》いて喜んでいたリュドミナの持つ濃桃《ディープピンク》の瞳《ひとみ》を、異端殲滅騎士《いたんせんめつきし》の青年は思い出す。

彼女はあの学院を支配し、それからどうしようというのか。

自《みずか》らの勢力《せいりょく》。眷属《けんぞく》を増《ふ》やし王国《キングダム》を作り、やがて周囲のヴァンパイアの王を従《したが》え、一大勢力《いちだいせいりょく》たる帝國《エンパイア》を築《きず》く。

命をある者をモノとして扱《あつか》い、支配する。その狂《くる》った秩序《ちつじょ》をヴァンパイアは至上《しじょう》とし、大いなる悦楽《えつらく》を得る。野心と欲望《よくぼう》をもつ多くの帰死者《またがえりもの》が、それを最終目的とするか、それを目論《もくろ》む実力あるヴァンパイアに荷担《かたん》していた。

だがリュドミナにはその気配がなかった。不気味なほどに、臭《にお》わない。祇園は最後まで彼女の表情《ひょうじょう》と行動を推《お》し量《はか》ることができなかった。

ただ底知れぬなにかを、祇園は感じていた。

リュドミナ・エステルハージには目的がある。それだけは確《たし》かなことだ。相対《あいたい》するヴァンパイアの薄汚《うすよご》れた欲望と邪淫《じゃいん》にまみれた願望のほとんどを理解《りかい》し、制圧《せいあつ》することで討滅《とうめつ》してきた祇園。

あの生徒会長ヴァンパイアの現状況《げんじょうきょう》を許《ゆる》すことはできなかった。いかなるものであっても、強大な異端悪の可能性《かのうせい》を持つなら、それを見逃《みのが》すことはできない。それが帰死者であるならば、なおさら。

枢からの報告《ほうこく》を聞き終わった諫奈が、眼鏡《めがね》のブリッジを押《お》さえ顔をあげた。

「そのリュドミナというヴァンパイアが属《ぞく》する『褥訓《レリジョン》』に、心当たりはついたのですか？　隊長」

「『非存在《メー・エオン》』とも『無世界論《アコスミスムス》』とも、彼女のやりようは違《ちが》っていました。その二つを模倣《もほう》する他の雑多《ざった》な『褥訓《レリジョン》』など、もちろん論外《ろんがい》です。そもそも彼女は、彼らヴァンパイアらしからぬふる舞《ま》いをつづけ、自《みずか》らを『不死君《モール・ツイヴァン》』などとすら呼《よ》んでいるのです」

「直接《ちょくせつ》リュドミナちゃんには聞かないの？」

「鋭《するど》い意見ですが……」

「まず、無理かと」

諫奈《いさな》が枢《くるる》へとペン先だけを向けた。

「ヴァンパイアは、もって回った語り口で、私達を煙《けむ》に巻《ま》くことを生き甲斐《がい》としているような連中ですから」

「そっかぁ。うーん、お姉ちゃんの言う通りだよねぇ……うぅん？　でもリュドミナちゃん、そういうタイプには見えないけど――」

「それともう一点」

祇園《ぎおん》はことばを切り、

「……、いや、気が変わりました。これは今はいいでしょう。個人的《こじんてき》なことです」

「祇園くんの個人的なこと!?」

「隊長の個人的なこと!?」

姉妹の声がハモっていた。

「よ、よくないよ祇園くん！　言って!?　ボク達同じ小隊の仲間でしょ!?」

「隊長。すべての情報《じょうほう》を開示《かいじ》していただかなければ作戦立案に重大な支障《ししょう》が出ることは明白。言うべきです」

矢継《やつ》ぎ早《ばや》に嬉《うれし》奈森《な もり》姉妹は祇園へまくし立てた。

「いえ、ことばがすべりました。これはお二人には関係ないことです」

「そ、そんなぁ！」

「これだから私は隊長には付いていけないのです……！」

枢は身を乗り出し、諫奈は腕《うで》を組んでそっぽを向くが、

「冗談《じょうだん》ではありません。いいですか？　ヴァンパイアハーフたる僕の中の穢《けが》れた半身が、あのリュドミナに強く反応《はんのう》したことなど、二人には関係ないことです。これは僕個人の問題です」

「言ってる……!!　打ち明けちゃってるよ祇園くん！」

リュドミナの『血罪示現《ヴァンピリズム》』内で、祇園は強い立ちくらみに似《に》た症状《しょうじょう》に襲《おそ》われていた。

──刀儀野《とぎの》祇園の血。ヴァンパイアハーフという特性《とくせい》。

彼はすべての帰死者《まがえりもの》に対して体内と精神《せいしん》が反応する。今まで異端《いたん》に対するレーダー代わりくらいにしか思っていなかったそれが、あの時、衝撃《しょうげき》とも呼《よ》べる鼓動《こどう》と血潮《ちしお》の激流《げきりゅう》となって祇園の体内を駆《か》けめぐっていた。

彼には幼少期《ようしょうき》の記録がなかった。

ヴァンパイアハーフ。自分の半分は、いったい誰《だれ》を祖《そ》としているのか。出生が謎《なぞ》だった。削《けず》り取られたような真実を求めるコトは帰死者を討滅《とうめつ》することと同じく、彼の生きる目的だった。異端《いたん》を狩《か》りつづければ、いつかはめぐり会うと信じていた。

そして青年は、あのリュドミナのようなヴァンパイアを、知らない。

あれ程《ほど》までに自分の中を、深奥《しんおう》までかき混《ま》ぜ、胸《むね》ぐらを熱く暗く翻弄《ほんろう》させるもの——

「つ、つまり、それはリュドミナという帰死者《またがえりもの》が、隊長のヴァンパイア因子《いんし》……つまりは失われてしまっている過去《かこ》に関係があるという意味にほかならないじゃないですか！　隊長の持つヴァンパイア因子の由来は、『鶏鳴騎士団《クルースニク》』、引いては『聖団』のこれからにも関わる大問題です！　これは隊長個人《こじん》の問題を超《こ》えています！」

「それって絶対《ぜったい》に突《つ》き止めなくちゃだめだよ！　いつだってリュドミナちゃんはやっちゃえるんだから、祇園《ぎおん》くんの問題を優先《ゆうせん》するべき！」

「そうであってもなくても、今から僕が提示《ていじ》する作戦案《プラン》は有効《ゆうこう》に機能《きのう》するはずですよ」

「隊長は、すでに作戦案を？」

「早い……！」

姉妹の熱に感化された様子もなく、祇園は七三分《しちさんわ》けの三の方に手櫛《てぐし》を通してかきあげた。

「枢《くるる》、今から僕の質問《しつもん》に正確《せいかく》に答えるんです。いいですね？」

「うん！」

「我々《われわれ》がヴァンパイアを討滅《とうめつ》する方法をすべて答えなさい」

「首を撥《は》ねて焼きはらう。心臓《しんぞう》を潰《つぶ》して焼きはらう。つまりは意識《いしき》を奪《うば》って焼きはらう」

「その通り」

祇園は枢の解答《かいとう》を引き継《つ》ぐようにうなずいた。

「太陽光やニンニク、流水や白木の杭《くい》などは所詮《しょせん》、ハンターを名乗る者たちが行う不確《ふたし》かな討滅の一段階目《いちだんかいめ》にすぎません。動きを封《ふう》じて灰《はい》にする。問答無用で塵《ちり》へと還《かえ》す。ヴァンパイア討滅を単純化《たんじゅんか》するならば、すべてはそこに行き着きます」

「うふふー」

「今の答えは側面打撃要員《そくめんだげきようういん》としては百点です。ただし、我々《われわれ》が扱《あつか》う秘蹟的《ひせきてき》な観点《かんてん》から見れば、実は大切な討滅方法を見逃《みのが》しています」

「えー？　ヴァンパイアを倒《たお》すのに他の方法ってあるの？」

「僕でもかろうじて思い出せた程《ほど》です。全然メジャーな方法ではありませんが……。諫奈《いさな》、あなたならわかりますか？」

「自信はありませんが……」

顎先《あごさき》に握《にぎ》りしめていた拳《こぶし》の先を当てていた秀才風《しゅうさいふう》の娘《むすめ》は、脳内《のうない》の魔導書《まどうしょ》をめくるように、

「ヴァンパイアから《精髄《アソート》》を奪《うば》うことで、帰死者は廃人《はいじん》と化します」

「思い出せたようですね」

祇園は薄《うす》く口を歪《ゆが》めて両手を広げる。

「《精髄》って⁉」

妹の枢が聞き慣《な》れぬ単語に瞳《ひとみ》を光らせる。彼女が言うには、聖団用語はだいたいおいしそう

な洋菓子《ようがし》の名に聞こえるらしい。

「《精髄《アゾート》》とは、ヴァンパイアなど高度な精神《せいしん》を持つ異端悪《いたんあく》のコアとも呼《よ》べる、魂《たましい》の中枢《ちゅうすう》のことです。帰死者《またがえりもの》が人間に血を啜《すす》るのは、一説にはそれを潤《うるお》すためとも言われています。つまりそれは、奴《やつ》らの堕淫的思想《だいんてきしそう》と瀆聖《とくせい》の力の源《みなもと》。核心的深意識《かくしんてきしんいしき》として、奴らの内部に眠《ねむ》っているのです」

「それを壊《こわ》せば、リュドミナちゃんは死んじゃう？」

「破壊《はかい》することができれば当然討滅《とうめつ》することができます。その意味では動物の心臓《しんぞう》と同じです。……が、ただ滅《ほろ》ぼすだけなら《精髄》を狙《ねら》うより、単純《たんじゅん》に彼らを焼きはらう方が百万倍は楽でしょうね。なにしろ、ヴァンパイアの精神コアを奪うとなれば、秘蹟示現局《ひせきじげんきょく》の専門家《せんもんか》達が集まり、大規模《だいきぼ》な儀式《ぎしき》を行う必要がありますから」

「しかし、隊長はそれをあえてしようと……？」

諫奈《いさな》のことばに、祇園《ぎおん》は軽くうなずき、

「理由は二つあります」

指を立てた。

「一つ目は、《精髄》が儀式など行わずに、容易《ようい》に手に入る見込《みこ》みがあること」

隊員である美しい双子《ふたご》の姉妹はにわかに姿勢《しせい》を正す。

「二つ目は、手に入れた《精髄》を解析《かいせき》することで、ヴァンパイアという存在《そんざい》を一網打尽《いちもうだじん》にする術式《じゅつしき》や兵器の開発さえ実現《じつげん》させる可能性《かのうせい》があること。……いえ、それを手に入れたら、僕は必ずそれを可能にしてみせます。かつて中世のヨーロッパで起こった、対異端悪、帰死者戦《せん》略《りゃく》を大躍進《だいやくしん》させたのは、とある強大なヴァンパイアの《精髄》を手に入れることで起こったとも言われています。それをもう一度、我々《われわれ》が起こすとしましょう。帰死者を根絶《ねだ》やしにするのです」

姉妹の表情《ひょうじょう》は一瞬《いっしゅん》だけぽかーんと空虚《くうきょ》になった。そして次の一秒で、全身に汗《あせ》が噴《ふ》き出し始めていることに気づく。隊長は、今、なんて言った？

帰死者を、根絶やしに？

「一つ目から詳《くわ》しく説明しましょう。なぜ大規模な儀式がなくても《精髄》が手に入るのか」

説明が早い……！　理解が追いつかなかった。だが隊長である祇園をさえぎるわけにはいかない。二人は彼のことばだけでも覚えようと身構《みがま》える。

「あのリュドミナという帰死者の『血罪示現《ヴァンビリズム》』は特殊《とくしゅ》です」

枢《くるる》にはよくわからない。彼女の一義《いちぎ》は祇園に依存《いぞん》する。彼がそう言うなら、そうなのだろう。

リュドミナ・エステルハージは特殊なヴァンパイア。

「そもそも『血罪示現』は帰死者の本質《ほんしつ》を現《あらわ》します。あれは、ヴァンパイアの《精髄》の力が投影《とうえい》され、作りあげられる能力ですから」

「なるほど、その手が……。隊長、私が枢から聞いた報告《ほうこく》が、隊長の認識《にんしき》と同じものならば、それは可能《かのう》かもしれません」

「どーいうこと?」

姉には理解《りかい》できているようだった。ならばきっと、二人は自分にも教えてくれるはず。

「僕はTRPGというリュドミナの『血罪示現《ヴァンピリズム》』に触《ふ》れながら、確信《かくしん》するにいたりました」

——奇妙《きみょう》なゲームだった。

祇園《ぎおん》はそれを頭で理解し、身体《からだ》で体得しようと気を張《は》りすぎ、オーバーヒート気味にもなった。会話だけで成立していく世界。ゲーム機器などなくとも、サイコロだけであのようなプレイが可能なものなのか……。

いまだに信じられなかったが、あのような不可思議なゲームを核《かく》にして、ヴァンパイアの能力、『血罪示現』をあそこまで拡張《かくちょう》するリュドミナの力は、やはり無視《むし》することができない。

「あの『TRPG』というゲームの中のどこかに、リュドミナというヴァンパイアに秘《ひ》められたコアである《精髄《アソート》》が存在《そんざい》しています。それを彼女の、あの特殊な精神世界で見つけ出し、直接《ちょくせつ》この手で奪《うば》えばいい。本来ならば我々《われわれ》がしなくてはならない大規模《だいきぼ》な儀式《ぎしき》は、あのリュドミナが代わりに行ってくれているというわけです」

「つまり、ボク達はあの『TRPG』っていうゲームをつづければいいっていうこと……?」

「そうです枢《くるる》。我々はあえて、あのヴァンパイアの能力が作り出す精神世界とも言うべき空間へ挑《いど》みます」

「りょうかーい！」

枢《くるる》は呼吸《こきゅう》をゆるくする。やることさえハッキリすれば、それでよかった。

「そして二つ目の理由、帰死者《またがえりもの》共の完全討滅《かんぜんとうめつ》……。手に入れた《精髄》は、単に持ち主である彼女を滅《ほろ》ぼすだけでなく、帰死者に対する膨大《ぼうだい》な情報《じょうほう》をも我々にもたらすはずです。あれだけの能力を持つヴァンパイアの《精髄》ならば、必ず僕ら鶏鳴騎士団《クルースニク》、ひいては人類の悲願であるすべての帰死者を葬《ほうむ》り去るという大目的へ、我々を飛躍的《ひやくてき》に近づけてくれる戦略兵器《せんりゃくへいき》となるでしょう。これは、そのための作戦となります」

「そしてさらに、その《精髄》からもたらされる情報の中には、隊長の過去《かこ》に関する秘密《ひみつ》も含《ふく》まれると……」

「帰死者大殲滅計画《だいせんめつけいかく》の前に、そのような目的ははるか小さく霞《かす》みますがね」

諫奈《いさな》のことばに、祇園は小さく肩《かた》をすくめた。

「例外的な帰死者には、例外的な対策《たいさく》をもって対処《たいしょ》していくまでです」

ゆえに祇園は神経《しんけい》を集中させていたのだ。『TRPG』というゲームを吸収《きゅうしゅう》し、リュドミナというヴァンパイアを理解しようとした。

「これは極めて重大な任務《にんむ》となります。ヴァンパイアの完全なる制圧《せいあつ》、新たなその一歩。我々鶏鳴騎士団の異端《いたん》討滅とは、このようにあるべきです。……諫奈」

流れるように、祇園は隊長として後方情報支援《こうほうじょうほうしえん》の名を呼び、発言を求めていた。

「作戦に遺漏《いろう》はないかと。しかし隊長……もとい、祇園《ぎおん》さん」

「なにか？」

「私にこれ以上意見を求めるのは筋違《すじちが》いです。私は荷物を取りに来ただけで、もう刀儀野《とぎの》小隊のメンバーではありませんので」

「これは失礼。もう大丈夫《だいじょうぶ》です、あなたがいなくとも」

「本日はもう遅《おそ》いので泊《と》まっていきますが、明日には荷物を引きはらいます。そのつもりで」

「お姉ちゃん……っ！」

席を立ち、早足で部屋を出て行く姉を、枢《くるる》は追った。

姉妹がシャワーを浴《あ》びた後、祇園も湯につかり、自室に戻《もど》り、眠《ねむ》った。


——それが、昨夜のことだった。

行動指針《こうどうししん》と作戦を策定《さくてい》した三人は、それぞれ身体《からだ》を休めるために部屋に戻った。

特に祇園と枢の二人は、これから任務《にんむ》の完了《かんりょう》まで学院へ通わなくてはならなくなる。規則的《きそくてき》な生活サイクルが必要だった。

《精髄《アゾート》》奪取《だっしゅ》の任務は、放課後に行われる。

リュドミナの住まう学院という環境《かんきょう》、生徒会室で行われるだろうTRPGのセッションで、最善《さいぜん》のパフォーマンスを発揮《はっき》するために調整するべきことは少なくない。

祇園はさっそく、改めて校舎《こうしゃ》の構造《こうぞう》や教職員《きょうしょくいん》の力関係、主立《おもだ》った生徒達の情報《じょうほう》まで頭に入れ直す。いつもは寝付《ねつ》きのよい枢も、祇園との新たな目標を持った学校生活が楽しみすぎてなかなか眠ることができなかった。

そのように各々《おのおの》準備《じゅんび》を済《す》ませ、一夜明け、いざ自室で目覚めて見たら、

「ふぅ……」

当のヴァンパイアの侵入《しんにゅう》を許《ゆる》していたのだ。

「やれやれ」

祇園はリュドミナが抜《ぬ》け出して行った三分割《さんぶんかつ》ベッドを整え、寝間着《ねまき》から制服《せいふく》に着替《きが》えた。

刀を手に、ダイニングへ移《うつ》る。

「『聖団』が用意するセーフハウスの結界もたかが知れたものです。こんなことなら、いち早く自前のものに変えておくべきでした」

リュドミナはダイニングテーブルのイスに腰掛《こしか》け、出されたトマトジュースを飲んでいた。

「待っておったぞ祇園っ！　くっくっく……。さっきはごめんなさい」

彼女は何事もなかったかのように、ダイニングテーブルの一角で頭を下げた。

「やれやれ」

「いやあ……、しかし昨日は活躍《かつやく》であったなギオン！　まさか捕《と》らわれていた娘《むすめ》が、オーク討伐《とうばつ》を目論《もくろ》んで花嫁《はなよめ》に志願《しがん》していたとは思わなかったな！　しかもその作戦、うぬは止めなかっ

たし！」

「あの花嫁衣装《はなよめいしょう》は武器《ぶき》を隠《かく》すには最適《さいてき》でしたし、あの村はこれからも近隣《きんりん》のモンスターの脅《きょう》威《い》には依然《いぜん》、さらされます。無かったのは、戦う大義《たいぎ》のみでした」

「くっくっく、やっぱりうぬには見込《みこ》みがあるなぁっ！」

なぜかリュドミナの前に、諫奈《いさな》は朝食のパンケーキを用意している。

学院制服《せいふく》のブラウスの首もとにナプキンを挟《はさ》み込み、両手にナイフとフォークを握《にぎ》った有角の少女は、慣《な》れた手つきでそれを動かす。

広いベランダから射《さ》し込む朝日が、彼女の頭の左右を細く飾《かざ》る象牙色《ぞうげいろ》の優美《ゆうび》な角を煌《きら》めかせている。ヴァンパイアの証《あかし》として一目瞭然《いちもくりょうぜん》の角は、しかし、なんの能力《のうりょく》も持たない一般的《いっぱんてき》な人間には見ることができないことを祇園《ぎおん》は思い出す。

だからこそ、聖《せい》ロヨラ学院の生徒達は、彼女をただの西露——あるいは東欧《とうおう》からやって来た、ただの面白《おもしろ》美人転校生だと思い、そのキャラクターのノリのまま生徒会長にしてしまったのだ。

リュドミナ・エステルハージの企《たくら》みに、気づかぬまま……。

「……、なんじゃ？　うぬは、まだわしを許《ゆる》しておらぬのか……？」

輝銀髪《プラチナブロンド》の少女が、真っ直ぐな祇園の視線《しせん》に気がついた。

「リュドミナ、あなた僕に、ベッドの中で本当になにもしてないでしょうね」

「ぶふぉっ！」

輝銀髪の少女は口に運んだプチトマトを吐《は》いた。

「げほっ！　ぬふおっ！」

慌《あわ》ててそれをナプキンでぬぐい取り、

「ばばばば、ばか！　わしはあんなはしたない連中とは違《ちが》う！　わしは不死君《モール・ヴィヴァン》じゃぞ!?　一緒《いっしょ》にするでない！」

彼女のふる舞《ま》いには、殺気や害意のかけらもなかった。

「どうだか」

祇園の物言いに、リュドミナはぐぅっと彼をにらんだが、騎士《きし》の青年も枢《くるる》が運んでくれたパンケーキを前に、首元にナプキン。両手にナイフにフォークを構《かま》え、朝食を摂《と》り始めていた。

「……でじゃな祇園。喰《く》いながらでいい、聞いて欲《ほ》しいのじゃが——」

「なんです」

祇園は牛乳のコップを置く。

「今日の放課後！　生徒会室にてキャラメイキングをしたいと思うのじゃが、いかが……？」

威勢《いせい》よく始めたが、最後の方が、若干《じゃっかん》うかがうようになってしまっていた。

それでもリュドミナは濃桃《ディープピンク》の瞳《ひとみ》の内部を見せつけるようにして、祇園に分厚《ぶあつ》いパンフレットのようなものを差し出している。

「なんです？」

「これが昨日プレイしたTRPG、『シールド・ユニバース』のルールブックなのじゃ」

「はぁ」

祇園《ぎおん》は受け取り、ためしに少しめくってみる。横書きの図鑑《ずかん》のような本だった。

「一式貸《か》すので、放課後までに読んでおいて欲《ほ》しい……っ！　大丈夫《だいじょうぶ》とは思うが、無くしたりするでないぞ？　それ、かなりいいお値段《ねだん》なのじゃからなっ！」

「はい？」

祇園はひょいと手にした冊子《さっし》を裏返《うらがえ》してみる。そこには出版社《しゅっぱんしゃ》などの色々な表記が並《なら》び、

「え……？　こ、これで四千二百円ですか⁉　ウソでしょう⁇　高い！　あきらかに高すぎます！　……さすがヴァンパイア、悪辣《あくらつ》です！　このようなものを生徒達に売りさばいているのですかッ‼　許《ゆる》せません！」

「ちがぁぁあう‼　わしではないッ‼　TRPGのルールブックはきちんと本屋さんで売っているものなのじゃようぅぅ⁉　別にわしの手作りというわけではなく、きちんとした会社が作っているのじゃ！」

「し、しかし……！　これは、いくらなんでもっ！」

「落ち着くのじゃ祇園！　うぬの義憤《ぎふん》はよくわかる。しかし、よーく考えてみて欲しい。ゲームソフト一本だって今どきそれくらいはする！　しかも、TRPG人口はスマホゲームや他のゲーム人口と比《くら》べてはるかに少ない……！　『TRPG』という文化は、製作《せいさく》サイドとわしら

プレイヤーサイドで多少無理をしてでも支《ささ》えて行かなくてはならない絶滅危惧的遊技文化《ぜつめつきぐてきゲームぶんか》なのじゃよ！　もう言ってて悲しくなってきた！」

「ですが、この一冊で四千円超《ご》えとは……」

「うむ……しかも数ヶ月おきに、新しい追加サプリメントブックが出る。それらも三千円は下回らない……。じゃからわしらは、生徒会のメンバーでお金を出しあって、それらを大きなゲームショップで買っているのじゃ。祇園もどうか大切にして欲しい……！」

リュドミナは胸《むね》の前で手と手をぱんっとあわせて祇園を拝《おが》んだ。仏教《ぶっきょう》の習慣《しゅうかん》だった。

「わ、わかりました……が、ひとつ質問《しつもん》が」

「なんじゃなんじゃっ」

「なぜわざわざ新しくキャラを作らなくてはいけないんですか？　昨日使ったキャラでよいのでは？」

「もちろんそれでもよかった。……しかし、やはり愛着が違《ちが》うと思ってな？」

「愛着、ですか……」

「その方が感情移入《かんじょういにゅう》の度合いも違ってくるしなぁ。とにかく、せっかくプレイしてもらうのじゃから、一から作ったキャラで遊びたくはないか？　天花寺《てんげいじ》せんせーは、あのシナリオをキャンペーンにしたいと言っていたし！」

「いいでしょう、わかりました」

「そうか、やってくれるか……！　く、くくく……っ！　たーのしみじゃなぁっ！　祇園《ぎおん》はいったい、どんなキャラを作るのじゃろうかーっ！」

祇園はルールブックをテーブルの脇《わき》に置いた。ここは、彼女の申し出に乗っておいた方がよいだろうと祇園は判断《はんだん》した。リュドミナがなにを言っているかはルールブックを精読《せいどく》すればわかるだろう。

それよりも、『血罪示現《ヴァンピリズム》』の核《かく》である彼女が、それを望んでいるというのが重要だった。

リュドミナの精神活動が活性化《かっせいか》すればするほど、《精髄《アソート》》は、彼女の作る世界のどこかに色《いろ》濃《こ》く結晶《けっしょう》する。壮大《そうだい》な儀式《ぎしき》には手順が必要であり、これは祇園にとって今後の世界のあり方を変えてしまう重要な作戦であり、自分に課した任務《にんむ》であった。

万事は慎重《しんちょう》に。かつ果敢《かかん》に。基本方針《きほんほうしん》はあれども、その都度《つど》の状況《じょうきょう》によって臨機応変《りんきおうへん》な判断《はんだん》の元で行動を紡《つむ》いでいかなくてはならない。

上機嫌《じょうきげん》なリュドミナからは鼻歌まで飛び出している。罰当《ばちあ》たりなことに賛美歌《さんびか》だった。

祇園はヴァンパイアから視線《しせん》を外した。

「しかし、リュドミナ」

「うむっ？」

「ヴァンパイアハーフである僕と寄《よ》り添《そ》って、よく、吸精衝動《きゅうせいしょうどう》に耐《た》えられましたね」

輝銀髪《プラチナブロンド》の少女の肩《かた》が、びくっと微《かす》かに跳《は》ねた。

「は、ははは、じゃから、わしはヴァンパイアではなく、不死君《モール・ヴィヴァン》と――」

「吸《す》いましたね？」

「うぐーっ⁉」

「正直に言えば、許《ゆる》します」

「ほ、本当か……？」

「はい。僕はヴァンパイアに噛《か》まれたくらいでは、なんとも」

「そ……そう、なのか？　ふ、ふぅ……」

リュドミナは額《ひたい》の汗《あせ》を拭《ぬぐ》い、笑みを浮《う》かべ、

「うむ、気づいてしまったら、さすがにちょっと堪《たま》らんかったのでなぁ。あ、でも一口だけじゃよ？　おかげで見よ！　肌《はだ》がこんなにもぷりぷりに――」

「正体見たり！（ガタっ）」

「なッ⁉　なぜえぇッ⁉　祇園の嘘《うそ》つきぃぃッ！　ひひぃぃっ‼　いやじゃあっ！　もう吸わないっ！　もう絶対《ぜったい》に黙《だま》って吸ったりしないからぁぁ……ッ！」

◆

放課後の生徒会室で、祇園は無表情《むひょうじょう》だった。

「うぬは……」

転校二日目の青年が机《つくえ》の上に振《ふ》ったサイコロの目を前にして、リュドミナは絶句《ぜっく》している。

⚀⚀

「キャラクターメイキングで、なんという目を出しておるのじゃ……」

俗《ぞく》に【一ゾロ】と呼《よ》ばれる出目《でめ》だった。

TRPGにおいて、プレイヤーがこの目を引き出してしまった場合、それは大抵《たいてい》、ルール的に【大失敗《ファンブル》】という扱《あつか》いを受けた。悲劇的《ひげきてき》な結果を招《まね》きたくなかったら、決して出してはならぬゾロ目だった。

——自宅《じたく》マンションにリュドミナの朝駆《あさが》けを受けた異端討滅騎士《いたんとうめつきし》の青年は、その日、渡《わた》されたルールブックを授業中《じゅぎょうちゅう》、休み時間を問わず熟読《じゅくどく》した。

結果、祇園《ぎおん》はその内容《ないよう》をほぼ丸暗記するにいたる。作戦と任務《にんむ》に忠実《ちゅうじつ》。愚直《ぐちょく》なまでの正攻法《せいこうほう》が、まずは必要だった。祇園は数多くの『血罪示現《ヴァンピリズム》』を制圧《せいあつ》してきた鶏鳴騎士《クルースニク》団の一員としても、また自《みずか》らの誇りと使命をかけて、この『遊技《ゲーム》』を本気で攻略《こうりゃく》していくつもりだった。

昨日一度プレイすることができたとはいえ、祇園は『TRPG』というゲームに関してはまだまだ初心者。

対してヴァンパイアであるリュドミナは『TRPG』に関しては『血罪示現』を展開《てんかい》するまでの手《て》練《だれ》れ。

リュドミナ相手にルールもままならないとなれば『血罪示現』内で丸腰《まるごし》と変わりがなかった。

ヴァンパイアは、得意とする『遊技』において、ルール違反《いはん》ギリギリの陰湿《いんしつ》なトリックを好んで仕掛《しか》ける。対戦者の精神的動揺《せいしんてきどうよう》を誘《さそ》い、屈辱《くつじょく》を与《あた》えうる状況《じょうきょう》を、ことさらに好む。

授業を無視し、半日かけて『シールド・ユニバース』というゲームのルールは頭に入れた。

昨日の経験《けいけん》とあわせ、これでほぼTRPGのなんたるかをギオンは会得《えとく》したつもりだった。

リュドミナがいつ、どこで、なにを仕掛けてきても、対応《たいおう》出来るはずだった。自信があった。

だが、サイコロの出目という要素《ようそ》が、祇園の思惑《おもわく》を狂《くる》わせた。

リュドミナから渡された『キャラクターシート』という特別な記録紙に、自分がサイコロで定めたステータスを粛々《しゅくしゅく》と書き込む祇園。

それから⚀⚀《ゾロ》を刻《きざ》むダイスをひょいと握《にぎ》りあげ、

「サイコロを変えましょう。このサイコロは呪《のろ》われています。リュドミナのものを借りた僕が、間違《まちが》っていたのです」

「ひ、ひどいであろう祇園《ぎおん》っ！　わしのピンククリスタルダイスは呪《のろ》われてなんかないぞっ！　うぬが自前のダイスを持っていないというから、せっかく貸《か》してあげたというのに……！」

輝銀髪《プラチナブロンド》の少女は悔《くや》しそうに両手の握《にぎ》り拳《こぶし》を上下させた。

「なんとかならないのですかリュドミナ。……あ、そうです。こうすれば」

七三分《しちさんわ》けの青年はイスから立ち上がり、

「【アクション宣言《せんげん》！】僕はキャラクター作成《さくせい》のダイスを振《ふ》ります！【ダイスセット！】」

生徒会室の一角で右腕《みぎうで》を掲《かか》げた。

「や、やめよ祇園っ！　ここは現実《げんじつ》じゃから！　それはまだできない！　ゲームと現実《げんじつ》の区別をつけるのじゃ！」

顔を赤くしたリュドミナは、少し離《はな》れたところで枢《くるる》のキャラメイキングを手伝っているマスターの天花寺《てんげいじ》鳥籠《とりかご》や字間《あざま》梓彩《あずさ》から祇園を隠《かく》すようにうごめいた。

「……おや？」

青年は、なんの変化もない右腕の先に首を傾《かし》げた。

「人の話を聞け祇園っ！」

「梓彩さん、すいません、ダイスを貸していただけませんか？」

スタスタ歩いて、祇園はプレイヤーの一人である制服姿《せいふくすがた》の梓彩へと申し出た。

「あ、は、はい……っ。でも、あ、あれっ？　リュドミナ先輩《せんぱい》が……」

「祇園がわしをいじめるぅっ……！　なに？　なんなのじゃ？　ヴァンパイアハンターってわしらに対するそういう態度《たいど》も決まってるの⁉」

「ヴァンパイアとは馴《な》れあわない。それだけのことです」

梓彩から漆黒《しっこく》のダイスを借りた祇園はクールに自席へと戻《もど》り、カラカラと手の中で回転させ、机《つくえ》の上に振った。

⚁⚀

「…………」

「よくなってる！　よくなっておるよ祇園ッ‼」

「し、しかし……！　なんだというんですか！　ちょっとリュドミナ、僕から離《はな》れてもらえませんか⁉　呪われているのはあなただ！」

「振り直そうッ⁉　祇園、これはいくらなんでもひどすぎる！　これは分身たるキャラクターの能力値《のうりよくち》じゃぞっ！　マ、マスター！　キャラメイキングの時に一定値《いっていち》に達していないキャラは、振り直しが認《みと》められるはずじゃよな⁉」

「なにを言っているんですかリュドミナ‼」

「ぎ、祇園《ぎおん》っ⁉」

　ゲームマスターへの進言をさえぎられた帰死者《またがえりもの》の少女は、声を荒《あ》らげた青年に向き直った。

「そのような卑怯《ひきよう》な真似《まね》を、僕は許容《きよよう》することはできません！」

「……は？　いや、卑怯もなにも……」

「リュドミナ、あなたは能力値《のうりよくち》が低く生まれてきたからといって、それが気に入らなければ生まれ直しをすることができるのですか⁉　僕はこれでいきます。人の運命は生まれで決まるものではありません。これだからヴァンパイアは……！」

「ひ、ひどい差別じゃよ⁉　それにわしら不死の一族ほどルール厳守《げんしゆ》の掟《おきて》を守るモノなんかおらぬのにっ！」

「ヴァンパイアには理解《りかい》できまいっ！」

　立ち上がった祇園はリュドミナに握《にぎ》ったダイスを突《つ》きつけ、

「人間には、ルールより大切な尊厳《そんげん》というものがあるッ‼」

「やだっ、なにそれかっこいい……ッ‼」

　ドヤ顔の祇園の勢《いきお》いに、リュドミナの濃桃《ディープピンク》の瞳《ひとみ》の中が一瞬《いつしゆん》ハートになった。

「い、いや、しかし……！　じゃからといって、うぬ！　この種族のところ！」

　それを振《ふ》り切るように目をつぶってリュドミナは顔をそらした。彼女は悲惨《ひさん》なことになっている祇園のキャラクターシートを指さす。

「種族がどうかしましたか？」

彼も、作りあげつつある自分のキャラクターのパラメーターを書き込《こ》んでいるキャラシートに目を留《と》める。

「種族がダークエルフって！　これを選べるルールもルールじゃが、サイコロでこれを出すのは奇跡的《きせきてき》な確率《かくりつ》じゃぞ！」

「いいじゃないですかダークエルフ！　僕にぴったりです！　僕はこれが……！　もうこれが、いいんですっ！」

「ムキになるな祇園！　うぬは、あとで後悔《こうかい》しても――」

「ムキになんかなっていません！　後悔なんてもってのほかです！　リュドミナこそループックをちゃんと見てください！　確《たし》かにダークエルフは闇堕《やみお》ちしたエルフの一族だと言われ、外見こそ異質《いしつ》で恐《おそ》ろしく見える種族ですが、異端《いたん》ではないのです！　ただ、世間に誤解《ごかい》されている孤高《ここう》の種族だと書いてある！　ふっ……、僕に、ぴったりだと思いませんか!?」

「し、しかし、ダークエルフはロールプレイが難《むずか》しいぞ？　村人に偏見《へんけん》を受けることが多い！　うぬはＴＲＰＧ初心者なのじゃし……。やはり、ここはゲームということで――」

「くどい！　心配はご無用！　やり遂《と》げられます！　あなたは僕を誰《だれ》だと思っているんですかっ!?」

「わしはうぬを心配して言っているのじゃぞ！　種族もそうじゃが、能力値もひどい！」

「そんなことありません！」

「うぬの職業《しょくぎょう》は聖騎士《パラディン》じゃろ⁉　それが【筋力《きんりょく》】4ってなんじゃ！　魔法使い《スペルエフェクター》アズサでも5あるのじゃぞ！」

「いいじゃないですか！　【知力】は11もあります！」

「平均値《へいきんち》！　ようやく平均値ちょい下じゃよっ⁉」

「だ、大丈夫《だいじょうぶ》ですよ、きっと……」

祇園《ぎおん》は改めて自分が完成させたはずのキャラクターシートを眺《なが》める。TRPGのゲーム内では、キャラクターに関してはすべてこの用紙にて管理されることになる。

「な……？　祇園、ここは救済措置《きゅうさいそち》を――」

「結《けっ》・構《こう》・です！」

七三《しちさん》の青年はリュドミナに向かって目をつりあげた。

「僕はこの！　ダークエルフの聖騎士として世界を救いますから！　もう放っておいてください……ッ！」

両手で頭をかかえた祇園は、ゆっくりと机《つくえ》に突《つ》っ伏《ぶ》した。

「うぬは明らかに落《お》ち込《こ》んでいるではないか……！　祇園！　祇園っ……？　だめじゃ、岩のように心を閉《と》ざしておる……。せっかく、祇園がやる気を出してくれたというのに、この、ダイスめぇぇ……っ！」

「リュドミナちゃんっ。ボクのキャラも見て見てっ！」

「お……枢《くるる》？　う、うむっ」

枢組もキャラクターメイキングがほぼほぼ終わったらしい。報告《ほうこく》に来た少女に、リュドミナは手を伸ばした。

「……ほほう、うぬは職業は神官のまま、種族がエレメンタル・ドールになったのか」

「うん！」

彼女のキャラシートを見ると、能力値《のうりょくち》にはかなり良さそうな数値が並《なら》んでいた。

いや、良いというレベルではない。最低値でも20というのは、祇園とは別の意味でダイスの出目《でめ》がどうかしている。枢のキャラが羨《うらや》ましいというよりは、これでは祇園が可哀想《かわいそう》だった。

「ねえねえリュドミナちゃん。それでね、ボクの作ったキャラクターの名前だけどー」

「ああ、それは学院の規則《きそく》で、本名を使うことになっておる」

「学院の規則で⁉　ボク授業《じゅぎょう》そっちのけで、やっと『アインシュタイン越え男《こお》』っていう名前を考え出したのに？　リュドミナちゃんはボクがこの名前にどんな願いを込めたのかわからないの⁉」

「わかる！　越えたいんじゃろ⁉　アインシュタインを！　なんで？　そ、そうではなくて、聞いて欲しい！　実はな？　ＴＲＰＧが校内で流行り始めたころ、生徒達が学院内でお互《たが》いをキャラクターの名前で呼《よ》びあうようになるという事態《じたい》が起こってしまってな。これはさすがにマズイと教員達が話しあった結果、TRPGを校内ですることを認《みと》める代わりに、キャラクター名は本名を基本《きほん》とするということになったのじゃ。いやあ、残念じゃなぁ……」

「ふーん……？　じゃあ、ボクのキャラの名前はクルル？」

「その通り。よろしくなクルル。規則《きそく》に救われたな！」

「よろしくリュドミナちゃん！」

枢《くるる》は嬉《うれ》しそうな表情《ひょうじょう》で手渡《てわた》された自分のキャラシートの名前を書き直した。

「うむ！　では祇園《ぎおん》と枢に、作ったキャラの設定《せってい》を改めて紹介《しょうかい》してもらおう。と、その前に移動《いどう》じゃ。セッションは隣《となり》の会議スペースで行う」

リュドミナはチラリと祇園を見た。七三分《しちさんわ》けの青年は素直《すなお》に移動を開始していた。安堵《あんど》した彼女は、生徒会室を二つに区切った反対側、会議スペースの机《つくえ》へと、メンバーをうながす。

「その、キャラの設定とやらのことなのですが」

いくつかの会議机をあわせて作られた卓《たく》についた祇園が手をあげた。

「ゲームマスターの天花寺《てんげいじ》先生に、『碧《あお》の要塞《ようさい》』という冒険者《ぼうけんしゃ》ギルド……？　に憧《あこが》れを持っているという設定にして欲《ほ》しいとのことだったのですが、そのあたりのことも、一緒《いっしょ》に自分で説明を？」

「冒険者ぎるど……？」

「枢、あなた聞いていなかったんですか？」

やれやれと言った風情《ふぜい》で祇園は部下の少女に肩《かた》をすくめた。

「この『シールド・ユニバース』という世界には、冒険者の有志達《ゆうし》が互助会的《ごじょかいてき》に作った冒険者の集まりがあるそうです。独立《どくりつ》した軍のように動くそのギルドと呼《よ》ばれる集団《しゅうだん》は、子供《こども》達の憧れであり、名のあるギルドに憧れをいだいて冒険者になる者もいるとか」

「祇園さんのおっしゃった内容《ないよう》で、ほぼ正解《せいかい》です。そこに補足《ほそく》いたしますと……」

ゲームマスター、天花寺鳥籠《とりかご》はほがらかにことばを繋《つな》いだ。

「この『シールド・ユニバース』という世界は、まだまだ不安定な時代にありまして、街や国の一つくらい、敵対種族《てきたいしゅぞく》によって簡単《かんたん》にひっくり返されてしまう危機的状況《ききてきじょうきょう》に、常《つね》にさらされていたりします。そのような人類に仇為《あだな》すモンスターから、人間の領域《りょういき》を遊撃的《ゆうげきてき》な軍のように護《まも》る役目が、冒険者ギルドにはあります。そうして命を救って貰《もら》った人々の中には、冒険者ギルドを『救世主ギルド』と呼ぶ者さえあるそうです。みなさんは、そんな世界を救いつづける勢力《せいりょく》に加勢したいという思いをいだいているということにしてください。そして、今回はその中の『碧の要塞』と呼ばれている冒険者ギルドを、みなさんは目指しています」

「すいません、その、『碧の要塞』についてですが……」

つづけてマスターへと質問《しつもん》をぶつけようとする意欲的《いよくてき》な祇園の姿勢《しせい》に、リュドミナの瞳《ひとみ》が色めき立つ。彼女はあきらかに、TRPGに前のめりな態度《たいど》の転入生に興奮《こうふん》していた。

七三分けの青年はそれを無視《むし》して、

「この僕が入団《にゅうだん》を望むくらいです。さぞかし気高《けだか》く、慈愛《じあい》に満ちた集団なのでしょうね」

「はい、それはもう。みなさんがいる地域《ちいき》では一位二位を争う、立派《りっぱ》なギルドという評判《ひょうばん》です」

「ふむ……了解《りょうかい》しました」

ようやく納得《なっとく》したように、祇園《ぎおん》は顎《あご》に指を添《そ》えた。

ここまで、彼が理解できていない状況はない。相棒《あいぼう》である枢《くるる》も、祇園とゲームマスターの二人からの説明で納得したらしい。このままゲームを進めてしまって問題はないと祇園は判断《はんだん》する。予定通りの流れであった。

祇園は意図的に、自分のキャラクターシートを見ないよう前を向いた。キャラメイクの出目《でめ》が壊滅的《かいめつてき》だった以外は、なんの問題もないのだから……。

「さて、それでは順に自己紹介《じこしょうかい》を……どのようにしましょう。せっかくだから、改めて全員にしていただきたいと考えているのですけど」

「お手本として、リュドミナ先輩《せんぱい》が先にしたらどうですか？」

生徒会長であるリュドミナ・エステルハージの向かい側に座《すわ》った一年生書記、字間《あざま》梓彩《あずさ》が水を向ける。

「わ、わしからっ？　う……うむ、いいじゃろう！」

「リュドミナちゃん照れてるっ！」

「う、うるさいっ。よろしいじゃろうか、マスター」

「どうぞ、リュドミナさんから」

まだ笑いつづける隣席《りんせき》の枢の肩《かた》をつついた帰死者《またがえりもの》の少女は、白い肌《はだ》を染《そ》めたまま、こほんと喉《のど》を鳴らした。

「ええと、キャラの名前はもちろんリュドミナじゃな。種族は人間で、職業《しょくぎょう》は戦士じゃ」

「……ぐッ⁉」

一瞬《いっしゅん》だった。祇園は低くうめいた。

会議教室が、リュドミナの『血罪示現《ヴァンピリズム》』につつまれる。

濃《こ》い霧《きり》が、空間のいたるところから開花するように噴《ふ》き出しあふれ、新しい景色を作り出した。そこは酒場のような場所だった。木造《もくぞう》の屋内で、雑多《ざった》なにおいが鼻《はな》を突《つ》く。

会議机《かいぎづくえ》についたままの配置で、自分達四人は、厚《あつ》い木製《もくせい》の酒場テーブルを囲んでいた。それぞれが身に着けている衣服が、世界と一緒《いっしょ》に変化している。あの時と同じ現象《げんしょう》が起きたのだ。

世界がめくられ、TRPG『シールド・ユニバース』の中に、ギオン達はいた。

「（祇園くん⁉）」

「（平気です枢。気にせず、リュドミナから目をはなさないでください）」

視線《しせん》と身振《みぶ》りだけの枢と祇園のやり取りがあった。リュドミナの能力《のうりょく》が発現《はつげん》したのと同時に、祇園の中のヴァンパイア因子《いんし》が暴《あば》れていた。活性化《かっせいか》した半身にあおられるように、騎士《きし》の青年は座ったままよろめいていた。燃《も》え上がるように震《ふる》えた心奥《しんおう》の動揺《どうよう》に、そのまま意識《いしき》が圧迫《あっぱく》されたのだ。

祇園《ぎおん》は腰《こし》の太刀《たち》を確認《かくにん》する。装備《そうび》が変わっていた。ナイトの剣《つるぎ》。両刃《りょうば》の長剣《ちょうけん》だった。しかし聖性《せいせい》は失われていない。なにかあれば即応《そくおう》できる。

同時に自分の容姿《ようし》まで変わっていることを自覚した。ダークエルフ。肌《はだ》は黒褐色《こっかっしょく》に変化し、耳が長くなり、全身がスタイリッシュな厚《あつ》い甲冑《かっちゅう》で覆《おお》われている。

枢《くるる》はさらに異質《いしつ》な変化を遂《と》げていた。

「(クルル⁉)」

全身の肌が陶器《とうき》のようにつるつるで、球体関節《きゅうたいかんせつ》で構成《こうせい》されている。踊《おど》り子のような衣服に防御力《ぼうぎょりょく》があるようには思えなかった。

「(リュドミナはっ⁉)」

彼女の見た目には、二人ほどの変化はなかった。

リュドミナの装備する白い毛皮鎧《けがわよろい》は、ほのかにピンクがかった彼女の白い肌の表面積をどうにか半分覆っている程度《ていど》。野性的なスタイルだった。腰の左右には手斧《ておの》が一丁ずつ。

「特殊技能《とくしゅぎのう》は【二刀流】。一撃必殺《いちげきひっさつ》である斧の手数を増《ふ》やす作戦じゃな。これはこのまま伸《の》ばして、多刀流にまでいくつもりじゃよ？」

彼女を観察しながらも、ギオンはまだ、ヴァンパイアたる半身を抑《おさ》えつけている。喉《のど》がつまるほど、芯《しん》から熱い。脈《みゃく》打つたびに視界《しかい》がぶれた。

学院潜入《せんにゅう》初日である昨日、突如《とつじょ》、ＴＲＰＧのセッションに紛《まぎ》れ込《こ》んでしまった時と、ほぼ同じ症状《しょうじょう》なのが幸いだった。心構《こころがま》えをしていなかったら、もう少し取り乱《みだ》していたはずだ。

ＴＲＰＧというものを手順を踏んで頭からきちんとやり始めると、衝撃《しょうげき》が増《ま》してしまうのか。それとも、もっと根本的な部分——己《おのれ》のヴァンパイアハーフという因子《いんし》に関わってくるものなのか、判断《はんだん》はまだできない。

「びっくりしますよね。リュドミナ先輩《せんぱい》がＴＲＰＧに興奮し始めると、だんだんこうなっちゃうんです」

酒場のテーブルの隣《となり》に座《すわ》る、魔法使い《スペルエフェクター》の装備に身をつつんだアズサがそっと、周囲の変化を観察しながらギオンにささやいた。

彼女は、この世界のことを言っているのだ。

「リュドミナ先輩と一緒《いっしょ》にＴＲＰＧのセッションに参加すると、こういうふうに楽しい雰囲気《ふんいき》にすっごく引き込《こ》まれるっていうか……、完全に浸《ひた》りきれて、見える景色が違《ちが》う……っていうんですか……？　フロー体験《たいけん》とかゾーンに入るって、きっとこういうことなんですよねっ。それに、今日はゾーンに入るのがいつもよりだいぶ早いです！」

そういう問題かと祇園《ギオン》は声にだそうとしたが、呼吸《こきゅう》が乱れ、うまくいかない。フロー体験やゾーン効果とは、確《たし》かに人間の深い集中力に関する心理学用語だったと思うが、リュドミナのこれはその限度《げんど》を超《こ》えている。

青年は落ち着いて胸《むね》の中で確認《かくにん》する。ヴァンパイアに害意がない限《かぎ》り、その『血罪示現《ヴァンピリズム》』の内部に一般《いっぱん》の人間が侵入《しんにゅう》しても、危険《きけん》や害がないことは確《たし》かだった。

セッションが終わったあとの、あの精神的《せいしんてき》な疲《つか》れは、アズサの言う通り、深く集中してゲームをするからであり、リュドミナになにかを吸《す》い取られているわけではない……。

だがそれをアズサ達に説明し、自分達は任務中《にんむちゅう》なのだと説得したあと、協力を得ようとするよりも、速《すみ》やかに自分達の任務をやり遂《と》げてしまうほうがよいと、祇園《ギオン》は判断《はんだん》している。

「で、わしがなんで数ある冒険者《ぼうけんしゃ》ギルドの中から碧《あお》の要塞《ようさい》に憧《あこが》れ、入りたいと思ったかと言うとじゃな」

祇園《ギオン》は再《ふたた》び意識《いしき》を集中させた。リュドミナを、探《さぐ》るのだ。

「たぶん恩《おん》とかが、あるのではないかなー。たとえば、このキャラは、設定的《せっていてき》に素行《そこう》不良《ふりょう》な娘《むすめ》なんじゃがー」

「そこうふりょう？　リュドミナちゃん、不良なの⁇」

「うむ！　生徒会長がゲームの中では不良とは洒落《しゃれ》ているじゃろう？　わしのキャラは山賊団《さんぞくだん》の頭領《とうりょう》の娘っていう設定なのじゃ。二刀流の斧《おの》はその流れじゃし」

「山賊団はいただけませんね」

呼吸《こきゅう》とともに心気を整えつづけていた祇園《ギオン》はとっさに反応《はんのう》していた。

「うむ？　そういえばギオンは聖騎士《パラディン》じゃったっけ……！　こ、これは、やってしまったかもしれん……」

「これからリュドミナの行動には、逐一《ちくいち》目を光らせる必要がありそうです」

「やっかいなのがパーティーに入ってしまったぞアズサ！」

「い、いいえ、私はこういうシチュエーション、大好物です！」

「なにが⁉　アズサ、なんで顔が赤い⁉」

「しかし、なぜそのような山賊娘が、冒険者ギルドとして名高い碧の要塞に？」

年季の入った木製《もくせい》のテーブルに、ダークエルフのギオンは肘《ひじ》をついた。そろそろ、この状《じょう》況《きょう》にも慣《な》れてきた。

ワイルドな毛皮鎧《けがわよろい》のリュドミナは、そのくびれた腰《こし》に手を当て、

「そうじゃな、きっとどこかの酒場で騒《さわ》ぎを起こして、しかしチンピラ相手に多勢《たぜい》に無勢《ぶぜい》。危《あぶ》ないところを、碧の要塞に属《ぞく》する名のある冒険者に助けてもらい、それで憧れをいだき、自分も碧の要塞に冒険者として入りたいと思った……というところではないか？」

「さすが不純《ふじゅん》な動機ですね」

「な、なんなのじゃよギオンその言い方！　うぬはもう、さっきから……だったらうぬは、なんで碧の要塞を目指しておるのじゃ⁉」

「そう慌《あわ》てずに、リュドミナ。まずは自己《じこ》紹介《しょうかい》からさせていただけますか？」

「くぅぅ……っ！」

ギオンにいなされ、リュドミナはじたばたした。その様子に、

「（ギオン先輩《せんぱい》、ナイスツンいただきました！）」

「失礼？　アズサさん、今なんと？」

「い、いいえ、なんでもないです……っ！」

鍔広《つばひろ》の魔女帽子《まじょぼうし》に表情《ひょうじょう》を隠《かく》してしまったアズサに肩《かた》をすくめ、ギオンは立ち上がる。

「名前はギオン。種族はダークエルフ。職業《しょくぎょう》は聖騎士《パラディン》を務《つと》めさせて頂《いただ》きます」

「ダ、ダークエルフのパラディンですか⁉　それだけで、すごい設定《せってい》ですね……」

伏《ふ》せていた顔をあげ、アズサが驚《おどろ》く。

「でも私、さっき、先輩達がヴァンパイアがなんとかって盛《も》り上がっていたので、もしかしてギオン先輩は、種族・ヴァンパイアで来るのかと思ったりしたんですが……。まあそれはいくらなんでもルール的にムリですし……」

「はははは、TRPGには色々なモンスターがいて楽しいですねぇ」

ギオンはとっさに笑っておいた。

「武器《ぶき》はブロードソードと盾《たて》の組みあわせです。特技《とくぎ》は迷《まよ》いましたが、聖騎士ですので【カバーリング】を選択《せんたく》しました。聖騎士ですとボーナスも付くようですし」

「かばーりんぐ？」

「HPとMPを消費して、味方に向かった敵《てき》の攻撃《こうげき》を自分で受け止める技能《ぎのう》です。もしもクル

ルが攻撃を受けても、うまくすれば聖騎士の僕が代わりに防御《ぼうぎょ》するということです」

「どうしよう！　ギオンくんがかっこいいすぎるっ！」

「くくっ、うぬの能力値《のうりょくち》で、うまく行けばいいがなぁ……」

「誰《だれ》がリュドミナまで守るといいました？」

「は……？　ま、待て、わしも一緒《いっしょ》のパーティじゃよねっ⁉」

「ははっ、そしてなぜ、碧《あお》の要塞《ようさい》を目指しているかといいますと」

「む、無視《むし》するなぁ……っ！　ははってなんじゃ⁉」

「腕試《うでだめ》し……でしょうね。もちろん『義《ぎ》を見てせざるは勇無《ゆうな》きなり』ではありますが、自分の腕がどこまで通じるのかを見てみたい。それほど有名な冒険者《ぼうけんしゃ》ギルドならば競争率《きょうそうりつ》も高く、レベルも高いはずです。諸国《しょこく》をめぐり、自分の力を試すために、僕は碧の要塞を目指しています。質問《しつもん》がなければ、以上」

「あ、そういえば……」

「なんですかクルル」

「ボクとギオンくんが、昨日みんなと冒険したキャラクターってどうなるの？」

「僕への質問でお願いしますよクルル。まあ……しかし、そういえば、気になりますね」

『それでしたら、リュドミナさん……？』

ふいに酒場のテーブル脇《わき》に出現《しゅつげん》したのは、黄緑色のボンネットにウエイトレス姿《すがた》のゲーム

マスター、天花寺《てんげいじ》鳥籠《とりかご》。全身を薄《うす》く発光させる彼女は、女戦士のリュドミナに視線《しせん》を送り、

「うむ、心配しなくとも、実はちゃんと考えてある。詳《くわ》しくはマスターから後ほど説明があるじゃろう。その前に、お次はアズサ、どうじゃ？」

「は、はいっ」

木のイスから立ち上がり、黒紫《くろむらさき》の鍔広帽子《つばひろぼうし》を押《お》さえて少女は会釈《えしゃく》した。

「アザマ・アズサです。魔法使い《スペルエフェクター》の人間で、特技《とくぎ》は【魔法強化《まほうきょうか》／確実化《かくじつか》】。MPを余計《よけい》に消費して、魔法の判定値《はんていち》を上げて、効果《こうか》をあたえやすくします。それから、ええと、どうして碧《あお》の要塞《ようさい》を目指すかといいますと」

杖《つえ》を持ちかえ、唇《くちびる》を湿《しめ》らせる。

「碧の要塞にしかない、魔導書《まどうしょ》があるということにしました。その知識《ちしき》を得るために碧の要塞を目指します」

にこにことうなずくクルルが、そのまま小さく手をあげる。

「アズサちゃんは、その魔導書でなにをしたいの？」

「実は私、アルケミスト技能も取得してまして、そっち関係で将来《しょうらい》、飛空艇《ひくうてい》を作りたいんです。そのために飛空石を作る秘術《ひじゅつ》が載《の》っている魔導書『堕《お》つべき大陸』を手に入れたいんです、が……」

『なるほど、確《たし》かに碧の要塞のライブラリーにはありそうです。充分現実的《じゅうぶんげんじつてき》な目標だと思い

ますよ？』

「よかった……。あの、私は以上な感じで……」

『では、最後はクルルさん、お願いします』

もとより椅子《いす》から腰《こし》を浮《う》かしていた球関節の少女は、上から紐《ひも》で引かれたようにぴんと背筋《せすじ》を伸《の》ばす。

「はーい、クルルです。種族はエレメンタル・ドールっていうお人形さんで、職業《しょくぎょう》は神官でー。特技《とくぎ》？　は【魔法強化《まほうきょうか》／複数化《ふくすうか》】？　これでいっぺんに何人かの怪我《けが》を治せるんだって！」

「宗派《しゅうは》はどれにしたんですか？」

「ギオンくんにあわせようとおもってるの。聖騎士《パラディン》も、宗派を選ぶんでしょ？」

「僕は一応《いちおう》、光と言葉の神であるテラステミカを選びました。まあ思いっきり、あれですし」

「じゃあボクもそれ！　でね、ボクはギオンくんにくっついて来たっていうことにするの！」

「ああ、エレメンタル・ドールって、主《あるじ》を選ぶと色々とボーナスがあるんでしたっけ」

「うんうん！　だから、碧《あお》の要塞《ようさい》を目指すのも、ご主人様が目指してるからっていう」

『なるほど、そういうことなら、お二人でのプレイもやりやすいですね』

マスターにこくこくうなずくクルル。ぱっとダークエルフの聖騎士へ笑顔になり、

「ギオンくん、それでいい？」

「構《かま》わないです。ふむ……」

ギオンはテーブルの上の冊子《さつし》、ルールブックを手にしてめくって情報《じょうほう》を確認《かくにん》する。中身こそルールブックだったが、今やルールブックの外見は古びた書物のようになっていた。

『それでは準備《じゅんび》ができ次第《しだい》、現在《いま》のみなさんの状況《じょうきょう》をご説明いたします』

テーブルの周囲を歩き回り、色々確認していたゲームマスターの鳥籠《とりかご》が上座《かみざ》に移動《いどう》し、パーティを見回す。

「うむっ！」

「はーいっ！」

「よろしくおねがいします……っ」

「お願いします。……と、その前にひとついいですか？」

リュドミナ、クルル、アズサとつづいて顔をあげたギオンは自分の長くのびた耳を撫《な》でた。

「パーティ的には新しいメンバーで組み直しているという状況ですが、これはどのような状況で？」

『では、そうですね。今みなさんにしていただいた自己紹介《じこしょうかい》は、この方にうながされて、お互《たが》いに名乗りあったということにしてください』

「んっ？」

とっさに武器《ぶき》の柄《つか》に手を掛《か》けたのはギオンだけだった。脇《わき》に避《よ》けたマスターの背後《はいご》に、頑丈《がんじょう》そうな金属《きんぞく》の扉《とびら》が出現《しゅつげん》していた。

『ギオンさんと同じ聖騎士《パラディン》の、オーレオリンさんと言います。もちろんレベルはオレオさんの方が高いですが』

「……は？」

だが相変わらずぽつんと、一枚《まい》の扉《とびら》が酒場の真ん中に立っているだけだった。戸惑《とまど》うギオン、リュドミナとクルル、そしてアズサは、今までずいぶん乱暴《らんぼう》な目にあっているらしき傷《きず》だらけの扉を警戒《けいかい》し、イスから腰《こし》をはなす。

『この方は、碧《あお》の要塞《ようさい》からこの地方に派遣《はけん》された試験官の方です』

「ドアじゃよっ⁉」

「リュドミナ！　ドアの後ろです！　人がいます！」

まるで少しだけ開いた扉の隙間《すきま》からわずかにこちらを覗《のぞ》くように、無表情《むひょうじょう》なナイスミドルの顔が見えた。

「あ！　本当じゃっ！」

輝銀髪《プラチナブロンド》の斧《おの》少女の声に、ひゅっとおひげのナイスミドルの顔が扉の陰《かげ》に隠《かく》れた。

「ひっこんでしまったぞ！」

「というかこれ、ドアじゃなくて、盾《たて》ですよっ⁉　でかすぎます！」

「でかすぎるというか、シャイすぎではないかっ⁉」

今やダークエルフの聖騎士であるギオンと、毛皮鎧《けがわよろい》の斧戦士《おのせんし》、リュドミナはドアの前でたじたじだった。

『オーレオリンさんは人見知りでシャイなのです』

「これだけ人見知りでシャイなら試験官は向いてないと思いますよ⁉」

「〈此度《こたび》の仕事ぶり、見事であーるッ！　第一試験は合格《ごうかく》と見なす！〉」

突如《とつじょ》、扉の向こうから試験官オーレオリンの勇ましい声が響《ひび》いた。

「ドアの後ろから、やけに堂々と偉《えら》そうですね！」

「ん？　第一試験、とな……？」

『はい、つまりこういうことにしておいてください』

天花寺鳥籠《てんげいじとりかご》は四人が戸惑う扉盾《ドアシールド》の横で手を広げ、パーティに微笑《ほほえ》む。

『前回の、モンスターに支配《しはい》された村を解放《かいほう》するシナリオは、ルールブックに載《の》っていたサンプルシナリオを、そのままテストプレイとして冒険《ぼうけん》していただいたのですが』

マスターの視線《しせん》は、ギオンとクルルへと向く。

『転校生であるお二人が途中《とちゅう》参加してくださって、とてもお話が盛《も》り上がりましたので、ぜひ、つづけてプレイしていただこうと、あのシナリオを《キャンペーン》つづきものにしてみました。シナリオの変更点《へんこうてん》は次の一点です』

黄緑色のボンネットウエイトレスは、改めて扉のように巨大《きょだい》な盾を指し示《しめ》す。

『実はあの一件《いっけん》は、こちら「碧の要塞」の試験官であるオーレオリンさんが、この地域《ちいき》で志願《しがん》してきた冒険者《ぼうけんしゃ》の中で、見込《みこ》みがありそうな冒険者の腕試《うでだめ》しをしようとしたときに、ちょうど舞《ま》い込んで来た依頼《いらい》だった。彼はその仕事ぶりを評価《ひょうか》して、合否《ごうひ》を決めようということになったのです』

「ふむ。では、わしらは前回のシナリオで、その試験に合格《ごうかく》したと。……おおっ！　なんじゃ⁉　これで有名冒険者ギルド、碧《あお》の要塞《ようさい》に入団《にゅうだん》決定か⁉」

「待ってください。僕とクルルは、その試験には参加していませんよ？」

『はい、ですので、お二人は他の試験官のテストをクリアーして、ここに合流したということにしてください』

「じゃあ、ボクとギオンくんが昨日使ったキャラは？」

『あの二人は、今いるギオンさんとクルルさんと入れかわりで、別の試験官の元で、次の試験を受けることになりました。どうやら、色々な冒険者との組みあわせでどう動くかも、試験の内容《ないよう》に含《ふく》まれているみたいですね』

「なるほど、じゃから、改めて自己紹介《じこしょうかい》をしたのじゃな？」

「リュドミナ？」

ギオンは毛皮鎧《けがわよろい》の少女を、いぶかしい目つきで眺《なが》めている。

「あなたも今、それを知ったんですか？　色々とマスターと話しあったりしていると聞いた気がするのですが」

「いや、わしはゲームマスター修行中《しゅぎょうちゅう》の天花寺《てんげいじ》せんせーの相談に乗ったり、アドバイスしているだけで、内容を全部を知ってるというわけではないのじゃよ。というよりも、シナリオの中身はまったく知らんと言っていい。第一、あらかじめ知っていては面白《おもしろ》くないではないか」

「ふぅむ……」

リュドミナの『血罪示現《ヴァンピリズム》』は、あくまで舞台《ぶたい》を提供《ていきょう》しているだけなのだと、ギオンは理解《りかい》する。

つまり、ゲームマスターの天花寺鳥籠《とりかご》は、この世界の管理権《かんりけん》をリュドミナから貸《か》し与《あた》えられているだけの状態《じょうたい》なのだ。それによる任務への弊害《へいがい》は、今のところギオンには予想できない。

かたちはどうあれ、リュドミナの《精髄《アソート》》は依然、この世界にあることは確《たし》かだった。

「〈それでは、第二試験は明朝《みょうちょう》より始める。各自、準備《じゅんび》しておくように〉」

扉盾の向こう側より、聖騎士《パラディン》らしい誇《ほこ》り高い声が響《ひび》いた。

『だそうですが、どうしますか？』

「少々……、よろしいですか？」

『なんでしょう、ギオンさん』

思考を目の前の状況《じょうきょう》に切りかえ、ギオンは眉間《みけん》を押《お》さえていた指をはなす。

「こんな試験官で、はたして本当に大丈夫《だいじょうぶ》なんですか……？　僕はここに来てやはり、碧の要塞に若干《じゃっかん》、不信感が……」

『では、【知識判定《ちしきはんてい》】してみましょうか。「碧《あお》の要塞《ようさい》」に所属《しょぞく》するオーレオリンという冒険者《ぼうけんしゃ》を知っているかどうか、判定してみましょう』

「ちしきはんてい……？」

「いいですか、クルル。このTRPGというゲームでは、キャラクターの知力によって、知っている知識が決まります。【知識判定】とは特定の物事についての知識があらかじめあったかどうか、サイコロを使って決める行為《こうい》のことです」

「ふーん……？　わかった！　じゃあ【ダイスセット！】ちしきはんていを【ロール！】」

「いいでしょう。試験官として派遣《はけん》される程《ほど》なら、僕が知っていてもおかしくはないはずです。【ロール！】」

つづいてリュドミナ、アズサからも光の筋《すじ》を引いてダイスが舞《ま》い、オーレオリンが隠《かく》れる扉《とびら》の上に出そろう。

『【知識判定】の合計値《ごうけいいち》が十五以上の方は、知っています。オーレオリンは碧の要塞内で発言力もある、有力な冒険者です。元はどこかの国の騎士団《きしだん》を率《ひき》いていたらしいですが、碧の要塞の活躍《かつやく》に感銘《かんめい》を受けて、身を投じたという噂《うわさ》があります』

「知ってる知ってる！　ボクも知ってた！　ぴったり合計で十五！」

「結構《けっこう》有名だったんですね、オーレオリンさんて。私、今になって緊張《きんちょう》してきたんですが……」

「クルルとアズサは成功か。さすがじゃなぁ」

「いや、僕は知りません！　こんな扉の向こうに隠《かく》れっぱなしの騎士が、碧の要塞の試験官のはずがありません……！　信用できませんよっ⁉」

「くっくっく、諦《あきら》めるのじゃなぁ、ギオン。クルルとアズサがああ言っているのじゃ。本物と認《みと》めるしかあるまい？　うぬが知らなかっただけで。くっくっく……！」

「リュドミナっ⁉　あ……あなたは、知っていたんですか……？」

「いや、わしも知らん。わしとうぬの知力と技能《ぎのう》では、クリティカルを出さない限《かぎ》りわからんじゃろう。しかもうぬ、⚂⚀とか、またヒドイ出目《でめ》じゃなぁ……」

「失敗すれば出目なんて関係ありませんから！　リュドミナこそ⚃⚄とか出しても、わからないのは一緒《いっしょ》です！　……ふっ、と、とにかく、僕は直接確《ちょくせつたし》かめるまで、あの聖騎士《パラディン》が碧の要塞からの使者だとは認めません！」

「な、なにをするつもりじゃ、ギオン」

「僕は、僕自身のやり方でしか、道を決めないのです。【アクション宣言《せんげん》！】オーレオリンに攻撃《こうげき》。【ダイスセット！】」

「ま、待つのじゃギオンっ！　え、ええっ⁉」

『なるほど、試験官に直接勝負をしかけて、その実力を見ようというのですね。貪欲《どんよく》なプレイです！　了解《りょうかい》しました。どうぞ、オーレオリンは盾《たて》を構《かま》えます。迎《むか》え撃《う》つようですよ』

「たとえあなたが碧の要塞の使者だとしても、僕の一撃に対応《たいおう》できないような試験官がいる冒《ぼう》険者《けんしゃ》ギルドなど、こちらから願い下げというもの。試すのは、あなただけの権利《けんり》ではないっ！　【ロール！】」

勢《いきお》いよくギオンの眼前《がんぜん》に出現《しゅつげん》するダイスは、彼が剣《けん》を抜《ぬ》くと同時に飛翔《ひしょう》。

⚅⚃／⚄⚃

「ギオン！　これは行ったか⁉　ダメージダイスも悪くないッ！　うぬはダイスの目が偏《かたよ》るなあっ！」

「聖騎士《パラディン》レベル2と、筋力《きんりょく》ボーナス……は、0なので（小声）、合計で十二でどうです！」

『マスターは訳《わけ》あって隠匿《ヒドゥン》ダイスでロールしています』

鳥籠《とりかご》の手からも灰色《はいいろ》の立方体が飛び、プレイヤーから出目《でめ》は確認《かくにん》できないが、計算が出そろったようだ。

『相手が並《なみ》の冒険者だったら、ギオンさんの攻撃《こうげき》も通ったと思います。しかし、そこはやはりと言うべきか』

「は……⁉」

ギオンの身体《からだ》が、動いた。結果が発動していた。

「くッ！」

ダークエルフの青年は意識《いしき》を体捌《たいさば》きにあわせる。やるしかない。あの巨大《きょだい》な盾《たて》にフェイント、左側へと走り込《こ》み、

「ここだッ！」

急旋回《きゅうせんかい》、くぐるように身を低く、右側面より裏側《うらがわ》へ飛びかかった。

「疾ッ！」

抜刀《ばっとう》しざまの一撃が、はじかれた。巨大な盾が機敏《きびん》に動き、剣と盾がぶつかり、金属音《きんぞくおん》。

「ッ⁉」

腕《うで》の痺《しび》れだけでは済《す》まなかった。衝撃《しょうげき》は全身を襲《おそ》った。

「ごはぁッ⁉」

扉盾に激突《げきとつ》し、歴戦の聖騎士に斬《き》りかかった若い聖騎士は、酒場の壁《かべ》ぎわまではじき飛ばされていた。

「ギオンッ⁉　平気かっ！」

「ギオンくんっ‼」

ダークエルフの頭上に36／36という数値が出現し、それが31／36に変化。

『パラディンの特有スキルである、【カウンターフォートレス】が発動しました。オーレオリンさんはギオンさんに盾を向けたまま、動きません』

「……くっ」

駆《か》け寄《よ》ってくるパーティメンバーを片手《かたて》で制《せい》し、ギオンは立ち上がる。

「【カウンターフォートレス】を扱《あつか》うとなれば、今の僕よりだいぶ先を行っているということです。認《みと》めましょう。そして今度は、この僕を認めさせてみせます……！」

『というやり取りがあったのが、昨夜ということにしましょう』

「……え？」

空間が揺《ゆ》らめいた。

宿屋一階の酒場にいた客や風景が速度をあげて溶《と》け流れ、空気が変化。

酒場の窓《まど》から、にぶく清冽《せいれつ》な光が投げ込《こ》まれた。

「あ、朝……？」

『翌日《よくじつ》です。みなさんは何事もなければ、オーレオリンさんが指定した早朝に、昨日のテーブルにつどいます。ちなみに、ギオンさんのHPは回復《かいふく》しています』

「んー、これはさすがに遅刻《ちこく》はできんなぁ。いつもは遅寝《おそね》遅起《おそお》きのわしじゃが、眠《ねむ》そうに起きてくるじゃろうな。ふあー、今日もいい天気じゃなー。おはよう」

「っ⁉」

声にギオンが振《ふ》り向けば、二階の宿エリアへつづく階段《かいだん》からリュドミナが降《お》りてくるところだった。毛皮鎧《けがわよろい》の少女は朝の気配に触発《しょくはつ》されたのか、ふわわと口を押《お》さえてあくびをしている。

「遅いですよリュドミナ」

「あ、おはようございますリュドミナ先輩《せんぱい》」

「リュドミナちゃんが、びり！」

「え、ええっ⁉　わしが一番最後⁉　みんな、それはずるいであろう！　ずっとそこにいっぱなしではないかーっ！」

『しかも今日は天気がよくありません。いつの間にか雨が降《ふ》っていますし、風もあります』

「マスターまで⁉　ううっ！　なんじゃかわしの心もレイニーデイじゃよ！」

射《さ》し込んでいた朝日は幻影《げんえい》だったのか。リュドミナが視線《しせん》を向けた窓は風にカタカタ鳴り、灰色《はいいろ》の雨雲はずいぶんと重そうだった。

『さて、各自朝食などを摂《と》っていると思いますが、約束の刻限《こくげん》になってもオーレオリンさんは現《あらわ》れません』

「くっくっく、ほれ、ビリはわしではないようじゃなぁ、んん？」

昨日と同じ席につき、食器をどかしていた輝銀髪《プラチナブロンド》の盗賊戦士《とうぞくせんし》はギオンにドヤ顔。

「それどころじゃないですよリュドミナ、いやな予感がします」

「は……？　どうした？」

「マスター、オーレオリンさんの宿は？」

ダークエルフの聖騎士《パラディン》は、宿の給仕に見えなくもない黄緑色のボンネットをかぶったゲームマスターへと目を細めた。言いながら立ち上がり、身に着けた装備《そうび》を確認《かくにん》している。

『みなさんと同じこの宿です。部屋の場所は、みなさん知っているということにしましょう』

「行ってみましょう。クルル」

「了解《りょうかい》!」

二人はためらいなく二階の宿エリアへと移動《いどう》。階段《かいだん》を登る。

「あ、あれっ? これ、ちょっと緊迫《きんぱく》してるのか? ひょっとして……」

ギオンとクルルにつづいてリュドミナとアズサも席を立った。四人は足早に碧《あお》の要塞《ようさい》試験官の部屋、扉《とびら》の前で顔を見あわせる。

「ドアが壊《こわ》されている、なんてことはないようですが」

「あ、扉の向こうを【聞き耳】するスカウト技能《ぎのう》持ってるの、このパーティではリュドミナ先《せん》輩《ぱい》じゃなかったですか?」

黒紫《くろむらさき》の鍔広帽《つばひろぼう》を押《お》さえたアズサは、おずおずと毛《け》皮鎧《がわよろい》がワイルドな戦士に両手を向ける。

「あれっ? 【聞き耳】とかの斥候《スカウト》捜査技能って、わししか持ってないの?」

「さすが盗賊団《とうぞくだん》の娘というわけですか。逮捕《たいほ》します!」

「まてぇ! ギオンっ⁉ ま、まだわし、なにもしていないではないかっ! それに【聞き耳】とか、うぬ達ではうまくできないのじゃぞ⁉」

「いいえ、この世に『必要悪』などというものを僕は認《みと》めていません。聖騎士《パラディン》である僕の前での狼藉《ろうぜき》は御法度《ごはっと》と心得《こころえ》てください。しかし……ふっ、この状況《じょうきょう》……人命に関わると判断《はんだん》します。しかたありません、目をつぶりましょう。やってください」

「う、うぬは、たかが【聞き耳】にプレッシャーだけを残しおって……！　マスター、扉の向こう側へ聞き耳を、【ロール！】」

『……はい、その目でしたら成功です。室内から物音はしません。そもそも、人の気配も感じられないような気がします』

「気配がない？　突入《とつにゅう》します！」

「ああっ！　わしまだみんなに報告《ほうこく》してないのにっ！　よ、よいか？　中には誰《だれ》もいない気がするぞ……っ⁉」

ギオンは最後まで聞かず、扉を勢《いきお》いよく押《お》し開いてクルルと同時に室内に身をすべらせた。

鍵《かぎ》はかかっていなかった。

「これは……？」

突入したオーレオリンの部屋は使用した形跡《けいせき》はあるものの、一見して綺麗《きれい》に整頓《せいとん》されていた。

「探《さが》してください！　……窓は、内側から鍵がしてあります。ドアに鍵が掛《か》かってなかったので意味はないですが！」

「ベッドの下にもいないよギオンくん！」

「ギオン！　机《つくえ》の上になにやら封書《ふうしょ》が！　『冒険者達《ぼうけんしゃ》へ』って書いてある！」

「読みましょう！」

「アズサ、まかせた！」

「な、なんでですか⁉　よ、読みますけれども！」

黒紫《くろむらさき》の魔法使い《スペルエフェクター》は、手袋《てぶくろ》につつまれた指先で封筒《ふうとう》をつまみあげ慎重《しんちょう》に開封。便せんを広げた。

「〈おはよう諸君《しょくん》、オーレオリンである。さっそくだが、本日より五日以内に、ソーダライト・ラズリにいる我《わ》が輩《はい》のところまで辿《たど》り着いて欲《ほ》しい〉……い、以上です……」

「ど……どういうことじゃ⁉」

「普通《ふつう》に考えれば、次の試験が始まったということでしょう。荒《あ》らされた形跡《けいせき》もなく、自《みずか》らの意志で宿を発《た》ったと思うのが自然です」

アズサから便せんと封筒を受け取ったギオンは文面を改め、そっけなく返した。

「そーだらいと・らずりって？」

ダークエルフ青年の手紙をのぞき込《こ》んでいたクルルがアズサに首を傾《かたむ》ける。

「な、なんでしょうか。マスター？」

『それではみなさん、【知識判定《ちしきはんてい》】で十二以上でソーダライト・ラズリを思い出すことができます。……十二以上の方……。（しゅぱーしゅぱー、しゅぱー、しゅぱーん……）……、……では、ギオンさん以外の方は知っています」

「……くっ‼（部屋の壁柱《かべばしら》に額《ひたい》を打ちつけるギオン）」

『今みなさんがいるこの街は、実は海沿《うみぞ》いの港街なのですが、隣《となり》の大陸に舟《ふね》で渡《わた》る途中《とちゅう》にあるソーダライト諸島の一つに、ラズリ島という島があるのを、お三方は思い出します』

「ギオンどんまい！　ソーダライト諸島のラズリ島のことじゃよ！　あ、知ってたか？　んっ？　んんんっ⁇」

「その満面の笑顔をやめなさいリュドミナ！　たまたまです！　きっと聖騎士《パラディン》は鎧《よろい》が重いので海がニガテなんです……‼」

「マスター、その島まで五日で行くのは可能《かのう》なんですか？」

『先ほどの判定で十六以上なら、ピンポイントでそこまでわかるのですが、今のみなさんの知識ではよくわかりません。ただ、ラズリ島の向こう側にある隣の大陸に移動《いどう》する場合、ここから陸の移動と、港から舟での移動で七日間はかかります』

「ひょっとして、五日間というのはギリギリなのでは……？　とにかく急ぎましょう。舟です！　舟を見つけるんです！」

「私、宿の人に、舟の出航日程《しゅっこうにってい》と港の情報《じょうほう》を聞いてきます！」

「わしもわしも！」

魔法使いのアズサと斧戦士《おのせんし》のリュドミナは、部屋から飛び出し階段《かいだん》を降りていった。

「……枢《くるる》、なにか気になったことは？」

碧《あお》の要塞《ようさい》試験官が他に何か残していないかギオンは机《つくえ》を調べた。サイコロを振《ふ》りながら、マスターの目を盗《ぬす》むようにダークエルフの青年はささやく。出目《でめ》はよくない。

「今のところ特にない。祇園《ぎおん》くんは？」

「僕もです。リュドミナの《精髄《アソート》》のかけらぐらいはこの部屋にあるかとも思いましたが、甘《あま》かったようです。もしかしたら、この宿のような人の気配がある場所では、まだリュドミナの深意《しんい》識《しき》にはとどかないのかもしれません」

「うん、ボクもリュドミナちゃんの様子を見ておく。……それから、ギオンくん……？」

「どうしました？」

外見が陶器《とうき》と球体関節で構成《こうせい》された神官という姿《すがた》になっても、活動的な枢《くるる》のイメージは変わっていなかった。瞳《ひとみ》が、なにより生きているように見えた。

「いろいろドンマイ！」

「う、うるさいですよクルル！　あなた、さっきから、サイコロを使った判定《はんてい》に全部成功してますよね⁉」

「『TRPG』って楽しいね！　こんなにドジッ子な祇園くん、ボク初めて見たっ！」

「真面目に任務《にんむ》に従事《じゅうじ》してくださいっ！　これは遊びではないんですから。……枢、よろしいですか？」

聖騎士《パラディン》の右眼《みぎめ》に、蒼《あお》い火の片鱗《へんりん》が灯った。

「はうっ」

枢は慌《あわ》てていずまいを正す。

――ダークエルフの鋭《するど》く尖《とが》った長い耳、黒褐色《くろかっしょく》の肌《はだ》を持った祇園に、枢はなんの違和感《いわかん》もいだかなくなっていた。剣呑《けんのん》なたたずまい。頭髪《とうはつ》だけが七三分《しちさんわ》けのままなギオンは、腰《こし》の両刃《りょうば》剣《けん》の柄尻《つかじり》に手を乗せる。

「この、五日以内に目的地まで辿《たど》り着くという第二試験に失敗したら、おそらく、リュドミナの《精髄》も手に入りません」

「え、えええっ……！」

「《精髄》を奪取《だっしゅ》するには、もっと深い場所まで辿り着かなくてはならないはずです。そのためにはシナリオを成功させ、さらになにかの秘密《ひみつ》に迫《せま》るような場所へ行く必要があります」

「じゃ、じゃあもし、この試験に失敗したら……、……あれ？　失敗したら、どうなるの？」

いまや聖騎士であり、同時に異端討滅《いたんとうめつ》の騎士《きし》でもある青年は、開けっ放しにされた出入り口を見つめる。

「あの帰死者《またがえりもの》を討滅するのは、たやすいことです」

内と外の感覚を探《さぐ》るように祇園は目を閉《と》じ、ゆっくりと開く。エレメンタル・ドールの少女へ向けた表情は自嘲《じちょう》気味《ぎみ》だった。

「枢は霊感《れいかん》や予感、啓示《けいじ》を信じますか？　……いや、僕らの立場で、これは愚問《ぐもん》でしたね」

祇園は苦笑の溜息《ためいき》を殺すように、軽く咳《せき》を打った。

「この、彼女の『血罪示現《ヴァンピリズム》』にいると、よくわかります」

いったいどれほどの力があれば、これほどの能力《のうりょく》を展開《てんかい》できのか。青年は肩《かた》をすくめた。

「我々《われわれ》は、あの不死君《モール・ヴィヴァン》を名乗るリュドミナの持つ背景《はいけい》を探《さぐ》らなければならないようです。……が、目的は変わりません。《精髄《アゾート》》の奪取《だっしゅ》。それさえ叶《かな》えればよいはずです」

ギオンは顎《あご》に、曲げた指の第二関節を添《そ》える。

「それにしても驚《おどろ》かせられます。ここには今後の異端討滅《いたんとうめつ》や、この僕の過去《かこ》だけではなく、鶏《ク》鳴騎士団《ルースニク》……ひいては『聖団』の今後を左右する、得体の知れないなにかが、やはり――」

「なにか新しいヒントは見つかったかっ⁇」

リュドミナとアズサがひょいっと廊下《ろうか》から部屋に顔を出した。部屋に残っていた聖騎士《パラディン》と神官は、とっさに雰囲気《ふんいき》を消す。

「いえ、特には。そちらはどうでしたか？」

ギオンは輝銀髪《プラチナブロンド》の戦士へと向きそうになった視線《しせん》を、窓《まど》の外へと流した。ガラスの向こうにあるのは、空を流れつづける灰色雲《はいいろぐも》の波《なみ》。荒《あ》れ始めている。

「うむ！　ラズリ島への船は一日に三便も出ていて、出航《しゅっこう》したその船も明日までにはラズリ島に到着《とうちゃく》するらしい！　……じゃが、おかしいぞ？　すごく怪しいっ」

「どうしたの？　リュドミナちゃん」

「こんな順調……というか、楽勝にシナリオが進むはずがないのじゃっ！　みんな気をつけよ⁉　絶対《ぜったい》、どこかに罠《わな》があるに決まっているっ！　乗っている船が襲《おそ》われるとかっ！　ううっ、わしらはちゃんと『碧《あお》の要塞《ようさい》』に入団できるのじゃろうか……っ」

ふいに強い風音とともに、窓ががたがたと鳴った。

「なんですかリュドミナ、困《こま》りますね、そんな弱気では」

「じゃ、じゃあギオン！　うぬならどう準備《じゅんび》するのじゃ⁉　おそらくじゃが、これから行くは、なにが起こるかわからぬ船の旅なのじゃぞっ⁉」

風雲を映《うつ》す窓のかたわらに立つ甲冑《かっちゅう》の聖騎士に、少女戦士はつめ寄《よ》る。

「冒険者《ぼうけんしゃ》の前に困難《こんなん》があるのは当たり前です。僕らはそれを、すべて跳《は》ね返すまで」

一瞬《いっしゅん》の稲妻《いなずま》が、窓の向こうの雲間に走った。リュドミナ、アズサ、クルルの三人娘《さんにんむすめ》が思わず怯《ひる》む中、

「たとえ目の前になにが立ちはだかろうと、それを越《こ》えるだけのことですよ」

「そうだよねギオンくんっ！　ボク、ギオンくんを信じてるっ！」

「ギオン！　う、うぬというヤツは……！」

恥《は》じ入《い》ったようにうつむいていたリュドミナが、濃　桃《ディープピンク》の瞳《ひとみ》をギオンに向けた。

「も、もちろんじゃ！　わしは弱気になったわけではないっ！　ものごとがうまく行っているときほど油断《ゆだん》は禁物《きんもつ》じゃぞと檄《げき》を飛ばしただけのこと！　誤解《ごかい》してもらっては困る！」

「そうですよリュドミナ先輩《せんぱい》っ！　どんなことも楽しみましょう！」

「なにも心配することはないのです」

ダークエルフの聖騎士《パラディン》は組んでいた腕《うで》を広げる。彼は自信ありげな笑みを浮《う》かべ、

「試験というものはそもそも通れるようにできているのですよ。『碧《あお》の要塞《ようさい》』は優《すぐ》れた冒険者《ぼうけんしゃ》を手に入れたいのだという前提《ぜんてい》をお忘《わす》れなく。準備《じゅんび》をおこたらず、実力を出すことができれば、そこに問題は起こりえません」

「うむ！　我々《われわれ》はラズリ島に渡《わた》り、絶対《ぜったい》に『碧の要塞』に入団《にゅうだん》するぞーっ！」

三人娘《さんにんむすめ》の「おー！」というかけ声を、ギオンは自分の顎《あご》を撫《な》でながら眺《なが》めた。

『怖《こわ》いもの無しのその意気込《いきご》み、とても頼《たの》もしいです』

冒険者達のそんな様子を見ていたゲームマスターの鳥籠《とりかご》が微笑《ほほえ》む。ふと魔法使い《スペルエフェクター》のアズサが、パーティとマスターに首を傾《かたむ》けた。

「これ、なにかのフラグじゃないですよねっ？」

同意を求めるアズサのスマイルに、リュドミナは息を呑《の》んだ。

◆第2章
【2日目】ヴァンパイア（ハーフ）ですので。
／シナリオ2『ストームライディング
ストームスターター』

◆第3章
【4日目】運は天にまかせて
／シナリオ3『《重魔素》死守指令！』

◆第4章
【6日目】人にモノをお願いするときの
口の利き方を教えろ。
／シナリオ4『破壊主の好きなテーブル』

キャラクター名
クルル

種族
エレメンタルドール

性別
♀

年齢
16

冒険者レベル 4

HP 32
MP 46

技能	
プリースト	レベル4
ジングレイザー	レベル3
レンジャー	レベル1

	能力値 ボーナス				
器用度	22(+3)	生命力	20(+3)	先制力	3
敏捷度	22(+3)	知力	25(+4)	回避力	4
筋力	20(+3)	精神力	25(+4)	魔物知識	4

装備
ソフトレザー（身体）　ラウンドシールド（左手）
ダガー（右手）　聖印（メダル型）

シールドユニバース RPG　キャラクターシートから抜粋

⚃⚀／⚀⚅

「ギオン待て！　うぬはダイスのどっちかに⚀を出さないと死んでしまう何かなのかッ⁉

それでギオンはなんでいっつも自信満々でいられるのじゃッ‼」

「黙《だま》ってくださいリュドミナ！」

白い砂《すな》まみれになっていたギオンの全身甲冑《かっちゅう》。傷《きず》だらけの盾《たて》を構《かま》えたまま彼は駆《か》けた。大《だい》上段《じょうだん》より風音《かざおと》高く振《ふ》り下ろす両刃《りょうば》剣《けん》。大柄《おおがら》な魚人族《マーマン》は、それを三叉槍《トライデント》で易々《やすやす》とはじいた。

「……くッ！　やはり、だめ……ですか……っ！」

砂面に着地しギオンは膝《ひざ》をついて敵《てき》を見あげる。魚類の瞳《ひとみ》から感情《かんじょう》を読み取ることは難《むずか》しかったが、とても怒《いか》っているのはわかった。

「アズサ！　魚人族の残りは何体じゃ⁉　一番ダメージをあたえているヤツは⁉」

「魚人族は残り、十四体ですっ！　一番ダメージをあたえているのはDとFの二体！　もう出口は完全にふさがれています！」

「まずはその二体に攻撃《こうげき》を集中‼　数を減《へ》らさないとどうにもならん……っ！」

「【アクション宣言！】ギオンくんとリュドミナちゃんにキュアヴェール！」

聖騎士《パラディン》ギオン、戦士リュドミナ、神官クルル、魔法使い《スペルエフェクター》アズサの四人は、別名『海が結晶《けっしょう》した宝石《ほうせき》』とも呼《よ》ばれるソーダライト諸島《しょとう》の一角、ラズリ島の片隅《かたすみ》に追いつめられていた。

冒険者《ぼうけんしゃ》ギルド『碧《あお》の要塞《ようさい》』の試験官、オーレオリンの待つ島には辿《たど》り着いた。だが、今やパーティの誰《だれ》もが、二本の足で立っているのがやっとという状況《じょうきょう》にあった。砂浜《すなはま》と岩礁《がんしょう》が入り組んだ、秘境《ひきょう》とも言うべき前人未踏《ぜんじんみとう》の波打ちぎわ。視界《しかい》の半分を占《し》める水平線。

その源《みなもと》である海からは、うろこに覆《おお》われた人型のモンスターが這《は》い上がりつづけている。数えるのも嫌《いや》になる大集団《だいしゅうだん》だった。

「あ、あれッ⁉　どうして⁉　なんでサイコロが飛ばないのっ⁉」

エレメンタルドールのクルルの声がうわずった。彼女は陶器《とうき》の肌《はだ》をさらに白くして、聖印《せいいん》を握《にぎ》った腕《うで》を上下にふる。

「は、はやく回復《かいふく》しないとギオンくんが死んじゃうのに……っ‼」

「クルル、MPです！　マジックポイントが枯渇《こかつ》しているんです！　落ち着いて、魔《ま》精箋《しょうせん》はどうしたんです！」

「あ、そ、そうだった……！」

神官の少女は首に提《さ》げていたネックレスから、MPを人工的に封じた魔力札型のアイテムを引きちぎろうと指をさ迷《まよ》わせる。

「……っ⁉　え、なんで……？　どうして、残ってないの……？」

パーティに戦慄《せんりつ》が走った。クルルの首にかかる細い鎖《くさり》にぶら下がっているはずの札が、一つもなかった。

「クルル⁉　あなた、村の魔法使《まほうつか》いのおばあさんから、魔精箋《ましょうせん》を買い足しておくって……」

「か……買ったよいっぱい！　でも、こんなにたくさん魔法を使うなんて、ボク、思ってなくて……‼」

クルルは泣きそうになっていた。己《おのれ》が流した血潮《ちしお》の臭《にお》いか、海の潮風か。誰《だれ》の鼻も、漂《ただよ》う異臭《しゅう》に嗅覚《きゅうかく》が麻痺《まひ》しきっている。

濡《ぬ》れて硬《かた》くなった砂地《すなち》の足場は、戦闘行為《せんとうこうい》を行う者達を有利にも不利にも導《みちび》かなかった。冒険者《ぼうけんしゃ》四人の背後《はいご》には、内陸へと窪《くぼ》みながら切り立った崖《がけ》。それはパーティの逃走《とうそう》を阻《はば》むと同時に、魚人達からの全集包囲を防《ふせ》いでいたが、ギオンはそれに感謝《かんしゃ》するつもりにはなれない。

水平線に沈《しず》み行こうとしている巨大《きょだい》な太陽の放つ赤。今や禍禍《まがまが》しく、呪《のろ》いのように、嫌《いや》が応《おう》でも視界に射し込んでいる。気分は最悪だった。

海が――

あらゆるものを内包する母なる海が、これほど恐《おそ》ろしいと思ったことはなかった。

「どうしよう……！　どうすればいいのギオンくん！」

「ポーションです‼　体力回復《たいりょくかいふく》のポーションをクルルが僕に飲ませてください！　それでな

んとか耐《た》えて……ぐぁぼっ！　クルル！　ゆっくり！　ゆっくりです！　ガボッごふぁ……」

咳《せ》き込《こ》むギオンのＨＰがスクロールし、９／39から、20／39まで回復する。

『これでこのターン、冒険者達の行動はすべて終了《しゅうりょう》でしょうか』

黄緑色のボンネットを揺《ゆ》らし、ゲームマスターが姿《すがた》を現《あらわ》す。両軍のにらみあいを見守るレフエリーのようなポジションからの彼女の問いが、微《かす》かに震《ふる》えていると感じられたのはギオンの錯覚《さっかく》か。

『でしたら、敵《てき》のターンにうつります』

それを押《お》しとどめるルールは、『シールド・ユニバース』にはない。ここから、十四体の魚人族《マーマン》による反撃《はんげき》が始まる。

「く……ッ!!」

先頭に立ち盾《たて》を構《かま》えたギオンは、その圧倒的《あっとうてき》な数を前に久々《ひさびさ》の戦慄を感じていた。背後《はいご》にいるリュドミナ、クルル、アズサにいたっては、これから自分達に待ち受ける運命に声もなかった。

「（ここまで来て……！）」

ギオンの右眼《みぎめ》が一瞬《いっしゅん》、蒼《あお》く火花をちらした。

「（ついに魔王級ヴァンパイア、リュドミナの《精髄《アゾート》》を見つけたというのに……ッ!!）」

魚人達の猛攻《もうこう》が始まった。襲撃者《しゅうげきしゃ》達はギオン達の背後。四人の冒険者《ぼうけんしゃ》が護《まも》りつづける、紅《ぐ》蓮色《れんいろ》に輝《かがや》く宝箱《たからばこ》のような立方体を目指していた。

◆

――TRPG内、決死の海岸防衛戦《かいがんぼうえいせん》の前夜。

『《重魔素《じゅうまそ》》奪還作戦《だっかんさくせん》』会議が行われた時からすでに、リュドミナ達は孤立《こりつ》していた。

「〈これは『碧《あお》の要塞《ようさい》』存亡《そんぼう》の危機《きき》と言っても過言《かごん》ではないのであーるっ!!〉」

ソーダライト諸島《しょとう》、ラズリ島にある浜辺《はまべ》の村。日没《にちぼつ》から二時間もすぎれば、夜空には幾千《いくせん》もの星々や銀河《ぎんが》が広い暗黒の中で輝《かがや》き始める。

村にある宿の一階に作られた食堂には壁《かべ》がなかった。島は、家屋に屋根さえあれば、ある程《てい》度《ど》は充分《じゅうぶん》な気候帯にあるようだった。周囲にかがり火が焚《た》かれた宿。炎《ほのお》の明かりに照らされる幾人もの冒険者《ぼうけんしゃ》達がテーブルについている。

パーティの数は三つ。合計十三人にのぼる冒険者の誰《だれ》もが、『碧の要塞』の試験官、聖騎士《パラディン》オーレオリンのことばに耳をそばだてていた。

「〈我《わ》が輩《はい》からは以上である。質問《しつもん》があれば受け付ける！〉」

扉盾《ドアシールド》の後から老聖騎士の浪々《ろうろう》たる声が響《ひび》いた。

『さて、それではみなさんはどういたしますか？』

ギオン達のテーブル横に立っていたゲームマスター、天花寺《てんげいじ》鳥籠《とりかご》が柔《やわ》らかい笑顔を向けた。

「ふむ……」

毛皮鎧《けがわよろい》の戦士であるリュドミナはベンチの上で脚《あし》を組みかえ、テーブルに頰杖《ほおづえ》をついたまま、

「つまり、その《重魔素》というアイテムを見つけ、ここまで持って来ることさえできれば、最終試験に合格《ごうかく》したことになり、晴れて『碧の要塞』に入団《にゅうだん》することができるのじゃな？」

ゲームマスターとオーレオリンを交互《こうご》に見ながら問うた。

「〈あらゆる手段《しゅだん》を駆使《くし》し、期限内《きげんない》にこの島に辿《たど》り着いたキミ達のような冒険者には充分可能《じゅうぶんかのう》だと判断《はんだん》するものであーる！　もちろん《重魔素》を入手すれば入団試験も合格となる！〉」

扉盾の向こうから聞こえる勇ましい声に、ゲームマスターは『いかがでしょう』とパーティを見回す。

「ですが、なぜか僕にはしっくりとこないんですよね……」

「そうかな？　ボクはあーそうなのかーって感じだけど、ギオンくんは違《ちが》うの？」

ダークエルフの聖騎士の表情《ひょうじょう》をのぞき込むクルル。ギオンは顔をあげ、シャイすぎる老騎士が構える扉盾に目を細める。

「なんというか、においますね……」

一難《いちなん》去ってまた一難。あんなイレギュラーな方法でこの島に辿り着いたとしても、その先で

待っていたのは、またしても尋常《じんじょう》ではない出来事のようだった。そもそも、これが冒険者稼《ぼうけんしゃか》業《ぎょう》というものなのか……？

「いいですか？　オーレオリン殿《どの》の言うには、この試験はギルドの未来を左右するほどの重要なものだというじゃないですか。もう一度いいますが、これは試験ですよ？　そこにギルドの命運をかける？　……はっ、どう考えてもおかしな話です。それはもはや任務《にんむ》です。志願者《しがんしゃ》とはいえ、そのように重要任務を正式メンバーではない者へ課すなど、よっぽどのことがない限《かぎ》りは」

『ギオンさんのおっしゃる通り、おそらくギルドにとってなりふり構《かま》っていられない問題なのだと思われます』

ゲームマスターの天花寺《てんげいじ》鳥籠《とりかご》はボンネットにつつんだ頭を縦《たて》に動かし、肯定《こうてい》をしめす。

『おそらく《重魔素《じゅうまそ》》が失われてしまったことは、碧《あお》の要塞《ようさい》に取っては予定外、予想外、つまり緊急《きんきゅう》事態《じたい》であり、今や最優先事項《さいゆうせんじこう》になっているのでしょう』

「くっくっく……ギオン、逆《ぎゃく》に考えようではないか。だからこそ、名を上げるチャンスじゃと！　ここで貢献度《こうけんど》を稼《かせ》いでおけば、入団《にゅうだん》してからの扱《あつか》いが格段《かくだん》に違《ちが》うのではないかな？」

その表情《ひょうじょう》に満ちる余裕《よゆう》。リュドミナの濃桃《ディープピンク》の左瞳《さとう》には『満』。右瞳には『喫』の文字が浮《う》かんでいた。

「なるほど、それは充分《じゅうぶん》考えられます。ギルドに対する貢献度ですか……。ふっ、さすが

『TRPG』熟練者《じゆくれんしや》というわけですか？　リュドミナ」

「な……っ!?　ギオンが、わしのロールプレイを認《みと》めてくれているッ!?　よ、よし！　ここは一気呵成《いつきかせい》に行くぞッ!?」

輝銀髪《プラチナブロンド》の少女戦士は白い肌《はだ》を桃色《ももいろ》に上気させ、

「ま、まあしかし、ギルドの運搬《うんぱん》係も間《ぬ》が抜けておるなぁ。台風が来ているのがわかっていて出航し、そのまま重要な積み荷を流してしまうとは！」

途端《とたん》にぎこちなくなった。

「でも、船から落っことしちゃったなら、その《じゅーまそ》って、今頃《いまごろ》海の中なんじゃないの？」

『そこはみなさんご安心ください。ここラズリ島は海流の関係で、周辺で流されたものはすべてここに漂着《ひようちやく》してしまう、別名『銭撒き海岸《コインプラント・ビーチ》』とも言われていまして、この村は、その漂着物を求めて出来た人々が作りあげた村なのです。そういう情報《じようほう》は自然と村人の方から聞いているということで』

クルルの問いに、ゲームマスターが補足《ほそく》を入れた。

「だとしても、失態《しつたい》にはかわりありません。来るとわかっていた台風に流してしまうなど、その《重魔素》とやらの貴重性《きちようせい》すら怪《あや》しいところですよ」

ギオンの声には、ガラスをひっかくような響《ひび》きがあった。挑発的《ちようはつてき》であり、執拗《しつよう》になにかを確《たし》かめようとしている気配がある。

『そうですね。その貴《き》重《ちょう》性《せい》や重要性については、マジックアイテムのスペシャリスト、アルケミスト技《ぎ》能《のう》を持つアズサさんに説明して貰《もら》いましょう』

「わ、私ですかっ⁉」

ゲームマスターの突《とつ》然《ぜん》の振《ふ》りに、テーブルの隅《すみ》っこでなにかをコソコソしていたアズサが、ぎくんと立ち上がった。

『同様の質《しつ》問《もん》が他の冒《ぼう》険《けん》者《しゃ》から出たとしましょう。そこで、オーレオリンさんからも、専《せん》門《もん》のアズサさんを指名したということで』

「あ、あわわわ……っ」

元のイスに座《すわ》るも立ちつづけるもできなくなり、頬《ほお》はもちろんおでこまで赤くし始める魔法《スペルエ》使い《フェクター》に、

「ここでいいところを見せておけば、あのシャイ髭《ひげ》騎《き》士《し》にも覚えがいいにちがいないっ！　頼《たの》んだぞアズサ！」

「頑《がん》張《ば》ってアズサちゃん！」

リュドミナとクルルが声《せい》援《えん》を送る。

「わ、わかりました……！　お、お答えします！　じゅ、《重《じゅう》魔《ま》素《そ》》とは……」

心《しん》証《しょう》は確《たし》かに重要だった。アズサは咳《せき》ばらいする。これがパーティの役に立つのなら——。

「《重魔素》とは、錬金術《れんきんじゅつ》の世界では、古くから『賢者《けんじゃ》の石』に限《かぎ》りなく近いと言われている大変価値《かち》の高い物質《ぶっしつ》、その総称《そうしょう》を指します。特に近年では、《重魔素》から莫大《ばくだい》な魔法エネルギーを抽出《ちゅうしゅつ》する方法が確立《かくりつ》されたため、ギルドが巨大《きょだい》になればなるほど、その有用性の高さから、冒険者ギルド運営《うんえい》には必須《ひっす》なアイテムとして知られています……」

ぱっと帽子《ぼうし》の鍔《つば》をつかんで顔を伏《ふ》せ着席してしまうアズサ。ギオンもリュドミナもクルルも「おおお……！」と唸《うな》り、彼女に拍手《はくしゅ》した。

『オーレオリンさんや他のパーティメンバーの方々も、改めてその重要性と、行方不明《ゆくえふめい》になってしまったことの重大性を認識《にんしき》したようです』

「なるほど……重大性……ですか」

ギオンも改めて、ギルドにとっての《重魔素》の重要性——そして、この世界にとっての希少性を認識する。

——手に入れるべきリュドミナの《精髄《アソート》》。

それはなんらかの形を取り、リュドミナというヴァンパイアの精神内《せいしんない》とも言えるこの『TRPG』の世界に出現《しゅつげん》している。

ギオンはそれを確《たし》かに感じていた。ヴァンパイアハーフの呪《のろ》われた血が役に立つのは、このような時だ。南国。離島《りとう》の宿。まるでバカンスだったが、その予感めいた気配だけは、ありありと。

油断《ゆだん》していると、周囲から聞こえる虫の音や夜風、かがり火の匂《にお》いなど、すべて架空《かくう》のものだと、ギオンでも忘《わす》れることがあった。この世界の生々しいほどのリアルさは、リュドミナの持つ能力の強大さを示《しめ》している。それを思い起こすたびに、彼は誓《ちか》いを新たにする。

異端全討滅《いたんぜんとうめつ》。我《われ》らが悲願……。手に入れるべき《精髄《アソート》》は、この世界にとって大いなる意味と力があり、そして極めて希少性《きしょうせい》の高い物質となって存在《そんざい》しているはずなのだ。

——ありえる話だった。

「しかし、ギオン。うぬはやけに《重魔素《じゅうまそ》》それ自体に興味《きょうみ》を持つのじゃな」

「いえ、そんなに重要なものを失ってしまう『碧の要塞《あおのようさい》』の迂闊《うかつ》さに呆《あき》れていただけですよ。それよりも……」

異端《いたん》の討滅騎士《とうめつきし》でもあるギオンは話題を変える。

「我々《われわれ》以外の他の冒険者《ぼうけんしゃ》のことも気になりますね。言わば入団《にゅうだん》を競いあうライバルというわけですから」

リュドミナ達のパーティがこの村の宿に着いた時には、すでに『碧の要塞』入りを目指すパーティが二つ、ここでオーレオリンの元につどっていた。

『でしたら、ちょうどこのタイミングでしょう。これは冒険者技能《ぎのう》ですね。【空気読み判定《はんてい》】なるものをしてもらってよろしいでしょうか』

「【空気読み判定】……じゃとッ!? そ、そんなのルールブックにあったか!?」

『いえ、マスター裁量《さいりょう》のチェックですので、あまりつっこまないでください。ようは、場の雰《ふん》囲気《いき》を判断するという感じです。冒険者レベル＋知力ボーナスでどうぞ。十四以上で成功です』

四人の腕《うで》からダイスが放たれ、結果、成功したリュドミナとアズサから報告《ほうこく》がもたらされる。

「逆《ぎゃく》にこちらが探《さぐ》られている……というのですか⁇」

ギオンの眉間《みけん》に不穏《ふおん》なシワが寄《よ》った。

「うむ！　わしらが向こうを気にするように、他のパーティもこちらを窺《うかが》っているというわけじゃな」

「じゃあギオンくん、ボクが、ハナシをつけてくる……？」

「いえ、少し待つんですクルル」

気配を察したダークエルフの青年が片手《かたて》で神官を制《せい》した。ゲームマスターに動きがあったのだ。

『お気遣《きづか》いすいません、ギオンさん。クルルさんがそう言ってイスを立ち上がるタイミングで、ちょっとしたことが』

ギオンに礼を言ったマスターは腕を広げて、壁《かべ》のない開放的な宿の内部を指し示《しめ》す。

『先ほどのチェックで十六を出したアズサさん。さきほどアズサさんは、他のパーティの一人が宿の従業員《じゅうぎょういん》に何事かを告げ、チップを渡《わた》していたことに気づいていました。その従業員が、みなさんのところにやってきます』

四人のテーブルで脚《あし》を止めたのは、いかにも村娘《むらむすめ》という感じの給仕だった。宿の娘か手伝いなのだろうとギオンは判断《はんだん》する。

「〈みなさん、台風が上陸している最中にこのラズリ島にやってきましたけど、いったいどうやっていらしたんですか?〉」

「なんじゃイキナリ。わしらを探《さぐ》りにきたのか?」

「直接《ちょくせつ》じゃないのは、せめてもの矜持《きょうじ》というところでしょうか」

ギオンもリュドミナも腕《うで》を組んで考え込《こ》む。四人があの台風の中、このラズリ島に辿《たど》り着いた手段《しゅだん》は確《たし》かにちょっと変わっていた。

「そもそもボク達、あのトンネルのことは言っていいんだっけ?」

「確か、あのおじさん達には、まだ誰《だれ》かに教えてはだめって言われていたはずですけど……」

クルルとアズサも困《こま》った顔で給仕の娘を見た。

「うぅむ、面白《おもしろ》い話なんじゃがなぁ。わしら、結局は船には乗らずにラズリ島に来たんじゃもんね」

「興味深《きょうみぶか》くはあるでしょうね」

肩《かた》をすくめるギオンは首を振《ふ》って回想する。

「猛烈《もうれつ》な台風……。係留《けいりゅう》してある船すら流される大時化《おおしけ》の中、我々は、古代文明が作ったといわれる、このラズリ島への地下回廊《ちかかいろう》を発見したわけですから」

「あれは、わしじゃよねっ⁉　前回のシナリオのMVPは、あきらかにこのわしであったろうっ⁉」

　ワイルドな毛皮鎧《けがわよろい》に身をつつんだ二丁手斧《ておの》の少女戦士は身を乗り出すように主張《しゅちょう》する。

「確かに、リュドミナが碌《ろく》でもない酒場でゴロツキ共にフルぼっこにされながらも、ようやく漁師《りょうし》の古老から得た情報《じょうほう》でしたね」

「前半はいらぬ！　なんなのギオンうぬは！　わし、とってもがんばったのじゃよ⁉」

「も、もちろんあれはリュドミナ先輩《せんぱい》のお手柄《てがら》ですよっ！　その上、以前からトンネルを極秘《ごくひ》調査《ちょうさ》していた発掘《はっくつ》調査チームさん達の役にも立ったから、一石二鳥《いっせきにちょう》でした！」

　輝銀髪《プラチナブロンド》を揺らして抗議《こうぎ》するリュドミナをフォローするように、黒紫《くろむらさき》の帽子《ぼうし》を押《お》さえる魔《スペ》法使《ルエフエクター》いのアズサはみんなに同意を求めた。

「うんうん！　トンネルの中で色々なものが手に入ったし、発掘の人達からお金も貰《もら》えた！」

「まあ、内部のモンスター退治《たいじ》も同時に引き受けたんですから報酬《ほうしゅう》は妥当《だとう》でしたよ。しかもトンネルというより、あそこ、普通《ふつう》に迷宮《めいきゅう》でしたし」

「でも、あのトンネルってすぐには使えないんでしょ？」

　ふと改めて思い出したようにエレメンタルドールの少女は首を傾《かし》げた。

「きちんとした発掘調査を終えてから一般開放《いっぱんかいほう》しないと、またどんな危険《きけん》が発生するかもわかりませんからね。今はまだ、時期尚早《じきしょうそう》ということです」

「ざーんねん」

「では、少し情けないですが、給仕の方には、我々《われわれ》が無理して出航《しゅっこう》した船が難破《なんぱ》して、本当に運良くこの島に流れ着いたと言っておきましょう」

残りの三人もそれに同意する。まんざらでもないというように。

『わかりました。給仕の娘《むすめ》はうなずいて、しばらくしてから他のパーティにそれを報告《ほうこく》した模《も》様《よう》です』

「真実を知るのはオーレオリンとわしらだけで充分《じゅうぶん》じゃな！　くっくっく……。しかしまあ、あの迷宮《めいきゅう》がクリアー出来てなかったらと思うと、ちょっとゾッとするな！」

「そういえばマスター」

一息吐《つ》き、テーブルの上の木杯《もくはい》の中身を飲み干《ほ》していたアズサは（中身はアルコールではなく、生徒会室にあるペット緑茶）、おずおずと手元のキャラクターシート（見た目は羊皮紙）を手に取り、

「前回のシナリオのクリアー報酬《ほうしゅう》経験点《けいけんてん》、少し多くなかったですか……？」

ふと他の三人も自分のキャラクターシートに視線《しせん》を落とした。同意するようにマスターに視線が集中する。

『リュドミナさんとも話しあったのですが、このキャンペーンの方針《ほうしん》として、多めの経験点で

みなさんにはお支払《しはら》いするようにしています』

ふんわりと発光する黄緑色のウエイトレス風ゲームマスターは、毛皮鎧《けがわよろい》のリュドミナへと柔《やわ》らかくパス。

「うむ、その方が色々な技能《ぎのう》のレベルを上げられて面白《おもしろ》いじゃろう？　ちなみにわしの戦士レベルは4になっておるよ？　斥候捜査《スカウト》も4にしてみた！　ふふふ、戦闘《せんとう》や今後の活動がさらに楽しみじゃなぁ」

「たしかに、多めに貰《もら》えたので、私も魔法使い《スペルエフェクター》のレベルを3に上げて、さらにアルケミストの技能も同じ3まで上げられましたけど……。やっぱり、魔法使いは成長遅《おそ》いですね……」

「ボクもボクもっ！　えっとねー、ボクも神官技能を4レベルに上げて、それから新しく、精霊使い《ジングレイザー》の技能を取ってレベルを2まであげたの！　ギオンくんは？」

「僕ですか？」

ガールズ達のトークが始まるのかと油断《ゆだん》していたギオンは、それでもよどみがなかった。

「聖騎士《パラディン》の技能はレベル4。それからライディング技能を3まで上げました」

「ライディング技能⁉」

「？　どうしたのですか？　リュドミナ」

毛皮鎧の女戦士がイスから立ち上がった瞬間《しゅんかん》、ギオンはそこから目を逸《そ》らしている。勢《いきお》いよく動きがちなリュドミナは学院の制服《せいふく》の時はまだしも、なぜか表面積の少ないワイルドな鎧姿《すがた》の時には、ギオンにとって目障《めざわ》りなものが非常《ひじょう》によく揺《ゆ》れ動くのだ。

「うぬは……え？　乗る馬もないのにライディング技能《ぎのう》を、伸《の》ばしているのか……⁉　どうりでなんかオカシイと思っていたのじゃよぉぉおお！　うぬの役立ち度がなんじゃかイマイチなのはそのせいかーっ‼」

「い、いいじゃないですか！　人の自由でしょう⁉　僕は聖騎士《パラディン》ですよ⁉　騎士《きし》です！　騎士は本来ならば馬に乗っているはずなんです！」

「じゃが、なににも乗っていないではないかうぬはっ！　それなのになぜ、役に立たない技能のレベルを上げているぅッ⁉」

「来たる日の……ためにですっ‼　僕は今お金を貯《た》めているんですよ！　騎士の乗る軍馬が幾《いく》らするか知っていますか……？　一万五千Gですよ⁉　僕は前回の報酬《ほうしゅう》でようやくクルルに借りていたお金を返し終わって、まだ二千G弱しか貯まっていないというのにです！」

「ま……まことか⁉」

　リュドミナの表情の温度が変わった。

「うぬは、クルルに借金していたの⁉　くっ……うぷぷぷ……っ！　ギオン、うぬ、借金持ちじゃったの⁉　うぬのような男がッ⁉」

「しかたないじゃないですかッ！　騎士の鎧は駆《か》け出しの冒険者《ぼうけんしゃ》にとって、すごく、高かったんですよ……⁉　これを着ていなければただの戦士と変わりないというのに……！」

「ギオンくんが誰《だれ》かにお金を借りるなんて、現実《げんじつ》なら絶対《ぜったい》ないことなのにねっ」

神官クルルはうっとりと嬉《うれ》しそうな表情で、落ち込むギオンへさらに誘《さそ》うような笑みを向ける。

「だからー、ギオンくんはもっともっと、ボクからお金を借りてくれればいいんだよ……？　ほらほら、この『筋力《きんりょく》が上がる腕輪《うでわ》』なんて、ギオンくんにぴったりだと思うの！　ねえ見て？　ほら！　ボク、なぜか今まだ三千四百Gもあるしー、ギオンくんから利子なんて取らないしっ！」

「だめです……！　それひとつで千Gもするんですよ⁉　たかが筋力ボーナスがプラス1されるためにそんなのを買っていたらお金がいくらあってもたりませんよ⁉」

「甘《あま》いッ！　それは甘すぎるぞギオンっ！」

「な、なんですかリュドミナ！」

輝銀髪《プラチナブロンド》の女戦士は突如《とつじょ》、濃《こ》い桃《もも》の瞳《ひとみ》を輝《かがや》かせ、妙《みょう》なテンションでぐいぐい来た。

「プラス1を笑う者はプラス1に泣くぞ！　うぬは妖怪《ようかい》『いちたりない』を知らぬのか！　これを見よ！」

「な、なんですか、これは……」

表1

計 36 種類

⚀ ⚀	⚀ ⚁	⚀ ⚂	⚀ ⚃	⚀ ⚄	⚀ ⚅
⚁ ⚀	⚁ ⚁	⚁ ⚂	⚁ ⚃	⚁ ⚄	⚁ ⚅
⚂ ⚀	⚂ ⚁	⚂ ⚂	⚂ ⚃	⚂ ⚄	⚂ ⚅
⚃ ⚀	⚃ ⚁	⚃ ⚂	⚃ ⚃	⚃ ⚄	⚃ ⚅
⚄ ⚀	⚄ ⚁	⚄ ⚂	⚄ ⚃	⚄ ⚄	⚄ ⚅
⚅ ⚀	⚅ ⚁	⚅ ⚂	⚅ ⚃	⚅ ⚄	⚅ ⚅

「これは、6面ダイスを二個《こ》を振《ふ》った時の構成表《こうせいひょう》じゃ！　出目《でめ》が全部で三十六種類あるのがわかるか？」

「もちろんです。『確率《かくりつ》』は確《たし》か、日本では中学校の数学で教わる概念《がいねん》でしたね。これがなんなのですか？」

「注目してもらいたいのは、この斜《なな》めのラインなのじゃ！　そこを見れば、わしが何をいいたいのかわかって貰《もら》えるはず！」

表2

計36種類

⚀⚀ 2	⚀⚁ 3	⚀⚂ 4	⚀⚃ 5	⚀⚄ 6	⚀⚅ 7
⚁⚀ 3	⚁⚁ 4	⚁⚂ 5	⚁⚃ 6	⚁⚄ 7	⚁⚅ 8
⚂⚀ 4	⚂⚁ 5	⚂⚂ 6	⚂⚃ 7	⚂⚄ 8	⚂⚅ 9
⚃⚀ 5	⚃⚁ 6	⚃⚂ 7	⚃⚃ 8	⚃⚄ 9	⚃⚅ 10
⚄⚀ 6	⚄⚁ 7	⚄⚂ 8	⚄⚃ 9	⚄⚄ 10	⚄⚅ 11
⚅⚀ 7	⚅⚁ 8	⚅⚂ 9	⚅⚃ 10	⚅⚄ 11	⚅⚅ 12

「なるほど……、確《たし》かに出目《でめ》の合計値は7の組みあわせが一番多いですね。6／36の確率《かくりつ》というわけですか。そこを基準《きじゅん》にして見ると、出目の最小値の2、そして最大値の12の出る確率である1／36に向かって、出現率《しゅつげんりつ》が徐々《じょじょ》に減《へ》っていくことがわかります。ですが、それが能力《のうりょく》値《ち》ボーナスプラス1となにか関係が？」

「問題は、6面ダイスを二個振《ふ》り、合計して7の出目が出る確率、合計して8の目が出る確率などという部分ではないのじゃ。合計して7以上が出る数、8の目以上が出る数というのが肝《きも》になる!!　それをまとめたのがこれじゃ!!」

表3

計36種類

⚀⚀ 2	⚀⚁ 3	⚀⚂ 4	⚀⚃ 5	⚀⚄ 6	⚀⚅ 7
⚁⚀ 3	⚁⚁ 4	⚁⚂ 5	⚁⚃ 6	⚁⚄ 7	⚁⚅ 8
⚂⚀ 4	⚂⚁ 5	⚂⚂ 6	⚂⚃ 7	⚂⚄ 8	⚂⚅ 9
⚃⚀ 5	⚃⚁ 6	⚃⚂ 7	⚃⚃ 8	⚃⚄ 9	⚃⚅ 10
⚄⚀ 6	⚄⚁ 7	⚄⚂ 8	⚄⚃ 9	⚄⚄ 10	⚄⚅ 11
⚅⚀ 7	⚅⚁ 8	⚅⚂ 9	⚅⚃ 10	⚅⚄ 11	⚅⚅ 12

合計「2」が出る確率は、1／36＝2.8%
（表のマス目を数えて合計を分子に置く）

合計「3」が出る確率は、2／36＝ 5.6%
合計「4」が出る確率は、3／36＝ 8.3%
合計「5」が出る確率は、4／36＝11.1%
合計「6」が出る確率は、5／36＝13.9%
合計「7」が出る確率は、6／36＝16.7%
合計「8」が出る確率は、5／36＝13.9%
合計「9」が出る確率は、4／36＝11.1%
合計「10」が出る確率は、3／36＝ 8.3%
合計「11」が出る確率は、2／36＝ 5.6%
合計「12」が出る確率は、1／36＝ 2.8%

「2」以上が出る確率は、36／36＝100%
（表のマス目を数えて合計を分子に置く）

「3」以上が出る確率は、35／36＝ 97%
「4」以上が出る確率は、33／36＝91.7%
「5」以上が出る確率は、30／36＝83.3%
「6」以上が出る確率は、26／36＝72.2%
「7」以上が出る確率は、21／36＝58.3%
「8」以上が出る確率は、15／36＝41.7%
「9」以上が出る確率は、10／36＝27.8%
「10」以上が出る確率は、6／36＝ 16.7%
「11」以上が出る確率は、3／36＝ 8.3%
「12」以上が出る確率は、1／36＝ 2.8%

「これは……7の目以上が出る確率《かくりつ》が約58％……、そして、8の目以上が、約42％、その差は……16％ッ⁉」

「わかったであろうッ⁉　たとえばサイコロの出目《でめ》が8以上で成功の場合！　その成功確率は42％じゃが、能力値《のうりょくち》ボーナスプラス1があればサイコロの出目が7の58％でも成功となる‼　つまり！　プラス1の腕輪《うでわ》があるとないとでは、最大で成功確率が16％も違《ちが》ってきてしまうのじゃよ‼」

「……ッッ⁉⁉」

――作戦成功率で15％も違えば、それは天と地ほどの差だった。ギオンはそれを身に染《し》みて知っている。それらの成功率をたった1％上げるために、今まで自分はどれだけの苦労をはらって来たか……。

「クルル」

「な、なあに？　ギオンくん」

「筋力《きんりょく》の腕輪だけでなく、器用の腕輪も買っていいですか……？」

「ギオンくんッ⁉」

リュドミナはギオンの死角でガッツポーズ。もはや趣旨《しゅし》がパーティの戦力増強《せんりょくぞうきょう》から、ギオンにどれだけ借金をさせるかに目的が変わっているらしかった。

『では、それらの買い物は、この宿屋の会議の前にしておいたということにしましょう』

四人は、改めて今後必要と思われるアイテムをルールブックから選び出した。それを村の市場で購入《こうにゅう》していたことにする。

『なるほど、わたくしもみなさんのレベルや戦略《せんりゃく》がつかめてきました』

アイテムによるパーティ戦力の増強《ぞうきょう》をゲームマスターは確認《かくにん》した。時として安価《あんか》なアイテム一つ――たいまつ一つ、ロープ一本――の有無が、シナリオを大きく揺《ゆ》れ動かす。

それが『TRPG』の醍醐味《だいごみ》とも言えたが、さりげない意識《いしき》の差がプレイ全体に及《およ》ぼす影響《えいきょう》は大きい。新米マスター、教員歴二年の天花寺鳥籠《てんげいじとりかご》は自作シナリオをまとめたクリップボードに視線《しせん》を落とした。

『それではシナリオに戻《もど》りましょう。みなさんが気にされていた他のパーティなのですが』

ギオン達のテーブルはオーレオリンから遠い、後方にあった。四人の視界には常《つね》に二つの他パーティが映《うつ》っている。

『周囲のパーティのレベルはみなさんが見たところ、自分達の方が若干《じゃっかん》ですが経験《けいけん》を積んでいるかもしれないな、ということを感じます。装備《そうび》や所持金も、みなさんの方がいいかもしれません』

「ふむ、実際《じっさい》、メインクエスト以外の細かい事をイロイロやっておるしなぁ……」

リュドミナの澄《す》ました声。だがギオンは彼女の鼻の穴《あな》が膨《ふく》らんでいるのを見逃《みのが》していない。

『それと、これは些細《ささい》なことかもしれないのですが……。よく観察してみると、なぜか彼らはよそよそしいといいますか……。よい言い方をすれば、他の冒険者達《ぼうけんしゃたち》には互《たが》いに連帯感のようなものがある気がします』

「ん？　どういうことじゃ？　わしらにはよそよそしくて、他の冒険者達には連帯感？」

「確《たし》か、我々《われわれ》が到着《とうちゃく》する前から彼らはこの島にいたのですよね。……なるほど、彼らに仲間意《なかまい》識《しき》ができていても不思議ではありません。さしずめ僕らは、彼らの手柄《てがら》を横取りしようとする新参者ともいうべき存在《そんざい》なのでしょう」

　スラスラと状況分析《じょうきょうぶんせき》してみせるダークエルフに、輝銀髪《プラチナブロンド》の少女戦士は眉《まゆ》を寄《よ》せた。

「そ、そうなのか？　ううむ、意地の悪いやつらめ！　わしらも混《ま》ぜてくれてもいいではないか！」

『それと、もう一点『視線は、どうもギオンさんに集中しているようです』

「ダークエルフ設定《せってい》がここでじゃと……⁉」

「ボク、ちょっと言って来る‼」

「待ってくださいクルル」

　ギオンはここでも片手《かたて》でクルルを制《せい》した。

「……リュドミナも、ここは静観しましょう。ダークエルフへの偏見《へんけん》だとしても好都合です」

「はっ？」

　彼の視線《しせん》はゲームマスターに向いていた。

「マスター、オーレオリン殿《どの》への質問《しつもん》はまだ生きていますか？」

『大丈夫《だいじょうぶ》です』

「では、質問があります」

　立ち上がる甲冑《かっちゅう》ダークエルフに視線が集中した。

「我々《われわれ》が見つけ出す《重魔素《じゅうまそ》》とは、どのような形をしているのですか？」

　しばしの沈黙《ちんもく》がオーレオリンの持つ扉盾《ドアシールド》の向こうに発生した。

「《《重魔素》》は、このような箱におさめられているのであーる》」

　やがて扉《とびら》のお手紙受け渡《わた》し口から、ぺろりと一枚《まい》の紙が出て来た。

　そこには赤いチェストボックスが描《えが》かれている。冒険者達《ぼうけんしゃ》はそれを受け取り、順々に確認《かくにん》してゆくが、

「我々は箱が壊《こわ》されている場合も想定しています。……つまり、《重魔素》そのものの形を聞いているのですが」

　質問者のギオンはイスに腰《こし》を戻《もど》していなかった。

「〈チェストボックスには魔法的《まほうてき》なガードがほどこされているため、壊されていることはまずありえないと思われる！　しかし、万が一破壊されていたとしたら、もはや《重魔素》を、我々から奪《うば》ったモノから取り戻《もど》すことは難《むずか》しい！　我々は、《重魔素》が無事であることを前《ぜん》

提《てい》に作戦を遂行《すいこう》する!!〉」

「……、了解《りょうかい》しました」

表情《ひょうじょう》を変えずに聖騎士《パラディン》の青年はイスに腰掛《こしか》けた。

オーレオリンはなにかに気づいたように付け加えた。

「〈ひとつ、重要な事を言い忘れていたのであーる！〉」

「〈君たちは《重魔素》を見つけたとしても、決して中身を見てはならない！　箱を確認したら、それを直《ただ》ちに持ち帰るように!!〉」

厳命《げんめい》だった。不可解《ふかかい》だったが、それだけに不可侵《ふかしん》。緊張《きんちょう》が貸《か》し切りの宿に満ちた。その中で一人だけ安堵《あんど》に近い無表情の冒険者がいた。

「やはり……そういうことですか」

「ど、どういうことじゃギオンっ!?」

「いえ、それだけ《重魔素》というものが重要だということを確認しただけです、リュドミナ」

ギオンは、仕草《しぐさ》と指の動きだけでエレメンタルドールの神官を呼《よ》んだ。

「(な、なに？　どうしたのギオンくん！)」

「(僕はこの島に渡《わた》って、その存在をずっと感じつづけていました)」

リュドミナとアズサはゲームマスターと島の地図について話していた。その様子を視界《しかい》に捉《とら》

えたまま、

「(リュドミナの《精髄《アゾート》》。それが秘《ひ》められている場所がわかりました。《重魔素《じゅうまそ》》です)」

「(じゃ、じゃあ、この任務《にんむ》を成功《せいこう》させればいいの??)」

クルルは弾《はず》みそうになる声をこらえた。彼女はゆっくりと首を動かし、リュドミナを観察している。

「(そういうことになります。案外早かったですね……)」

ギオンも動いた。

「リュドミナ、よろしいですか?」

「ギオンちょうどいいところに! 聞いて欲《ほ》しい、この島は毎年、複雑《ふくざつ》な海流によって削《けず》られて形が変わってしまうらしいぞ!? これはやっかいじゃなぁ!」

ちっともやっかいそうではない表情《ひょうじょう》の少女戦士をかわすように、ダークエルフは首先をめぐらせ、

「さっき僕が、他のパーティに声を掛《か》けようとしたあなたを止めた理由ですが」

その視線《しせん》の先にあったのは仲が良さそうな別の冒険者《ぼうけんしゃ》パーティ。やる気にあふれた戦士に神官、魔法使《スペルエフェクター》いに軽戦士と、その構成《こうせい》はギオン達とよく似《に》ている。

「このままが好都合なんですよ」

ギオンの視線はリュドミナの表面をすべり、外で燃《も》えているかがり火に向けられる。

「あの《重魔素》は、僕らが見つけるべきものです。他の誰《だれ》も手にするべきではありません」

「な……っ」

リュドミナは聖騎士《パラディン》の言いようにびっくりしたのも束《つか》の間《ま》。

「なんじゃやギオン！　うぬ、すっごいやる気ではないかっ!!」

「当たり前です。僕がいつ、この『TRPG』を拒否《きょひ》したというんですか？」

「うむ！　よぉおし！　他の冒険者には絶対《ぜったい》に負けんぞぉぉ……ッ！」

アズサとクルルはリュドミナと一緒《いっしょ》に腕《うで》をあげ「おおおっ！」っと声をそろえた。三人娘《さんにんむすめ》はすっかり意気投合してきているようだった。

ギオンはそこから一人外れ、思案げに七三《しちさん》の髪《かみ》をかきあげた後、そっとゲームマスターへと何事か告げる。

『それではみなさん、なにごともなければ翌日《よくじつ》の朝に場面をうつします』

「……っ！」

ゲームマスターと四人の冒険者以外の世界が高速でうつろった。屋外が深い黒に沈《しず》み込《こ》んだ次の瞬間《しゅんかん》、じわりと黎明《れいめい》が台風一過《たいふういっか》の空の雲を照らし、東から茜《あかね》と黄金色に染《そ》めた。夜明けが一瞬で訪《おとず》れたのだ。朝日が影《かげ》を作り昇《のぼ》った太陽と向かいあい、早回しの時計針《とけいはり》のように躍動《やくどう》する。

「ま、待って欲《ほ》しい！　朝……を、通り越《こ》してはおらんか!?　マスター！」

『それには理由があります。ギオンさん？』

「聞いてください」

マスターにうながされたダークエルフの聖騎士《パラディン》は、昼前を示《しめ》す屋外。強い陽の光と濃《こ》い影《かげ》を感じながら言った。

「《重魔素《じゅうまそ》》のある場所に見当がつきました。『碧《あお》の要塞《ようさい》』に入団《にゅうだん》するのは、我々《われわれ》です」

他の冒険者《ぼうけんしゃ》達がとっくに出はらった宿での、彼の断言《だんげん》だった。

「……は？」

リュドミナ達はいぶかしい表情《ひょうじょう》でギオンの目を確《たし》かめた。本気の色が、そこにあった。

「なにを言っているギオンッ！　もうお昼じゃぞ！　宿にはだれもおらぬッ！　見よっ！　わしは今、テストの日に寝《ね》すごしてお昼に目覚めてしまった時と同じ汗《あせ》を全身にかいているッ！　どうするのじゃ？　も、もうおしまいじゃぁぁーッッ！　もう間に合わぬーっ！」

「ギオンくん……⁉」

「こ、これは、いったい……！」

ダークエルフの青年へ一斉《いっせい》に説明を求めるパーティの三人娘《さんにんむすめ》。トラウマを思い出して暴《あば》れる輝銀髪《プラチナブロンド》の少女戦士をなだめるでもなく、ギオンはマスターを含《ふく》めた四人を見回す。

「説明しましょう」

「くっ……！　聞かせるのじゃ！」

怨《うら》みがましい目つきで黙《だま》るリュドミナ。なにかあれば即座《そくざ》に嚙《か》みつく勢《いきお》いの元山賊《さんぞく》の娘《むすめ》へと、ギオンはつづけた。

「よいですか？　限《かぎ》られた人数とはいえ、オーレオリン殿《どの》が手配したギルドの人員が、それなり以上に必死になって島を捜索《そうさく》しても《重魔素》が見つからなかったのです。つまり、《重魔素》がありそうな場所は探《さが》しつくされた上での……、言い換《か》えれば、美味《おい》しい部分は食い尽《つ》くされた後での、この任務《にんむ》なのです。……では、我々はそんな島の、どこを探すべきか」

「ゴタクはいいッ！　結論《けつろん》を先に言えぇ……！　こんな時間にしてしまいおって!!」と涙目《なみだめ》で焦《じ》れるリュドミナを片手《かたて》で制《せい》し、

「僕ら以外の二つのパーティは協力体制《きょうりょくたいせい》を敷き、一度探したところを再度《さいど》ローラー作戦的に片っ端《ぱし》から探し始めているらしいですね」

「そうじゃよ！　こんなぐずぐずしていたら、もう見つかってしまっているかもしれん！」と訴《うった》えるリュドミナを、ギオンはもう見ていない。

「しかし、それは悪手だと僕は考えます。我々が目をつけるべきは、通常《つうじょう》の探索者《たんさくしゃ》が探していない場所ではなく、探すことが出来ない場所であるべきです。そしてこの島で生きる村人は、《重魔素》の場所は知らずとも、どこか危険《きけん》なのかは誰《だれ》よりも知っているものです。つまり、我々が探すべきところは、村の住人が知る限《かぎ》りで、一番苦《にが》い領域《りょういき》であるべきです」

ギオンのことばを理解《りかい》した誰もが立ち上がっていた。途端《とたん》にリュドミナもクルルも走り出す。

村人への聞き込みが、始まった。

村の腕自慢《うでじまん》ですら近寄《ちかよ》れない場所はどこか？　この、どうしても目立ってしまう聞き込み姿《すがた》こそ、他の冒険者《ぼうけんしゃ》達に見られるわけにはいかないものだった。

そして約一時間後、

「情報《じょうほう》をまとめましょう」

手わけして集めた情報を、彼らはテーブルの上に載《の》せる。

「魚人族《マーマン》！　ラズリ島は今、台風と一緒《いっしょ》にやってきたマーマンから被害《ひがい》を受けてるんだって！」

「そのマーマンは、島の西のジャングルの向こうに巣を作ってしまったらしい！」

「出て来ましたね……。その魚人族のテリトリーに、《重魔素《じゅうまそ》》はあると考えていいでしょう」

四人の意見は一致《いっち》する。そこにこそ、目的のモノはあるはずだった。

「そ、それで、私達は、そのマーマン退治《たいじ》まで、請《う》け負《お》ってしまいましたが……」

魔法使《まほうつか》いのアズサはギオンへ再度《さいど》、うかがうような仕草《しぐさ》を向けてくる。

「そうでしたか？　請け負った覚えなどないのですが……」

「うぬがそうして突《つ》っぱねつづけるから、あの娘《むすめ》はついに泣き出していたではないか！　かわ

たまらず声を荒《あ》らげたのはリュドミナ。濃桃《ディープピンク》の瞳《ひとみ》をつりあげるようにして聖騎士《パラディン》をにらむが、

「これ以上やっかいごとを抱《かか》え込んでいたら《重魔素》の探索《たんさく》もままならなくなります。それに、報酬《ほうしゅう》などもらわなくとも、異端悪《いたんあく》はすべて屠《ほふ》るのは当然です。それよりも……」

息を軽く呑《の》んだ少女達三人の気配を払拭《ふっしょく》するように、彼は腕《うで》をはらう。

「どうするんですか？　まだだれも辿《たど》り着いていない、つまりは探索されていない、その魚人共の巣がある海岸《かいがん》へ、行くんですか？　行かないんですか？」

「もちろん行く！」

「それを前提《ぜんてい》として、みんなで装備《そうび》をもう一度整え直しましょう！」

「ボクもさんせー！　きっとそこにあるから、《じゅーまそ》を誰《だれ》も見つけられないんだよきっと！」

『わたくしも、ギオンさんの考えは大変面白《おもしろ》いと思います』

ゲームマスターまでもが、いつもより柔《やわ》らかな笑みをこぼした。

「さあ、わかったなら準備してください。ここから巻《ま》いていきますよ……？」

宿の一階が、荷物をまとめる者達で急に慌《あわ》ただしくなった。

「……、《重魔素》、ですか」

すでに用意を済《す》ませていたギオンは、手甲《てっこう》につつまれた指で顎《あご》を撫《な》でる。

「どのような団体《だんたい》や個人《こじん》にも、知られたくない秘密《ひみつ》はあるものです……」

その半眼《はんがん》は、背負《せお》いカバンに冒険道具《ぼうけんどうぐ》をつめ直しているリュドミナを追っている。

「だからこそ、どんなに堅固《けんご》そうに見える集団であっても、盤石《ばんじゃく》ということはありえません。偉大《いだい》なる力を持つ《重魔素《じゅうまそ》》、ですか……。どちらにしても、それは僕が手に入れます」

「ギオン、うぬ……いま、めちゃくちゃ悪い顔をしておるよ⁉　うぬは、まさか！　『碧《あお》の要塞《ようさい》』を……？」

視線《しせん》に気づいたリュドミナが、手元からピッキング道具をテーブルに落とす。

「弱みを見せる方が悪いのですよ」

「な、なんて悪い聖騎士《パラディン》なのじゃ！　だ、だめであろうそんなことー！」

「リュドミナ先輩《せんぱい》よだれが垂《た》れてます！　ギオン先輩にメロメロすぎます……！」

「では急ぎましょう。日が暮《く》れる前には決めておきたいですね。ギルドへの入団を」

聖騎士の穿《は》く鋼鉄《こうてつ》の具足が、硬質《こうしつ》な音を立てて宿の出入り口へと向かった。

解《と》き放たれた矢のように勇ましく村を発《た》ったリュドミナ達一行《いっこう》。

胸《むね》のうちを焦《じ》らす、強い確信に誘《さそ》われるような行軍は迅速《じんそく》を極めた。

「マスター！　わしらはとにかく急ぎたい！　少しくらいの危険《きけん》は承知《しょうち》の上じゃ！」

『でしたら、今いる場所は地図で言えばだいたいこの地点になるのですが、すぐそこから始まるジャングル地帯を通過《つうか》すると、だいぶ目的地には近道となります』

「よいではないかジャングル！　これは行ける‼　くくく、ワクワクしてきたなぁ！」

『了解《りょうかい》しました。それでは行動方針《こうどうほうしん》の変更《へんこう》がある場合はすぐに申し出てください』

マスターが指し示《しめ》す方向。そこに、冒険者が立ち向かうべき緑の濃《こ》いジャングルが見えている。

「ゆくぞーっ！」

やがてリュドミナを筆頭に、額《ひたい》から汗《あせ》を拭《ぬぐ》いつづける一行は、傾《かたむ》き始めた陽差しが細く射《さ》し込《こ》む、鬱蒼《うっそう》としたそのジャングルフィールドで、

「整理しましょう！　状況《じょうきょう》をひとまず整理するんです‼　まず、第一に……」

完全な迷子になっていた。

「どうして誰も野外探求技能《サバイバルぎのう》を取っていないんですか‼」

パーティ四人のうち三人までもが湿《しめ》った地面にへたり込んでいた。かろうじて二本の足で立っていたのは威厳《いげん》らしきものを発揮《はっき》しているダークエルフのギオンと、ゲームマスターの天花寺《てんげいじ》鳥籠《とりかご》だけだった。

「うむぅ、盲点《もうてん》じゃった……！　サバイバル技能は誰かが絶対《ぜったい》に取っていると思っていたのじ

やが……！」

うつぶせで寝《ね》そべるように地面に突《つ》っ伏《ぷ》したリュドミナが両足をじたばたさせている。

「まったくあなた達、それでも冒険者《ぼうけんしゃ》ですか⁉　あんなにたくさんの経験点《けいけんてん》を貰《もら》っておいて！　呆《あき》れてモノも言えませんよ！」

「うぬにだけは言われたくないギオンッ‼　馬もいないのにライディング技能《ぎのう》をとりつづけていたうぬにはッ‼」

「しかたないじゃないですかーッ！」

ギオンは自分の額《ひたい》を右手でつかむように押《お》さえ、毛皮鎧《けがわよろい》の少女戦士から顔を背《そむ》けた。

「ギオンだってこのパーティの一員なのじゃぞ⁉　うぬがそんなもの取らずに、少しでもサバイバル技能に経験点を割《わ》り振《ふ》っておけばよかったんじゃぁ！」

「わかりましたリュドミナ！　じゃあ、あなたが馬になればいい！　ライディング技能を今すぐ役立てて見せますよ！」

「なにをわけのわからんことを‼　わ、わしにライディングじゃと⁉　だめじゃだめじゃ！　うぬはなにを考えているーっ‼」

「落ち着いてください二人とも舌戦《ぜっせん》っ！　今はそれどころじゃないと思いますっ‼」

立ち上がって舌戦を繰《く》り広げるダークエルフの聖騎士《パラディン》と輝銀髪《プラチナブロンド》の手斧《ておの》少女の間に、黒紫《くろむらさき》の魔法使《スペルエフェクター》いが割《わ》って入るが、

「だからアズサはどうしてわしとギオンが言い争いをしていると嬉《うれ》しそうなのじゃ……？」

すでにラズリ島西部に広がるジャングルに入ってから、ゲーム内時間で二時間は経《た》っていた。リュドミナ達が村を出たのは、正午をだいぶ回ってから。時刻《じこく》はそこに積み重なる。ジャングルに茂《しげ》る木々の隙間《すきま》から見える空の色は、夕刻へと傾《かたむ》き始めていた。

鬱蒼《うっそう》とした熱帯雨林からは脱出《だっしゅつ》できる気配さえなかった。四人の冒険者は、焦《あせ》りを通り越《こ》して冷たい汗《あせ》を全身から流し始めている。

「リュドミナちゃんの持っている斥候捜査《スカウト》技能じゃだめなの？」

ぺたんと尻餅《しりもち》をつくように座《すわ》り込《こ》んでいたクルルが、ギオンへと鳴くように顔をあげる。

「野外での生存活動全般《せいぞんかつどうぜんぱん》に秀《ひい》でていることを表《あらわ》す技能が、野外探求《サバイバル》技能なんです。リュドミナの持っている斥候捜査《スカウト》技能は、主に屋内などでのスパイ的な活動に秀でていることを表す技能。二つは似ていても別の技能なんですよ……」

ジャングルを抜《ぬ》け出す【探索判定《たんさくはんてい》】は、サバイバル技能に属《ぞく》している。

これは、サバイバル技能を持っていなければ、二つのサイコロを振《ふ》って判定する【探索判定】にサバイバル技能レベルはもちろん、そこに知力ボーナスの値もダイスの目に加えることが出来ないことを表す。

よって、サバイバル技能を持たない今の四人は、ジャングルを抜け出す【探索判定】を平目、つまりダイスを振った目でしか行えない。

迷子《まいご》状態《じょうたい》を抜《ぬ》け出す目標値《もくひょうち》が十五だと気づいた時には、時すでに遅《おそ》しだったのだ。

「クリティカルじゃ！　クリティカルを出すしかない!!　そうすれば問答無用で絶対成功《ぜったいせいこう》する！」

儚《はかな》い望みだった。一行《いっこう》はすでに二十分に一回行える、四人一斉《いっせい》の【探索判定《たんさくはんてい》】を、六回連続で失敗している。

「待ってください！　他に方法はないんですか!?」

確率の上では1／36、三十六回に一回は六ゾロ《クリティカル》が出ることになってはいるが、四人が合計で三十六回サイコロを振《ふ》るには九ロール。

ということは二十分×九で百八十分で、つまりは三時間が必要。

二時間余《あま》りジャングルをさ迷ったのなら、あと一時間以内にここから脱出《だっしゅつ》できる計算になるが、それはあくまで確率上《かくりつじょう》のことであり、それを待つわけにはいかないと、さすがのギオンも考えている。

「いや、ギオン。ここは潔《いさぎよ》く、ダイスロールするしか……！」

「その捨《す》て鉢《ばち》な前向きさはなんなんですかリュドミナ！　あなたはダイスを振ることができればなんでもいいんですか!?」

『それではみなさん、ここで改めてこのジャングルから脱出するための【探索判定】をお願いいたします……』

パーティのやり取りと、シナリオをまとめた手元のクリップボードを交互《こうご》に確《たし》かめていたゲームマスターが四人の前に進み出る。

「も、もうですか⁉　こちらはまだ対策《たいさく》を――」

『と、言いたいところなのですが、みなさん』

ギオンは気配を察した。新たに何かが起ころうとしている。

『――時間が来ました』

「はいっ？」

『足下を、ご覧《らん》いただいてよろしいですか？』

「なんじゃこれはッ！　み、水が……ッ⁉」

熱帯雨林に、柔《やわ》らかな潮風《しおかぜ》が生まれていた。風を運んでいたのは水流。パーティの足首、ジャングルの地面を、浅く一面に広がる水の流れが洗《あら》い始めていた。

「これは、潮の満ち引きですか……？　満潮《まんちょう》の時刻《じこく》に、なったという……？」

『ギオンさんのおっしゃるとおりです。潮はどうやら、西の方角からやってくるようです』

「これぞ天の采配《さいはい》！　ここ一帯のジャングルは時間により海に沈《しず》む潮間帯《ちょうかんたい》にあったということです！　とにかく海岸線に出ましょう！　島の外れにあるここにも、いずれは他の冒険者による探索はおよびます。この機を逃《のが》すわけにはいきません！」

四人は満ちてくる海流を遡《さかのぼ》るように走った。迷子になり、すり減《へ》ってしまった気力と体力を振《ふ》り絞《しぼ》るようにジャングルを抜《ぬ》ける。

「うわぁあ……！」

ついに視界《しかい》が開けた。

日没《にちぼつ》直前の、黄金色に染《そ》まる砂浜《すなはま》だった。砂金《さきん》を敷《し》きつめたように弧《こ》を描《えが》いてつづく海岸線。薄《うす》い膜《まく》のように広がる遠浅《とおあさ》の海。一直線に引かれた水平線の広大さに、パーティはことばを失う。空間認識《くうかんにんしき》が追いつかなかった。

細かな砂をくるむように打ち寄《よ》せつづける潮騒《しおさい》のサウンド。肌《はだ》に当たるゆるい潮風が、感覚の失調を少しずつ回復《かいふく》させてくれる。

四人をつつむ風と波までもが、海の上に浮《う》かぶ赤みを帯びた太陽の金色に染まっていた。

「綺麗《きれい》だね、ギオンくん……！」

クルルが一番最初にはしゃぐことができていた。それを切っ掛《か》けに、残りの三人も周囲を見渡《みわた》し、呼吸《こきゅう》を深める。誰《だれ》に命じられたわけでもなく、自然が作りあげたランドスケープ。大パノラマ。その中に、

「見よ！　あれは、難破《なんぱ》したという『碧《あお》の要塞《ようさい》』の船ではないかッ⁉」

四人はついに、前人未踏《ぜんじんみとう》の海岸線に、それを見つける。

遠浅の海に取り残されたような岩礁《がんしょう》の中に、あきらかに人工物とおぼしきシルエットがあった。それは嵐《あらし》によって破壊《はかい》され、打ちあげられた船の残骸《ざんがい》に見えなくもない。

「マスター！」

背後《はいご》のゲームマスターに全員が振り向いた。

『みなさんの位置からですと、あれが「碧の要塞」に所属《しょぞく》する船かどうかはわかりませんが……』

黄緑色のボンネットを被《かぶ》ったウエイトレス風のマスターは、さくさくと砂浜を歩き、

『あれならば、チェックする必要もなく、確認《かくにん》できると思います』

ダークエルフの聖騎士《パラディン》は、他の三人と一緒《いっしょ》にゲームマスターの視線《しせん》を追った。ジャングルを抜けてきた四人から見て左手につづく海岸線。誰もが眼《め》を細めて眼を凝《こ》らした砂浜の先に、

「赤いチェストボックス!!」

海岸に、打ちあげられていた。距離《きょり》はあった。だがあの人工物。紅《くれない》の色。オーレオリンが冒《ぼう》険者《けんしゃ》に見せた図と同じものだった。

「ギオン……ッ！　あ、あったぞッ！《重魔素《じゅうまそ》》じゃ！　間違いないッ!!」

「ふっふっふ……どうです？　僕の推理《すいり》は完璧《かんぺき》だったでしょう？」

砂浜にタワーシールドの下端《かたん》を着け、上端に両手を置いて休めの姿勢《しせい》を保《たも》っていたギオンは薄く笑った。

聖騎士の後姿《うしろすがた》。夕日をにぶくはじく鎧《よろい》の輪郭《りんかく》がリュドミナの濃桃《ディープピンク》の瞳《ひとみ》に焼きついた。赤い金色に燃《も》える白い砂浜。プレートメイルで身を鎧《よろ》う彼は、海岸に沿《そ》って早足で進み始めた。

確《たし》かにリュドミナは、ギオンに、これまでとは違《ちが》うなにかを感じていた。彼をＴＲＰＧに誘《さそ》って良かったと彼女は改めて思った。

「さすがギオンじゃな……」

赤いチェストに近づく聖騎士《パラディン》の背中《せなか》を見ながら輝銀髪《プラチナブロンド》の少女戦士はこぼしていた。

「わし、正直言うと、こんなところに《重魔素《じゅうまそ》》があるとは思わなかった」

「は、はい……っ⁉」

ギオンは輝銀髪を夕日色に染《そ》める少女へ振《ふ》り向いた。

「リュドミナ？　じゃあ、あなたははどうして、僕について来たんですか……？」

「え？　じゃって、面白《おもしろ》そうじゃから」

「は……？」

腰《こし》に二丁の手斧《ておの》を留《と》める少女は立ち止まったギオンに追いつく。

「じゃって、うぬの言うこと、所々難《むずか》しいんじゃもん。どう理屈《りくつ》をつけても、こんなところに《重魔素》があるとは、どうしても思えぬし……」

彼女のことばからは芯《しん》が抜《ぬ》けていた。びっくりと唖然《あぜん》と感動の三つからショック状態《じょうたい》に陥《おちい》っているようなふわふわさだった。ギオンとすれ違いながら、リュドミナは赤いチェストボックスを見ている。

「でもな？　わしは、うぬのことを信用している。じゃから、わしがここに《重魔素》があると思わなかったのと、それとこれとは――」

「ま……まじめに行動してくださいリュドミナッ!!」

「ひゃぁあっ……⁉」

リュドミナは砂《すな》の上でつんのめって膝《ひざ》をついた。首を捻《ひね》ってダークエルフの聖騎士を見あげる。

「なんですか面白そうって！　あなた、僕の言うことに納得《なっとく》して行動を起こしたわけじゃないんですか⁉　このシナリオを……リュドミナ……あなたは、ちゃんと、クリアーする気が、あるんですかーッ!!」

「ど、どうしたギオン……なぜ怒《おこ》っている⁉　わし、なにか、した？」

「キエエエ!!」

「うわー！　ボクが今までに一度も見たことのないギオンくん顔と声だーっ！」

エレメンタルドールのクルルは子犬のように跳《は》ね、砂を蹴《け》って立ち止まる。

「もとはと言えばリュドミナ！　あなたが面白そうだからって、僕の反対意見も聞かずにジャングルに突《つ》っ込《こ》んでいったから、こんなにも時間を――!!」

「ギオン先輩《せんぱい》！　それどころじゃありません!!　た、大変ですッ！」

二人の間に鍔広《つばひろ》の帽子《ぼうし》をかぶった魔法使《スペルエフェクター》いが割《わ》り込んだ。

「いいえアズサさん！　この際《さい》きちんとリュドミナの身体《からだ》に教え――」

「モンスターです！　モンスターが、《重魔素《じゅうまそ》》を持って行っちゃおうとしています！」

アズサの指さす先。

「はい……っ？」

ギオンは見た。奇妙《きみょう》な光景があった。

妙《みょう》にほっそりとした三つの人影《ひとかげ》らしきモノが、四角く重量のある物体、赤いチェストボックスを海へ海へと引きずっているのだ。

「マスター⁉」

「いや、聞くまでもなく、ここはアレの巣の近くなのじゃろ⁉　確実《かくじつ》にアレはアレだと思うのじゃが……！　プレイヤーの知識《ちしき》とキャラクターの知識は違《ちが》うというこのジレンマ……！」

チェストボックスを引きずる人型モンスターの体表はキラキラと光っていた。寿司《すし》でいう光り物、魚類ならば青物《あおもの》と呼《よ》ばれる光沢《こうたく》。鋭《するど》いヒレが頭髪《とうはつ》のように頭部や肘《ひじ》、背中《せなか》などを飾《かざ》り、頭部はカエルと魚の中間の形を形成している。

よくよく見れば、周囲の空間が歪《ゆが》んで見えるほどの魔法的《まほうてき》エネルギーが込《こ》められているとおぼしきチェストボックス。

それを引きずる三体の人型モンスターが身に着けている珊瑚《さんご》や貝類を用いた装具《そうぐ》は、人間が身にまとう装備《そうび》と同等の威力《いりょく》を持つように見えた。

『それではモンスターの【知識判定《はんてい》】をどうぞ』

そして、それ以上のことは【知識判定】をしなければわからない。

「合計値《ごうけいち》十八でどうですかマスター！」

今やモンスター識別ではパーティ随一《ずいいち》を誇《ほこ》る魔法使い《スペルエフェクター》アズサの達成値。

『判定成功です。アズサさんにはわかります。あれはやはり、マーマンと言う魚型人類であり、冒険者《ぼうけんしゃ》にとっては、わりとポピュラーな敵対種《てきたいしゅ》です。それではマーマンのデータ、オープンいたします』

三体のマーマンの頭上にA、B、Cと記号が振《ふ》られた。

つづいてその頭上、空中に、それらマーマンの持つ特殊能力《とくしゅのうりょく》や与《あた》えてくるダメージ値、防御《ぼうぎょ》値《ち》、さらにHPとMPまでもが浮《う》かび上がる。

「情報《じょうほう》は戦《いくさ》の要《かなめ》というわけですね……。これは、やれます」

ギオンは腰《こし》からブロードソードを引き抜《ぬ》き、太陽の残り日を跳《は》ね返すように盾《たて》を構《かま》える。

「相手は敵対種であるならば状況《じょうきょう》は明白！　奴《やつ》らは《重魔素》を海の中にある、やつらの巣へと運ぼうとしているのです！　断固阻止《だんこそし》で！」

『さらにアズサさんの達成値ならば、弱点も公開されます。炎《ほのお》ダメージが防御力貫通《かんつう》でプラス2が入ります』

次々とマスターから公開される情報に、腰から両腕《りょううで》へと手斧《ておの》を引き抜くリュドミナは、

「ちなみにこの弱点は、なぜか【知識判定】で見抜かなければ、たとえ知らずに炎属性《ほのおぞくせい》の攻《こう》

撃《げき》をしてもダメージプラス2にはならない！」

「ゲームだからですクルル！　細かいコトは置いておいて集中してください！」

『つづいて、先手後手《ぜんてごて》を決めるイニシアチブ判定《はんてい》です』

「ここはスカウト技能《ぎのう》持ちのわしの出番じゃな⁉　【ダイスセット！】」

一連のアズサの活躍《かつやく》に我《われ》を取り戻《もど》してきたらしいリュドミナが前に出る。クロスさせたハンドアックスの先に、リュドミナのピンククリスタルダイスが生まれ、

「イニシアチブ判定を【ロール！】」

軌跡《きせき》を描《えが》いてさらなる前方へ舞《ま》う。

「〈フィーク！〉」

マーマンも独特《どくとく》の声で吠《ほ》えると、出現《しゅつげん》していたデータのイニシアチブ値である11という数《すう》値《ち》が飛び出し、リュドミナの放ったダイスと空中で激突《げきとつ》！

火花をちらした！

「このエフェクト、なにかの意味があるんですかッ⁉」

リュドミナのピンククリスタルダイスの出目《でめ》は八！

「ここにわしのスカウト技能レベル4と敏捷《びんしょう》ボーナス3が乗る！　合計値は十五！」

空に浮《う》かんだ15という数値がマーマンの11を粉砕《ふんさい》！

「わしの勝ちじゃぁ！」

「だから、このエフェクトに――‼」

「ゲームだから！　ギオンくん、これ、ゲームだから！」

マーマン三体と冒険者《ぼうけんしゃ》四人が、赤いチェストボックスを間に挟《はさ》んでそろい並《なら》ぶ。

『それでは、みなさんが先制《せんせい》で、戦闘開始《せんとうかいし》です』

「じゃあボクからっ！」

マスターの合図直後動いたのは神官のクルル。彼女は愛用の聖印《せいいん》とは別の、短いロッドを振《ふ》りかざし、

「精霊魔法《せいれいまほう》『ディフェンス・ロック！』パーティのみんなにいっぺんに！【ロール！】」

彼女の特技《とくぎ》、魔法強化／複数化《ふくすうか》により、必要なMPを×4で消費し、クルルは覚えたての精霊魔法をパーティ全体にほどこす。味方への強化魔法は、ダイスの出目は一ゾロが出ない限《かぎ》り成功する！

「敵からのダメージを5ポイントまで防《ふせ》いでくれるの！　それを超《こ》えると壊《こわ》れちゃうから注意して！」

白い砂浜《すなはま》。その下から複数《ふくすう》の瓦礫《がれき》が浮《う》き上がり、四人の冒険者の周りを、天体のようにめぐりだす。

「次は私です！」

魔法使《スペルエフェクター》いアズサは大きな杖《つえ》を片手《かたて》でふるい、

「これはアルケミスト技能《ぎのう》と魔法使《スペルエフェクター》い技能を同時におさめることで使える魔法です！　これで炎弱点《ほのおじゃくてん》を突《つ》けるようになります！」

魔法使いがもう片方《かたほう》の手で取りだしたのは、一本の丸底フラスコ。

「燃素の武力《フロギストン・ブレード》！　リュドミナ先輩《せんぱい》とギオン先輩に【ロール！】」

アズサの腕《うで》より舞《ま》うダイスの出目《でめ》は、それがすべて有効《ゆうこう》に機能《きのう》したことを示《しめ》す。同時にぽん！　とフラスコの栓《せん》がはじけ、ビリビリと細かいイナズマの雲が立ち昇《のぼ》り、リュドミナとギオンの持つ武器《ぶき》へと纏《まと》わりつき、オレンジ色に発火！

「先輩二人の武器が炎属性になり、ダメージプラス2となります！」

「クルル、アズサ！　いつもすまないッ！」

「イニシアチブを取ると取らないとでは、これが違《ちが》いますからね」

パーティの完全武装《かんぜんぶそう》ともいうべき陣形《じんけい》が完成。前衛《ぜんえい》の二人に戦気が満ちる。

「では、わしからいくぞ！　【アクション宣言《せんげん》！】マーマンAを攻撃《こうげき》ッ！　もちろん二刀流ッ！　【ロール！】」

クルルが呼《よ》びだした土の精霊《せいれい》が作り出す防御石《ぼうぎょせき》を従《したが》え、燃《も》えさかる二丁の手斧《ておの》をひるがえしながら、リュドミナは魚人Aへと迫《せま》る。直前に自分の手より放たれたダイスを追い越《こ》す勢《いきお》いで、彼女は走った。

「いっぱつめぇえぇッ！」

左腕に握《にぎ》られた炎を纏《まと》う手斧のダイス目は⚂⚅／⚃⚃。

マーマンの回避値《かいひち》は12。出目の九にリュドミナの戦士レベル4、そして器用度ボーナス3が足されて、値は十六。

「ヒット！　ダメージは手斧の固有値と足して10点ッ！　プラス炎ダメージが2‼」

上段《じょうだん》からの斜《なな》め袈裟《けさ》斬《ぎ》り。頭上にAを浮《う》かべたマーマンがうろこを飛ばして仰《の》け反《ぞ》った。

「まだじゃ！　右の二撃めェッ‼」

示《しめ》されたのは⚄⚁／⚅⚃。

「よしっ！」

一撃目で与《あた》えた裂傷《れっしょう》をなぞるようにして、二撃目が叩《たた》き込《こ》まれた。燃える手斧が抉《えぐ》るようにマーマンにもぐり込み、時ならぬ、食欲《しょくよく》をそそる香《かお》りが辺りに漂《ただよ》う。

「くっくっく！　わしの手斧にアズサのフロギストン・ブレードが乗っていなかったら、HPを僅《わず》かに残せていたかもしれんのになぁッ！」

ドウ……ッと砂浜に一体の魚人があお向けに吹《ふ》き飛び動かなくなる。Aの文字が消え去り、残りはBとCの二体となった。

「ここは日が暮《く》れきる前に、一気呵成《いっきかせい》に攻《せ》めた方が良さそうですね。ならば僕はBに攻撃！

【ダイスセット！】」

ギオンも鎧《よろい》と盾《たて》を鳴らして走り、

「【ロール!】」

ダイスが放たれる。

「せあッ!」

攻撃判定《こうげきはんてい》の出目《でめ》は⚁⚁の四。聖騎士《パラディン》レベル4と筋力《きんりょく》ボーナスは……ギオンにはなし! そして器用度の腕輪《うでわ》プラス1で合計値《ごうけいち》は九。

マーマンの回避値は変わらぬ12! ダークエルフの聖騎士が振《ふ》り下ろした炎《ほのお》のブロードソードは、マーマンBの三叉槍《トライデント》にはじかれる。

「くッ! あと一歩のところを……!」

ギオンは油断《ゆだん》なく盾《たて》を構《かま》えて一歩引く。

「いくら腕輪があっても、あの出目では……」

「うるさいですよリュドミナッ!! ダイスは……時の運なのです……!!」

並《なら》ぶ手斧《ておの》の少女戦士に視線《しせん》を送り返すこともしなかった。

「大丈夫《だいじょうぶ》だよギオンくん! このままなら押《お》し切れるからっ!」

「圧倒的《あっとうてき》に勝てますよ! お気になさらず!」

背後《はいご》からの後衛魔法担当《こうえいまほうたんとう》の二人には、

「フォローは結構《けっこう》……ッ!! しかし、油断《ゆだん》しないでください!? 次は魚人族《マーマン》のターンですよ！」

だがクルルとアズサの言う通りだった。魔法《まほう》によるアドバンテージ。さらに敵《てき》の弱点を突《つ》きつづけた結果の、快勝。

リュドミナ達は、四ターン目には、魚人族《マーマン》を掃討《そうとう》していた。

「くっくっく、成長を実感するこの瞬間《しゅんかん》がたまらん！」

「ＨＰの回復《かいふく》はどうする？　ボクはまだまだＭＰに余裕《よゆう》あるよ？」

「私、スリープでいっぺんに二体も眠《ねむ》らせたの初めてですっ！」

きゃっきゃと嬉《うれ》しそうにはしゃぐ少女達。しかしそれは、

「…………、……」

どんよりとした気配を察した瞬間、つまったことばとともに、とっさに冷気の源《みなもと》への気遣《きづか》いに変わる。

「…………ふぅ……」

そこにはギオンがいた。一度も攻撃《こうげき》をマーマンに当てることができないまま、一身にただただ攻撃を受けとめ、ダメージを受けつづけるだけで戦闘《せんとう》が終了《しゅうりょう》してしまったことに呆然《ぼうぜん》として、手のひらばかりを見ているギオンがいた。

「…………はあ、まあ、いいんですけどね……？」

「ま、まあ、うぬはダメージを一手に引き受けてくれていたではないか……！」

「放っておいてくださいますか⁉　それより、《重魔素《じゅうまそ》》を、あの宝箱《たからばこ》を確認《かくにん》しましょう！　結果良ければ、すべて良しです……」

パーティは赤いチェストボックスへと、ついに手を掛《か》ける。目の前にありながら、戦闘中には触《ふ》れるコトができなかった金属《きんぞく》と木材で構成《こうせい》された箱。

「おおっ！　確《たし》かに『碧《あお》の要塞《ようさい》』の紋章《もんしょう》があるッ！　この宝箱の中身が《重魔素》に違《ちが》いないっ！」

「アズサさん！　『魔法感知《まほうかんち》』です！」

「は、はいっ！」

『碧の要塞』の紋章をリュドミナにつづいて確認したギオン。彼は魔法使い《スペルエフェクター》のアズサに場所を譲《ゆず》るようにして、彼女の『魔法感知』の結果を待った。

「⚄⚁の目で、どうですか？　マスター」

『それでしたら……』

ゲームマスター天花寺鳥籠《てんげいじとりかご》も、シナリオが記載《きさい》されたボードを確認。

『魔法の鍵《かぎ》が、壊《こわ》れてしまっていることに、アズサさんは気がつきます』

そのことばにアズサは、ひっそりと後ずさる。

「……だ、そうです。鍵は、今、掛かっていません……」

「「…………っ」」

残りの三人がごくりと喉《のど》を鳴らした。

「オーレオリン殿《どの》は、中身は決して見ないようにと、言っておった、……ぞ？」

それからおもむろに、箱を囲んだ四人は周囲に視線《しせん》を走らせた。

その瞬間《しゅんかん》、

『それではみなさん、【危険感知判定《きけんかんちはんてい》】を』

「ッッ⁉⁉」

「くっ……！　このタイミングで……ですか……！」

『これに失敗すると、敵《てき》による奇襲《きしゅう》が発生する可能性《かのうせい》があります』

四人の神経《しんけい》がさらに逆立《さかだ》った。マスターのことばに戸惑《とまど》いながらも、それぞれの手にダイスがセットされてゆく。

「いや……まだじゃ！　ダイスの出目《でめ》さえ良ければ問題はない！　【ダイスセット！】」

「それもそうですが……、囲まれていないことを、祈りましょう」

ギオンも両手をつつむアーマーを締《し》め直しながらダイスを指先へとセット。

「ここまで来て、この《重魔素《じゅうまそ》》を他の誰《だれ》かに渡《わた》すわけにはいきません……」

彼はすでに迫《せま》る危険がこの箱を狙《ねら》う第三者であると決めきっていた。

「それが異端《いたん》に類《るい》する者共ともなればなおさら。大義《たいぎ》なき力に意味などありはしないのだと、この僕が教えましょう。……寄《よ》らば、斬《き》るのみ。【ロール！】」

パーティのそれぞれからダイスが舞《ま》った。その数値が次々に確定《かくてい》していき、

「く……！　しまったぁ！　今回は目が奮《ふる》わん……！　ここで奇襲をされるのは不味《まず》いぞ！」

輝銀髪《プラチナブロンド》の手斧《ておの》少女は、空中に示《しめ》された⚀⚁という出目に顔をしかめる。

「ふっふっふ、おやまあ、リュドミナ。なんてひどい目ですか？」

「ま……まさか、ギオンッ!?」

「その通り！　見てください僕の目を！　これが六ゾロ《クリティカル》というものですッ！」

高らかに、ダークエルフの聖騎士《パラディン》が振《ふ》るった腕《うで》の先。

「でかしたぁッ！　しかしうぬの出目は本当に偏《かたよ》ってるッ!!」

「ふ……っ。僕にはこんなところで手こずっているわけにはいかない事情《じじょう》があるのですよ。僕としては向かって来るのは第二陣《じん》と見ていますが、マスター？」

『はい、波の向こうから、またもやマーマンがやって来ます。その数、八体』

「ハチタイぃッ!?　さっきの、倍以上ではないか……！」

平然と状況を示すゲームマスター。文句《もんく》を吐《は》きながらも、リュドミナの両手は自《みずか》らの得物《えもの》、ハンドアックスをにぎり込む。海岸線から人型のシルエットが、八つ。

「やるしかないようですよリュドミナ。どうやらあの異端共はこの《重魔素》に用があるようです。……蹴《け》ちらすのみ。この箱を狙うならばどうなるか、異端共には教え込《こ》んでやればいいだけです。行きますよ……？」

ギオン、リュドミナ、クルル、アズサは《重魔素》を護《まも》るように布陣《ふじん》を敷《し》き、モンスターの一軍を迎《むか》え撃《う》つ。パーティの誰《だれ》もが自信を持っていた。倍以上に増《ふ》えたとは言え、イニシアチブを取ることにも成功。彼らは最初の三体の時と同じ戦術《せんじゅつ》で立ち向かう！

『それでは、このターンの頭に、海の中よりさらにマーマン五体が増援《ぞうえん》されます』

「ッ⁉」

「ご……ゴタイぃ……？」

戦闘開始《せんとうかいし》から三ターン目で、ギオン達は二体のマーマンを屠《ほふ》っていた。だがそれだけだった。

フィールドに、まだ六体の魚人が残っていた時点で告げられた、五体の増援。

「ま、待て、これは、いったいどういうことじゃ……？」

パーティが感じていた『これはいける！』という感触《かんしょく》が吹《ふ》っ飛んだ。リュドミナ達はついにパーティの人数四人の倍を超《こ》えた、十一体の敵《てき》に囲まれたのだ。

「ですから、モンスター達はこの《重魔素《じゅうまそ》》に引き寄《よ》せられているんです！　それが、異常《いじょう》な数なだけで！」

「しかし、これはさすがに持ちこたえられんかもしれんぞギオン！　お……応援《おうえん》は？　今のうちに応援を呼《よ》んだ方がいいのではないかッ⁉」

クルルの魔法《まほう》、周囲に漂《ただよ》う『ディフェンス・ロック』を半壊《はんかい》させたリュドミナがギオンの隣《となり》に飛びすさった。

「だめです‼　なんとかなるはずです……！　開示《かいじ》された相手のデータと我々《われわれ》の今の戦力を比《くら》べれば、ぎりぎり行けるはずなんです！」

ギオンの周囲に『ディフェンス・ロック』はすでになかった。ＨＰも半分を割《わ》り込《こ》んでいる。それでも敵を駆逐《くちく》できるだけの算段《さんだん》は彼の中ではできていた。武器《ぶき》は炎《ほのお》を纏《まと》い、魔法の援護《えんご》もまだ期待できる。

『では、このターン終了時《しゅうりょうじ》、さらに四体の増援が入ります』

十一体の攻撃《こうげき》を、かろうじて防《ふせ》ぎきった直後だった。

「……ッ⁉」

さらなる敵の増強はギオンの計算の中に、入っていなかった。

『その中の一体は、他の魚人の倍以上ありまして、ここで新たにモンスターの【知識判定《ちしきはんてい》】をお願いできますか？』

味方の攻撃ターンが終了した直後告げられた状況変化《じょうきょうへんか》。いくつものダイスが夕焼けの空に舞《ま》う。

「す、すいません……っ！　⚁⚂の、ええと……十三で、わかりますか……？」

『残念。それではなにもわかりません』

それでもアズサの数値《すうち》が、パーティの中では最高値だった。結果、あきらかに大柄《おおがら》、サメやシャチのようにムッチムチな魚人族《マーマン》のデータは不明。

「……じゃが、あきらかにこやつは、他のマーマンより強いと見て構《かま》わぬよな……ッ⁉」

なにをしてくるか、どれくらいのHPがあるのか。一切わからない敵《てき》の出現《しゅつげん》だった。

「ギオン！　もしかしたらこれは、他のパーティと協力することが前提《ぜんてい》の戦闘《せんとう》だったのかもしれんぞ⁉　いや、おそらくは、マスターはその腹《はら》づもりで……見よ！　固まっている！　わしらのこの状況に‼　あきらかに『しまった！』という顔をしている‼」

「……くっ！」

ギオンは固まった。新たに四体の増援《ぞうえん》。勝負の行方《ゆくえ》がぎりぎりの向こう側へ傾《かたむ》いたところへ、さらにデータ不明――おそらくはリーダー個体《こたい》の出現。

「手遅《ておく》れにならぬうちに……‼」

異端殲滅騎士《いたんせんめつきし》の脳《のう》が高速で回転する。ライバルを含《ふく》めるとはいえ、味方のうちにある《重《じゅう》魔素《まそ》》と、敵に奪《うば》われた《重魔素》。手に入れやすいのはどちらか。

考えるまでもないことだった。しかし、ソーダライト諸島《しょとう》。ラズリ島の前人未踏《ぜんじんみとう》の深奥海岸《しんおうかいがん》。助けは本当に来るのか。……来るのだ。この救援弾《きゅうえんだん》を上げれば。冒険者《ぼうけんしゃ》。『碧《あお》の要塞《ようさい》』はやって来る。今は死守。それしかなかった。

「背《せ》に腹は……代えられません……！　マスター、オーレオリン殿《どの》から支給《しきゅう》された救援弾はどうしたら？」

ギオンは腰《こし》の道具入れから、拳銃型《けんじゅうがた》のアイテムを引き抜《ぬ》いた。

『ダイスを振《ふ》って【行使判定】をしてください。ファンブル以外で打ち上げることができます。ここはぜひ、お願いいたします！』

「ゲームマスターがそれを言ってしまってはだめじゃろう……っ！」

「なるほど！　それだけなら確実《かくじつ》です！　【ダイスセット！】」

ギオンが頭上に掲《かか》げた発煙弾。拳銃の筒先《つつさき》に、二つのダイスが出現した。

「ギ、ギオン待てッ、それはわしが振《ふ》る――ッ」

「【ロール！】」

ダイスが打ち上がった。音を立てて回転し、夕日をはじいてピタリと止まる。

⚀⚀

「……え？」

「……な、なぁッ!?」

「う……うそ……」

「ギオンくんが……ッ！　ギオンくんが……!!」

ダークエルフの聖騎士《パラディン》以外、ゲームマスターまでもが、ダイスを見あげたまま、その場で砂浜《すなはま》に膝《ひざ》をついた。

「……なんという、ことを……!! なんでッ⁉ なんでうぬはここで一ゾロを振るのッ⁉」

「ん？ これはどういう……ことですか？ ありえませんけど」

聖騎士《パラディン》の手の中でプスンっと、拳銃《けんじゆう》が小さな薄《うす》い煙《けむり》を上げていた。

「ありえないことあるものか！ どうにもこうにもギオン！ 大失敗《ファンブル》じゃよーッ！」

「待ってくださいッ！ こ、これは、どうなってしまうんですかっ⁉ え？ 不発……？」

「わしが振《ふ》るって言ったのにーッ！ わしが振るってぇ……っ!!」

同時に、十五体のマーマンが、ぞろっと身じろいだ。がしゃがしゃん!! と、少なからぬ武《ぶ》器《き》と武器、防具《ぼうぐ》と防具が音を立てた。

「ひぃっ……⁉」

それは冒険者《ぼうけんしゃ》の攻撃《こうげき》ターンに対する防御態勢《ぼうぎょたいせい》だった。リュドミナ達に、そうは見えなかっただけで。

「マ、マスター！ 無理じゃ！ もう持たぬ！」

ゲームマスターもこの事態は想定外だったと見えた。薄く発光しているゲームマスター天花《てんげい》寺《じ》鳥籠《とりかご》は、張《は》りついた笑みを浮《う》かべたまま、

「はぁ！ すぅうぅうっと消えたぁぁ……ッ！ マスター！ どうするんじゃこれぇぇッ!!」

「やるしかありません！ 泣き言を言っても目の前の出来事をなかったコトにできないのがゲームの神髄《しんずい》です!! このままだと、囲まれます。みんなでこの《重魔素《じゆうまそ》》をひっぱって、あ

の窪《くぼ》みの地形に！　マスター！　三人で引きずり、攻撃はすべて、リュドミナ以外なら僕が【カバーリング】します！」

『了解《りょうかい》です（声のみ）』

「待って⁉　わしには今、変な条件《じょうけん》が聞こえた！」

「気のせいです！」

「というかギオン、うぬはまだ《重魔素》を諦《あきら》めておらぬのか……？」

「当たり前です！　グズグズするんじゃありませんリュドミナ！　あなた本当にだらしがないですねッ！」

「い、言わせておけばぁ……！　うぬになんか言われたくない‼」

《重魔素》をずりずりと安全地帯に引きずりながらの攻撃ターンが始まった。

リュドミナの二連撃。そしてアズサの魔法《まほう》により、マーマンを一体撃破《げきは》。好調なすべり出しは、しかし、

「ギオン待て！　うぬはダイスのどっちかに⚀を出さないと死んでしまう何かなのかッ⁉

それでギオンはなんでいっつも自信満々でいられるのじゃッ‼」

「黙《だま》ってくださいリュドミナ！」

ギオンの攻撃は、いとも簡単《かんたん》にはじかれた。

背後《はいご》に崖《がけ》を背負《せお》った谷間の地形でも、苦戦は変わらなかった。

クルルのMPが底を尽《つ》き、魔精箋《ましょうせん》も使い果たし、回復《かいふく》ポーションは焼け石に水。

水平線に沈《しず》み行こうとしている巨大《きょだい》な太陽の放つ赤。今や禍禍《まがまが》しく、呪《のろ》いのように、嫌《いや》が応《おう》でも視界《しかい》に射《さ》し込《こ》んでいる。

海が――

あらゆるものを内包する母なる海が、これほど恐《おそ》ろしいと思ったことはなかった。

「ここまで来て……」

パーティはそうして、魚人族《マーマン》十四体による反撃《はんげき》を、迎《むか》え撃《う》つこととなる。

「ここまできて、諦《あきら》めるわけにはいかないんですよ‼」

先陣《せんじん》に立ったのは聖騎士《パラディン》ギオン。分厚《ぶあつ》い盾《たて》と甲冑《かっちゅう》。防御《ぼうぎょ》に特化した装備《そうび》に身をつつんだ彼が【カバーリング】の次に選んだ特技《とくぎ》、【挑発咆哮《ちょうはつほうこう》】が響《ひび》き渡《わた》った。

その、言語を超《こ》えた高らかなギオンの大声音に引きつけられるように、マーマンが殺到《さっとう》する。

夕日を体表ではじく魚人族が起こす砂煙《すなけむり》に、ダークエルフの聖騎士が沈んだ。

「ギオンくんッ‼」

――潮風《しおかぜ》に、砂煙が、晴れる。

三叉槍《トライデント》による十四回攻撃《こうげき》にさらされたギオンの、残HPが判明《はんめい》した。

2／39。

「奇跡《きせき》が起こっておるぅぅ……ッ！」

「ギオンくぅぅぅんッ!!」

頭上に残り僅《わず》かな数値《すうち》を浮《う》かべる聖騎士にパーティメンバーは駆《か》け寄《よ》った。

しかしギオンは、首っ玉に抱《だ》きついてこようとするクルル、そして周囲のマーマンすら押《お》しのけるようにして、

「そんなことより、どうして前に出て来たりしたんですかリュドミナッ！」

「はぁっ!?」

「あなた、僕の【挑発咆哮】範囲《はんい》にワザと入りましたよねッ!?　どういうことですかっ！」

「な、なにって、じゃって、うぬ一人で十四体も無理じゃろう！　わしも一度くらいならダメージを食らっても――」

「あなたに、もし、万が一のことがあったらどうするつもりなんですかッ!!」

このTRPG世界はリュドミナの『血罪示現《ヴァンピリズム》』で作られている。

その本体である少女が死亡状態《しぼうじょうたい》ともなれば、それが擬似的《ぎじてき》なゲーム内の死であっても、中枢《ちゅうすう》たる《精髄《アソート》》消滅《しょうめつ》の可能性《かのうせい》が出てくる。

「どうして僕がここまでTRPGに打ち込《こ》んでいるか……、それがあなたにはわからないんですか!?　ええ、わからないでしょう！　わかってたまるもんですか！　いいですかリュドミナ、

これは命令です！　もう二度と、僕の許《ゆる》しなく、このような危険《きけん》なことはしないでください！　これが守れないのならば僕はもう……――って、お、おや？　ど……どうしたんですあなた達！　僕の知らないうちに毒ガスでも撒《ま》かれていたんですか⁉　どうして、そんなに顔が真っ赤なんです⁉」

「だ、だって、ギオンくん……？」

「ギオン、うぬは……っ。……くっ、今まで一度もうぬがわしを【カバーリング】してくれなかったことなど、今ので忘《わす》れたわッ！」

「ア、アズサさんも無言で……平気ですか⁉　鼻血ですよねそれ！　え？　ナイスツンデレ……？　何を言っているかわかりません！　ちょっといいですかあなた達！　戦闘《せんとう》はまだ終わっていないんですよ⁉　むしろ、この僕らの攻撃《こうげき》ターンにすべてが懸《か》かっていると言っていい‼」

「しかたない、ギオン！」

無理して険《けわ》しい表情《ひょうじょう》を作ったようなリュドミナが前に出た。強い意志《いし》が濃桃《ディープピンク》の瞳《ひとみ》の中にあった。

「大ボスまで取っておこうと思っていたが、ギオン。わしとうぬの『絆《きずな》スキル』を使うぞ！」

「絆スキル、ですか……⁉」

「うむ！　絆スキルを使ったとしても、この戦闘……まだどうなるかわからんが、もうこれに賭《か》けるしかないじゃろうっ！　同じ戦闘職《せんとうしょく》のわしとうぬの『絆スキル』なら、きっと現状《げんじょう》を打《だ》破《は》できる！」

リュドミナの言う通り、もうその手段《しゅだん》しか残っていないかもしれなかった。魔法使い達《スペルエフェクター》の魔《ま》法《ほう》も、回復《かいふく》アイテムも尽《つ》きている。ギオンに残された選択肢《せんたくし》は、残りのＨＰの数値《すうち》よりも限《かぎ》られている。

彼は覚悟《かくご》の色に染《そ》めた切れ長の眼《め》で、リュドミナを見下ろした。

「絶対《ぜったい》にイヤです！」

「なっ……」

リュドミナはひっぱたかれたようにことばを失い、

「なんでじゃギオンッ⁉⁉　し、死んでしまうぞ……ッ⁉　このままではっ‼」

「ギオンくん……ッ⁉」

「ギオン先輩《せんぱい》ッ⁉」

パーティは騒然《そうぜん》とした。だが、ギオンは頑《かたく》なだった。

「だめです！　それだけはなりません‼　リュドミナ、あなたと共闘《きょうとう》しているのはたまたま利《り》害関係《がいかんけい》が一致《いっち》しているからにすぎないということをお忘れなく！　魂《たましい》の繋《つな》がりである絆を結び、あなたと絆スキルを放つなんてもっての他《ほか》です‼」

「な、なんでなのじゃ⁉　さすがのわしも今のはちょっと傷《きず》ついた‼　やっぱり【カバーリング】の件《けん》も許《ゆる》さぬ!!　そしてアズサはなんで顔が真っ赤っかなのじゃ!?　うぬはさっきから一人楽しそうじゃな!!」

「とにかく僕は了承《りょうしょう》しませんから!!」

「ギ……ギオンのわからずや！　このままではわしらは死ぬぞ!?　全滅《ぜんめつ》じゃぞ!?　それとも、わしと絆《きずな》スキルを使うより全滅を選ぶのかッ!?」

「と、とにかく、これだけは譲《ゆず》れないのですッ!!」

「どういうことなのじゃッ!?　全然わけがわからんではないかぁあッ!!」

リュドミナの声が入り組んだ岩壁《がんぺき》、水平線へと木霊《こだま》する。

魚人族《マーマン》は冒険者《ぼうけんしゃ》達の言い争いを聞き流すように、なおも荒《あら》ぶっている。異形《いぎょう》の種族の支配圏《しはいけん》とも言える海岸線は美しく、色濃《いろこ》く変化する夕日に染まりつづけている。

「く……ッ！　じゃが、わしはあきらめん!!　なにか方法あるはずじゃ！　この絶体絶命《ぜったいぜつめい》の危《き》機《き》を脱出《だっしゅつ》する方法は必ずあるっ!!　マスター！　おトイレ休憩《きゅうけい》!!」

リュドミナが作る『血罪示現《ヴァンピリズム》』が、ふいに途切《とぎ》れた。景色が薄《うす》れて、そこは聖《せい》ロヨラ学院の生徒会室へと変じて戻《もど》る。

制服姿《せいふくすがた》になった輝銀髪《プラチナブロンド》の生徒会長は扉《とびら》を開け放ち、廊下《ろうか》へと走り出て行った。同じく生徒会室内で制服《せいふく》や教員の服装《ふくそう》に戻《もど》った祇園《ぎおん》や天花寺《てんげいじ》鳥籠《とりかご》が声をかける暇《ひま》もなかった。

「おのれぇぇ、バカギオン！　大馬鹿《おおばか》ギオンッ!!　あやつのダイスの目さえもっと回っていれば、こんなことにはぁぁ!!」

リュドミナは洋式トイレに腰掛《こしか》け、頭を抱《かか》える。良策《りょうさく》がすぐに思いつくはずもなかった。出てくるのは愚痴ばかりだった。

「あやつのダイス……、良い出目《でめ》とはいわぬ、せめて普通《ふつう》の目さえ出してくれていたら……」

リュドミナの記憶《きおく》。

「しかし、たまに良い目が出るときは、とんでもない目を出したり……落ち着かんやつじゃよなぁっ！」

彼女はいつも大仰《おおぎょう》にダイスを振《ふ》るうギオンを思い浮《う》かべる。

「……ん……っ？」

妙《みょう》なコトに、気がついた。

「いつも……大仰に……？　本当に、そうか……？」

閃《ひらめ》く。顔をあげたリュドミナは、脚《あし》に絡《から》んだショーツをはき直すのももどかしく、水道に浸《ひた》した手も乾《かわ》かぬまま生徒会室に突入《とつにゅう》し、『血罪示現』を展開《てんかい》した。

「リュ、リュドミナちゃん早くないっ??　どうしちゃったの!?」

制服姿から、再《ふたた》び踊《おど》り子衣装のようなエレメンタルドールの姿になったクルルは、真横から照りつけてくる赤い太陽光に手をかざして、リュドミナをうかがった。

「クルル……！　それに、アズサもちょっとよいじゃろうかっ？」

びっくりしたままの神官と魔法使い《スペルエフェクター》を彼女は呼《よ》び寄《よ》せる。

ギオンはまだむくれたようにそっぽを向いて、荒《あら》ぶったまま動かないマーマン軍団《ぐんだん》をにらみつけている。TRPGにおける時間は冒険者《ぼうけんしゃ》の攻撃《こうげき》ターンの頭で止まったままだった。

リュドミナは構《かま》わず、砂浜《すなはま》の片隅《かたすみ》。クルルとアズサと頭をつきあわせ、しゃがみ込む。そして二人に自分がたった今気づいたことを打ち明けた。

「えええっ⁉　ギオンくんに、そんなことが……？」

「本当なんですかリュドミナ先輩《せんぱい》っ！」

「わしもにわかには信じられぬ！　でも、確《たし》かにそうなのじゃよ！　思い出せば思い出すほどそうとしか考えられん……！」

リュドミナは再度《さいど》、驚《おどろ》いた表情《ひょうじょう》を崩《くず》さないクルルとアズサに断言《だんげん》する。

「ギオンは、【ロール】の前に、なにかカッコイイことを言った時だけ、異常《いじょう》にダイスの出目がいいのじゃ！」

「でも、どうしてそれを直接《ちょくせつ》ギオン先輩本人ではなくて、私達に？」

「そうだよリュドミナちゃん！　ギオンくんにこれを言えば――」

「教えたとしよう！　ギオンへ『良い目を出すために、カッコイイことを言って欲《ほ》しい』と。

どうなると、思う……？」

「ギオンくん、絶対《ぜったい》に、もうなにも言ってくれなくなっちゃう!!」

クルルはチラリとダークエルフの聖騎士《パラディン》を見た。こっちを気にしている素振《そぶ》りすら、彼は見せていなかった。

「ギオンくんには少し、意固地《いこじ》なところがあるから……」

「じゃろううう!?　これは絶対に秘密《ひみつ》じゃ!!　三人だけの秘密！　でなければ、最後の作戦も水の泡《あわ》になってしまう！」

「最後の作戦、ですか……？」

魔法使いは引き寄《よ》せるようにして大振《おおぶ》りな杖《つえ》を抱《だ》きしめた。彼女はもうマーマン軍団を見ようともしていない。

「そうじゃアズサ！　確《たし》かに十四体のマーマンは強敵《きょうてき》じゃ。じゃが、一体一体ならば何とかなる。ようは数の多さが問題なのじゃ。ならば、ギオンの出目さえよければ、端《はし》から切り崩《くず》すことによって状況《じょうきょう》を打破《だは》出来ると思わぬかっ!?」

「た、確かにッ!!」

「名づけて『ギオン無双計画《むそうけいかく》！』とにかく、試してみるのじゃっ！」

リュドミナの濃　桃《ディープピンク》の瞳《ひとみ》に、アズサとクルルの視線《しせん》が重なった。それをもって合意の意思が三人に通じあう。

「だったらここは、ボクに任《まか》せて！　ねえギオンくーん！」

屈《かが》んだ状態《じょうたい》から真っ直ぐ立ち上がった神官は、ぴょんぴょん跳《は》ねて聖騎士《パラディン》を呼《よ》んだ。

「どうしたんです？　クルル」

軽く溜息《ためいき》のような仕草《しぐさ》、それでも大股《おおまた》で素早《すばや》く、ギオンはクルルの元にやってくる。

「ねえギオンくん。ボクとなら、『絆《きずな》スキル』、使ってくれる……？」

「ああ、それなら別に構《かま》いません。ええと、僕とクルルの絆スキルは……ふむ、主従関係《しゅじゅうかんけい》もあり、さらに聖騎士と神官の相性《あいしょう》ボーナスも乗った【ジャッジメント・レイン】でしたっけ」

羊皮紙状《ようひしじょう》のキャラクターシートをギオンは確認《かくにん》する。

「うんっ！　沢山《たくさん》の敵に攻撃《こうげき》できるから、きっと役立つと思うのっ！」

「なるほど。……じゃあ、僕が代表してダイスを振《ふ》ってしまっていいですか？　あの魚人達を、早いところ屠《ほふ》るにはいい案です。これで戦闘《せんとう》もだいぶやりやすくなります」

「お願いギオンくん！」

「では、マスター！」

『魚人族集団《マーマン》への作戦がまとまったでしょうか？』

久々《ひさびさ》に姿《すがた》を現《あらわ》すマスターの微笑《ほほえ》みに、ギオンはうなずいた。

「そういうわけです。では、【アクション宣言《せんげん》！】僕とクルルの絆スキル【ジャッジメント・レイン】をマーマン達へ！　では、【ローrッ!?」

「待ってギオンくんッ!!!!」

「な、なんですかクルル!!　ダイスが振れませんよ!?」

エレメンタルドールの神官に腕《うで》を引っ張《ば》られたギオンが戸惑《とまど》いの声をあげる。

「あ、あのね……っ」

クルルの持つ、陶器《とうき》の肌《はだ》と、布の多い衣装《いしょう》がなまめかしく揺《ゆ》れた。

「さっきから、マーマン達が、ボクを見る目が、なんだか変なの……」

「……クルルを、見る目が……？」

「きっと、きっと、このままやられちゃったら、ボク、きっとマーマン達の、慰《なぐさ》み者《もの》に……」

神官はヨヨヨとシナをつくりながらギオンから顔を背《そむ》けた。

そのクルルの変わりように、少し離《はな》れたところから一連の流れを見ていたリュドミナとアズサは唖然《あぜん》としている。ギオンの表情《ひょうじょう》は蒼白《そうはく》だった。

「それは、本当ですか……？」

こくり。と、クルルは顔を伏《ふ》せたままうなずいた。

「ゆ……ゆるせんッ!!　どうにも怪《あや》しいと思っていたんです！　あの視線《しせん》……!!」

魚人族の持つ、表情のないまん丸の目玉をギオンはにらみつけた。

「どこのどいつですか！　僕の大切な妹分である枢《くるる》を邪《よこしま》な魚眼《ぎょがん》で盗撮《とうさつ》しているという異端《いたん》の魚介類《ぎょかいるい》はぁあッ!!」

ギオンの右眼《みぎめ》が蒼《あお》く爆《は》ぜた。その戦波《せんば》が空気を打ち、生まれた波動がそのままダイスの載《の》る右腕《みぎうで》に収束《しゅうそく》される！

「多勢《たぜい》を持って弱者を蹂躙《じゅうりん》せんとするその穢《けが》れた魂《たましい》……。異端討滅《いたんとうめつ》に値《あたい》するッ！　聖騎士《パラディン》であるこの僕が今すぐそのうろこを磨《す》り潰《つぶ》し、あの海へと巻《ま》きちらしてやります！　久遠《くおん》の一者《いっしゃ》よ！　僕とクルルに、駄淫《だいん》の走狗《そうく》を屠《ほふ》る力を……！　【ロール！】……藻屑《もくず》と散るがいいッ!!」

　クルルの手を握《にぎ》った左手が白く輝《かがや》き、飛翔《ひしょう》するは右腕のダイス。流星となって魚人達の頭上に示《しめ》された。

⚅⚅／⚅⚄　■　⚅⚅／⚃⚅　■　⚄⚄／⚅⚁

　立てつづけの判定《はんてい》だった。次々とダイスが撃《う》ち出されるように追加されていく。二度連続のクリティカル。ギオンは三度目の【命中判定《めいちゅうはんてい》】にも成功していた。

攻撃《こうげき》においてクリティカルが炸裂《さくれつ》した場合、再《ふたた》び同一判定を行い、そこにクリティカルが出る限《かぎ》り、一撃にそれらのダメージを重ねることができた。

　聖騎士の盾《たて》と剣《けん》。そして神官の聖印《せいいん》が天に掲《かか》げられ、その祈《いの》りは二人が信じる光と言葉の神、テラステミカにとどく。十四体の魚人族の頭上に、聖剣《せいけん》にも似《に》た光の刃《やいば》が次々に現《あらわ》れ、剣閃《けんせん》の雨となって降《ふ》り注ぐ。

「ジャァァアアアッッジメントォォ・レェェエエエィィイイインッ！」

「おおおお……、叫《さけ》んでおる……」

「す、すごいです……」

リュドミナとアズサは、その光景を食い入るように見つめていた。後に残ったのは、錯乱《さくらん》した板前《いたまえ》が暴《あば》れ回った魚市場のような光景だった。リーダーと思われた大柄《おおがら》の魚人の脚《あし》が、最後までぴくぴくとカエルのように痙攣《けいれん》していたが、やがてそれも止まった。

勝利は冒険者《ぼうけんしゃ》達にもたらされていた。

「やれやれ、なんとかなりましたね。まあ、僕がいたんですから、この結果は当然のことでしょう。クルルを狙《ねら》おうなどと考えた当然の報《むく》いです」

ダークエルフの聖騎士《パラディン》は殺戮《さつりく》の現場《げんば》に背《せ》を向け、七三分けの七の方をかきあげる。彼の視線《しせん》はすでにボックス、《重魔素《じゅうまそ》》に向いていた。

「な、なにをやっているのじゃ、ギオン？」

赤いチェストボックスに手を掛《か》けた聖騎士に、手斧《ておの》少女はにじり寄《よ》る。

「もちろん、重魔素の中身の確認《かくにん》です。今の絆《きずな》スキルに気がついて、他の冒険者達が集まってくるのも時間の問題ですから」

ギオンにとっては、ここからが本番だった。

「ま、まてっ！　ここはひとつ、パーティの多数決で──」

ギオンは《重魔素》が秘《ひ》められたチェストボックスを、ためらいなく開いていた。

視界が一色、暗い灰色《はいいろ》に染《そ》まった。


──それは『血罪示現《ヴァンピリズム》』の中の、もう一階層奥《かいそうおく》にある『血罪示現』とも言うべき空間。


「ここはっ⁉」

饐《す》えた埃と、古く厚《あつ》い血臭《けつしゅう》が立ちこめた、廃墟《はいきょ》のごとき部屋だった。

モヤのような乳灰色に覆《おお》われてはいたが、自分が廃ホールとも言うべき空間の真ん中に立っていることは、かろうじてわかった。

「ここが……、これが、リュドミナの《精髄《アゾート》》……？」

依然《いぜん》として灰色と白のフィルターがかかったような視界。彼は、自分がダークエルフから元の人間の姿《すがた》に戻《もど》っていること感じた。聖《せい》ロヨラ学院の制服《せいふく》。腰《こし》には愛用の太刀《たち》もあった。

「リュドミナはいったい、この僕に、何を……」

見回す広い部屋は、しかし、廃墟ではありえない事を祇園《ぎおん》は意識《いしき》し始める。

部屋から移動《いどう》するためのドアや扉《とびら》が、内側から厳重《げんじゅう》に封鎖《ふうさ》されていた。それこそ、破城槌《はじょうつい》を打ち込《こ》んでも歪《ゆが》まぬほどの、強固な補強《ほきょう》が為《な》されている。

自分以外の、呼吸《こきゅう》の気配があった。

「…………」

広いホールだった。天井《てんじょう》には朽《く》ちて傾《かたむ》くさび色のシャンデリア。絵画や壁画《へきが》はすべて裂《さ》け崩《くず》れ、壁紙《かべがみ》も破《やぶ》れ黒黴《くろかび》に侵《おか》されている。

無事な家具は一つもなく、高級なソファーも暖炉《だんろ》も大きなチェストも原型を留《とど》めず、その断《だん》面《めん》は枯《か》れ折れたようにささくれ立っていた。

「あれは……」

床《ゆか》に、ボロ布《ぬの》につつまれた子供《こども》が座《すわ》っていた。

リュドミナではなかった。精気《せいき》のない黒髪《くろかみ》の幼子《おさなご》だった。

「なんだ……?」

祇園《ぎおん》は床《ゆか》のガラス片《へん》を踏《ふ》み砕《くだ》き、少年に近づき、膝《ひざ》をついた。

「僕の言っていることはわかりますか？　キミは、ここに一人で?」

ぼさぼさの黒髪をかきあげてやり、幼い子供の目をのぞき込む。

濁《にご》っていて、表情はない。

――木材の折れるような音がした。

とっさに祇園は振《ふ》り返る。隣室《りんしつ》に繋《つな》がる壁の穴《あな》が、瓦礫《がれき》によって埋《う》められている。今、その穴が向こう側から崩されていた。

輝銀髪《プラチナブロンド》、深紅《しんく》の瞳《ひとみ》を持つ少女が現《あらわ》れた。一瞬《いっしゅん》だった。

「シィヤアアアアア——ッ!!!!」

蛇《へび》のような声をあげ、床を蹴《け》った少女が弾丸《だんがん》となって祇園を襲《おそ》った。抜《ぬ》きかけた蒼刀《そうとう》で防《ふせ》ぐのが精一杯《せいいっぱい》だった。

「ぐあぁ……ッ!?」

祇園は薄暗《うすぐら》い廃《はい》ホールから——リュドミナの深意識《しんいしき》ともいえる《精髄《アゾート》》から、はじき飛ばされた。

彼の意識は途切《とぎ》れない。

一瞬でラズリ島の未踏海岸《みとうかいがん》、赤いチェストボックスの前からも、ギオンの身体《からだ》は吹《ふ》き飛んだ。

「……ッ!!!?」

そのまま、ダークエルフの聖騎士は背後のごつごつとした岩壁《がんぺき》へと叩《たた》きつけられる。

「がぁはッ……！」

「な、なにをやっているギオン！　罠《わな》かッ!?　しかし、そんなはずは……——」

愕然《がくぜん》とギオンを見遣《みや》る残り三人のメンバー。

「リュドミナ、やはりあなたは……！」

ギオンは彼女達の視線《しせん》の先で膝《ひざ》をついて立ち上がり、両刃剣《りょうばけん》を抜《ぬ》き放つ。

「なななな、なんじゃ⁉ 今なぜぇ⁉」

「さっきのビジョン。……あの少女はあなたです、リュドミナ。それでも、まだシラを切りつづけるつもりですか？」

「は、はぁ……⁇」

剣を突《つ》きつけられたリュドミナは、その切っ先に怯《おび》えていなかった。ただ、ギオンの行動にひたすら当惑《とうわく》したように、そして若干《じゃっかん》、彼女は不機嫌《ふきげん》ですらあった。

「……リュドミナ……？ あなた、あの箱の中に、なにを見たんですか？」

直感が彼に言わせていた。剣を構《かま》えたままギオンはリュドミナの瞳《ひとみ》を探《さぐ》った。

「それはこっちのセリフじゃギオン！ うぬこそなにを見た⁉」

「クルル？」

ギオンの視線が部下の少女へ走る。

「う、うん、ボクも見たけど、中には、なんか、小さい竜《りゅう》のミイラみたいなものが……」

「小さい竜のミイラ⁉ そんなはずは……！」

ボックスに駆《か》け寄《よ》り、ギオンは再び蓋《ふた》を開く。

「そんな、これはっ⁉」

そこにあったのは、紅《あか》い光に満たされ、中空に浮《う》くように固定された竜種《りゅうしゅ》の胎児《たいじ》。胚《はい》とも見える鉱石《こうせき》のごとき物体だった。

「ギオン！　蓋を閉《し》めるのじゃ！」

「はっ⁉」

慌《あわ》てるが、音もなく、ギオンはボックスの蓋を閉めた。砂浜《すなはま》の向こう、岩壁《がんぺき》の影《かげ》から見覚えのある扉《とびら》のような盾が少しずつこちらに移動《いどう》してくる。

「〈よくぞ《重魔素《じゅうまそ》》を見つけ、それを狙《ねら》うモンスターから死守した！〉」

『碧《あお》の要塞《ようさい》』試験官、聖騎士《パラディン》のオーレオリンだった。

「(祇園《ぎおん》くん、リュドミナちゃんの《精髄《アゾート》》は……⁉)」

隣《となり》にやってきたクルルが素早《すばや》くダークエルフを見あげた。

「(ありました。というより、居《い》たと表現《ひょうげん》した方が正しいかもしれませんね……)」

「(ど、どういうこと⁇)」

「(枢《くるる》にはあとで説明します。それよりも、今は——)」

祇園《ギオン》は身体《からだ》に残った感覚を読み尽《つ》くす。

二つの確信《かくしん》が、あった。

《精髄》は存在《そんざい》した。廃《はい》ホールにいた赤目銀髪の少女。

彼女が、《精髄》。

あの少女を制圧《せいあつ》、確保《かくほ》することが、リュドミナの核心的深意識《かくしんてきしんいてき》、《精髄》を奪《うば》うということだった。

そして、もう一つの気づき。

突如襲《とつじょおそ》いかかって来た《赤目のリュドミナ》により、祇園《ギオン》は《精髄《アソート》》が作りあげる空間からはじき飛ばされた。

ヴァンパイアハーフの異端討滅騎士《いたんとうめつきし》は、今はダークエルフに変貌《へんぼう》している己《おの》が手のひらを見る。

あの《赤目のリュドミナ》は、サイコロを振《ふ》らずに、自分を攻撃《こうげき》してきたのだ。

ゆえに、あの空間であるならば――

「(今は、それがわかっただけでも、よしとしましょう……)」

「(祇園《ぎおん》くん……？　ねえ、どうするの？)」

手のひらを握《にぎ》りしめる祇園をエレメンタルドールがのぞき込《こ》む。

リュドミナとアズサは、扉盾《ドアシールド》の向こう側にいる試験官、オーレオリンへと、さっそく、シナリオ達成に必要な《重魔素《じゅうまそ》》のチェストボックスを手に入れた経緯《けいい》を説明している。

「(チャンスだよ)」

枢《クルル》の声が、一段《いちだん》と低くなった。

「(いえ……、今は泳《およ》がせます)」

「(いいの!?　でも、今なら……!)」

「(よく見てください枢。我々《われわれ》は満身創痍《まんしんそうい》、対してオーレオリンは無傷《むきず》の状態《じょうたい》です。ここでギルドに対して反抗的《はんこうてき》な行動に出れば、TRPGのルールに縛《しば》られる今は、我々が制圧《せいあつ》される可《か》能性《のうせい》が高い）」

「（……わかった。祇園くんがそう言うなら）」

枢にも理解《りかい》できたようだった。《重魔素》を奪《うば》うという、一見すれば反乱《はんらん》とも取れる行動を起こしても、二人だけではオーレオリンを超《こ》えることは難《むずか》しい……。

「（枢、焦《あせ》らなくても、すぐにまた自由にアクセスできるようになります。なにしろ我々はギルドに対して勲一等《くんいっとう》の働きをしたんです……。次のチャンスは、早いうちに必ず。調べなければならないことも、できましたしね……）」

太陽はすでに没《ぼっ》し、現《あらわ》れる夜の黒にあらがうように、水平線そのものが空と海を暗いオレンジ色に染《そ》めていた。

「ギオン！　やったぞ！　オーレオリンは、わしら全員を、『碧《あお》の要塞《ようさい》』の入団試験合格者《にゅうだんしけんごうかくしゃ》とするそうじゃ!!」

海風と最後の残光に照らされたリュドミナが、走り寄《よ》って来た。

「チェストボックスの中身は見なかったかと念《ねん》を押《お》されたのが、ちょーっと心苦しかったが、しかたがないな！　見てしまったのは事故《じこ》……みたいなものじゃしっ！　ともかく、任務《にんむ》は成功じゃぁっ！」

輝銀髪《プラチナブロンド》の少女戦士が求めてきたハイタッチから、ギオンは顔を背《そむ》けた。

ダークエルフの聖騎士《パラディン》は、彼女へ何かを言おうとしてから、そのまま軽く、うなずいた。

◆第3章
【4日目】運は天にまかせて
／シナリオ3『《重魔素》死守指令！』

◆第4章
【6日目】人にモノをお願いするときの
口の利き方を教えろ。
／シナリオ4『破壊主の好きなテーブル』

キャラクター名
アズサ

種族
人間

性別
♀

年齢
15

冒険者レベル **4**

HP 28
MP 43

技能

スペルエフェクター	レベル4
ソフィスト	レベル4
アルケミスト	レベル4

	能力値 ボーナス				
器用度	15(+2)	生命力	16(+2)	先制力	3
敏捷度	20(+3)	知力	26(+4)	回避力	4
筋力	16(+2)	精神力	19(+3)	魔物知識	9

装備

ソフトレザー(身体)	ラウンドシールド(左手)
ダガー(右手)	ワンド

シールドユニバースRPG　キャラクターシートから抜粋

——やりました！

こうして私達一行《いっこう》はラズリ島での『《重魔素《じゅうまそ》》奪還作戦《だっかんさくせん》』を成功させて、その功績《こうせき》により、ついに冒険者《ぼうけんしゃ》ギルド『碧《あお》の要塞《ようさい》』への入団《にゅうだん》が決まったのです！

生まれ故郷《こきょう》のある玖《グ》大陸から、ソーダライト諸島《しょとう》が横たわる海峡《かいきょう》を渡《わた》り、意気揚々《いきようよう》と新たな大地である華《ファ》大陸に辿《たど》り着いた私達。

リュドミナ先輩《せんぱい》、ギオン先輩もクルル先輩も、マスターの天花寺《てんげいじ》先生まで、その時は誰《だれ》もがやっぱり笑顔だった気がします。

波乱《はらん》のラズリ島から船で渡《わた》った先にあったのは大きな港街。

ギリシャのミコノス島のような白亜《はくあ》の街並《まちな》みを持つ街の名は、コーラルといいました。

そこへ四日後に到着予定《とうちゃくよてい》だという『碧の要塞』の移動式城塞《いどうしきじょうさい》を待っているときに、しかし事件《じけん》は起きます。

なんと、冒険者ギルド『碧の要塞』代表と、街の要人の同盟式典《どうめいしきてん》を狙《ねら》った爆破事件《ばくはじけん》が発覚したのです！

犯罪者集団《はんざいしゃしゅうだん》のアジトを突《つ》き止めた『碧の要塞』のメンバーが犯人の自爆《じばく》に巻《ま》き込《こ》まれ、ちょうど近くで買い物をしていた私達は、その爆音と煙《けむり》を間近で発見してしまいます。

ギルド関係者としては一番乗りをした私達は、燃《も》えさかる屋敷《やしき》の中、ギオン先輩の指示《しじ》ですばやく初期捜査《しょきそうさ》をしました。

その結果、オーレオリンさんへのギオン先輩の意見具申もあって、正式入団前の私達にも急遽《きゅうきょ》、新たなミッションがくだされることに！

四日後のギルド本部到着と同時に行われる同盟式典までに、要人爆破を指示したと見られる都市国家『ボルカノ』へ赴《おもむ》き、当日行われるであろう本番の重大犯罪の中止命令を、代表との交渉《こうしょう》により勝ち取って来ること。

もちろん私は不安でいっぱいになりました。

冒険者としてモンスターを倒《たお》すことには慣《な》れてきましたが、悪人の犯行を未然に防《ふせ》ぐ交渉なんてどうすればいいのか見当もつきません。

けれど、ギオン先輩はやる気まんまんです。

彼はリュドミナ先輩の反対も押《お》し切り（ギオン先輩もっとデレて！）、率先《そっせん》して最も過酷《かこく》な領域《りょういき》へ――

「アーズサちゃんっ！　なに書いてるのっ？」

「ひゃっ！　な、なんですかクルル先輩《せんぱい》っ⁉」

——空の青、薄《うす》くちぎれる雲がすぐ近くにあった。

パーティに支給《しきゅう》されたのは二頭立ての頑丈《がんじょう》な馬車。

オーレオリンから新たな重要ミッションを下されていた四人は、早朝とも呼《よ》べぬ暗がりにつつまれた港街から馬をせき立て、火口都市『ボルカノ』を目指して、山間部をひた走った。

同盟式典《どうめいしきてん》まではあと三日。コーラルへ帰還《きかん》する時間を含《ふく》めると今日と明日の二日間しか時間がなかった。前も後も、険《けわ》しい山岳《さんがく》をむりやり削《けず》り取って作られた崖道《がけみち》。馬車は揺《ゆ》れ、前進は困難《こんなん》を極めたが、

「どうです！　僕がライディング技能《ぎのう》のレベルを上げていなかったら、こうは行きませんでしたよッ⁉」

「わかった！　うぬが正しかった‼　じゃから前を見て運転してほしい！　頼《たの》むから！」

徒歩ならとてもじゃないが間にあわないが、馬車を飛ばせばどうにかなる——。

それを聞いたダークエルフの聖騎士《パラディン》の鼻息は荒《あら》かった。

「ライディング技能はですね、軍馬の操縦《そうじゅう》の他にも、馬車はもちろん、ペガサスですら乗りこなすことが可能《かのう》になる技能でしてねっ⁉」

「わかったから！　前！　前を見よ！」

爆走《ばくそう》する馬車から投げ出されないように幌柱《ほばしら》にしがみつく少女戦士はぐいぐいとギオンの顔を前に向ける。

『それではギオンさん、ここから先の峠《とうげ》は、さらに道が険《けわ》しくなります。馬車の【操縦判定《そうじゅうはんてい》】を行ってもらえますか……？』

「「なっ……!?」」

馬車に同乗していたマスターの指示《しじ》に、ギオン以外のパーティメンバーが絶句《ぜっく》。

「いいでしょう。ライディング技能保有者であるこの僕が判定すればいいんですね!?　こればっかりは他の人には任《まか》せておけませんから！」

『全部で四回の判定をクリアーすれば、スムーズに山頂《さんちょう》まで辿《たど》り着けます。失敗すれば、ちょっとしたハプニングが』

「わかりました！【ダイスセット！】馬車の操縦判定を、【ロールッ！】」

「ま、待てギオォオォン……ッ！」

ハプニングは、四回起こった。

「ギオン！　うぬはまたーっ！　車輪がすっぽ抜《ぬ》けるとかどういうことなのじゃぁっ！」

「し、しかもモンスターまで来ました！　大きな肉食の山羊《やぎ》ですッ！　三体もっ!!」

「馬も突然《とつぜん》、腹痛《ふくつう》を起こすわ、大雨は降《ふ》るわで散々じゃよぉお！」

「……よし、原因《げんいん》がわかりました。今後リュドミナは、僕がダイスをロールする時はこっち見ないでください！」

「わ、わしのせいぃぃいっ!? 違《ちが》うであろう!? ちゃんとうぬがダイスを振《ふ》らぬから!! うぬがダイスを振る前に、ちゃんとカッコイイセリフを言わないからモゴゴォ……!!」

「リュドミナちゃん！ それはばらしちゃったらだめぇえっ！」

「クルル苦しいぃっ！ く、首がぁ……っ！ 首はだめじゃよぉ……！」

普段《ふだん》は人の気配などない険《けわ》しい山道が騒《さわ》がしくなっていた。ルール上でワンダリングモンスターと呼《よ》ばれる、旅の途中《とちゅう》に偶然遭遇《ぐうぜんそうぐう》してしまうモンスターも撃破《げきは》。峠道《とうげみち》を馬車で駆《か》け上るときにありがちなハプニングをすべて網羅《もうら》しながら、彼らは目的地へとつづく峠を登り切った。

そこで休憩《きゅうけい》になった。

ゲームマスターである新人教師《しんじんきょうし》、天花寺鳥籠《てんげいじとりかご》がトイレ休憩を取り、場を離《はな》れた。

いつものごとくひどい有様《ありさま》だったダイスの出目《でめ》に、すさんでしまったギオンの心。自分はなんでこんな場所にいるのだろうと再《ふたた》び彼は軽く頭を抱《かか》えた。

前回のシナリオで魚人族《マーマン》から《重魔素《じゅうまそ》》を回収《かいしゅう》し、ギルドに引き渡《わた》してしまったのはいい。なぜならギオンは万全《ばんぜん》を期し、今回のセッションで確実《かくじつ》にあの赤いチェストボックスの元に行き、リュドミナの《精髄《アソート》》でもある《重魔素》を奪取《だっしゅ》するつもりでいたからだ。

だがセッションが開始されたと思ったら、自分は《重魔素》が保管《ほかん》されているギルド支部《しぶ》などではなく、遠く離れた街中にいたのだ。

『今回は、仮団員《かりだんいん》となったみなさんが、式典準備《しきてんじゅんび》に追われる街のバザーを警備《けいび》をしているシーンから始まります』

戸惑《とまど》ったのはギオンだった。とっさに彼は、どうにか《重魔素》が厳重《げんじゅう》に保管されている街のギルド支部に戻《もど》れないものかと、その口実に考えをめぐらせた。

だが、それがまとまらぬうちにギオンの思考を爆音《ばくおん》が奪《うば》ったのだ。

街の人々の悲鳴と怒号《どごう》。空に巻《ま》き上がった爆煙《ばくえん》がすぐそこにあった。気が付いたら彼は、逃《に》げ惑《まど》う買い物客を誘導《ゆうどう》しながら爆発現場に駆《か》けつけていた。

そこで判明《はんめい》したのは『碧《あお》の要塞《ようさい》』を狙《ねら》った爆破《ばくは》予告《よこく》とも言える重大犯罪《じゅうだいはんざい》。

万が一にも《重魔素》を破壊されるわけにはいかなかった。誰《だれ》に言われるまでもなく、自分はこの事件《じけん》そのものを一刻《いっこく》も早く解決《かいけつ》し、《重魔素》の待つ街へと戻らねばならない。

それに、こうして率先《そっせん》して行動するのは悪いことばかりではなかった。

この任務を成功させれば、その功績《こうせき》から必ず《重魔素》に接触《せっしょく》する機会があるはずなのだ。

だからこそ、こんなところで自分のダイスの出目が悪いことを嘆《なげ》いている場合ではないのだが

――

「ねぇねぇ、ボクにも見せてよぅアズサちゃんっ！」

「ク、クルル先輩っ！　これだけはっ！　これだけはぁぁ……っ！」

――ギオンは心を落ち着かせ、それを癒《いや》すように、太陽に温められた岩に座《すわ》っている。その

耳に、なにやら騒《さわ》がしい馬車の様子が伝わってくる。

「なにをこっそり書いてたの？　アーズーサーちゃぁぁんっ」

「だ、だめですクルル先輩《せんぱい》ぃっ！　これは人に見せるようなものじゃなくてぇぇ……っ」

馬車の幌《ほろ》の中、アズサは隠《かく》れるようにしてメモ帳へとペンを動かしつづけていた。それを見つけたクルルが、ふいに魔法使《スペルエフェクター》ぃの少女を強襲《きょうしゅう》していたのだ。

「いいじゃん減《へ》るもんじゃなしぃ～っ！」

「きゃ！　……あっ、やだっ！　先輩どこさわって、ひぁんっっ！　せ、せんぱいぃぃっ！」

暴《あば》れる魔法使ぃと神官にあわせ馬車がゆらゆらと揺《ゆ》れる。気づいたギオンが、やれやれといった風に後部から幌馬車の中へと声をかけた。

「クルルやめなさい、アズサさんがもう泣きそうです」

「はっ、あ、ご、ごめんなさいアズサちゃんっ！　泣いちゃだめぇ！」

「はぁ、ふぇぇ……、あふぁ、ひゃ、はいぃ、わたひは、だいじゅうびゅ、ですぅ……」

「ど、どうしたアズサっ！　なぜうぬはクルルに抱《かか》えられてびくびくしている……っ⁉」

二頭の馬をいじって遊んでいたリュドミナが異変《いへん》に気づき、前方から馬車をのぞき込《こ》んでいた。

クルルの瞳《ひとみ》が次の標的、輝銀髪《プラチナブロンド》の少女戦士を捕捉《ほそく》した。

「あ、ねーねーリュドミナちゃんっ！」

「う、うむっ？　どうしたクルル……」

無邪気《むじゃき》すぎる神官の瞳に、アズサを助け起こそうとしていたリュドミナがたじろいだ。

「ねねね、リュドミナちゃん？　ボクのキャラの絵は描《か》いてくれないのっ？　ギオンくんばっかりずるいよーっ！」

「はぁっ⁉　あ、なッ！　ちょッ⁉　……いや、なぜクルルがそれを知っているっ⁉」

今度はリュドミナがクルルに襲《おそ》われる番だった。顔を真っ赤にしたワイルドな少女戦士が、馬車の内部へと引きずり込まれて行った。

「や、やめるのじゃクルルゥっ！　なななななッ‼　……なぁッ⁉　なぁーっ⁉」

ギオンはやれやれと肩《かた》をすくめ、標高の高い荒涼《こうりょう》とした山麓《さんろく》を峠道《とうげみち》から見下ろした。

異端討滅騎士《いたんとうめつきし》、刀儀野祇園《とぎのぎおん》と嬉奈森枢《うれしなもりくるる》が聖《せい》ロヨラ学院に潜入《せんにゅう》して、六日がすぎていた。

『転校初日の水曜日』と、翌《よく》『二日目の木曜日』。

そして一日置いた『土曜日』と、さらに翌々日である本日、『月曜日』の放課後を含《ふく》めて計四回、TRPGは行われている。

その中にあった、オフ日とも言える金曜日と日曜日の二日間。

TRPGのセッションがなかったその日にも、祇園達は動いていた。そこで判明《はんめい》した決して口外《こうがい》してはいけない調査結果を、部下の枢は我慢《がまん》できていなかった。

生徒会書記の一年生、字間梓彩《あざまあずさ》。

彼女はプレイしたセッションを、魔法使い《スペルエフエクター》であるアズサの視点《してん》から見た小説仕立ての文章にして、『テキスタリカ』という小説系ソーシャルサイトへ投稿《とうこう》していた。

なかなか読ませる楽しい文章らしく、枢《くるる》はそれをいたく気に入ったようだった。

そして祇園《ぎおん》が探《さぐ》りつづけている帰死者《またがえりもの》、リュドミナ・エステルハージの意外な趣味《しゅみ》も、その調査《ちょうさ》の中で判明《はんめい》していた。

ヴァンパイアである彼女のもう一つの趣味は、CGイラストだった。リュドミナは生徒会室のPCに無断《むだん》で繋《つな》いだペンタブレットを使い、巧《たく》みな絵を描《か》いていた。

自分のキャラクターである二丁斧《おの》の戦士はもちろん、ダークエルフの聖騎士《パラディン》であるギオンの姿《すがた》も描かれ、『ピクサーブ』というイラスト系ソーシャルサイトに、正体を隠してアップされている。

「わ、わしは別に描いておらぬ‼　うぬ達のキャラなんて描いておらぬからなぁっ⁉」

幌馬車《ほろばしゃ》の中から狼狽《ろうばい》のあまり声まで赤らめたリュドミナの声が聞こえて来る。だが、彼女がいくらそれを否定《ひてい》しても、『鶏鳴騎士団《クルースニク》』に属《ぞく》する祇園と枢の発見したモノは、ヴァンパイアの描く肖像画《しょうぞうが》だった。

祇園は念の為《ため》、それらすべてを異端審問庁に属する紋章官《もんしょうかん》や占星術師《せんせいじゅつし》、その他にも魔術《まじゅつ》的図章《てきずしょう》の専門家《せんもんか》や、呪《のろ》いに関するエキスパートを総動員《そうどういん》して極秘裏《ごくひり》に分析《ぶんせき》させている。

とは言っても、青年はそれらを慣例的《かんれいてき》にそうするべきだから、やっただけだった。

彼女のイラストから情報《じょうほう》が得られたとしても、微々《びび》たるものになるだろうと祇園は考えている。そもそも、そこには秘められた呪術的意味などないのかもしれないとすら予想していた。

なによりも、リュドミナの核心的深意識《かくしんてきしんいしき》の現《あらわ》れである《精髄《アソート》》は、この世界にこそ、ある。

「ふぅ……」

――そして、この『TRPG』という遊技《ゲーム》は、彼女の《精髄》を手に入れる、そのための手《しゅ》段《だん》にすぎなかった。

ダークエルフの聖騎士《パラディン》ギオンは、硫黄《いおう》のにおいが混《ま》じり始めた山間の風を胸《むね》に吸《す》い込《こ》んだ。

「やれやれ、これからドラゴンと対峙《たいじ》しようというのに暢気《のんき》なものですね、あなたたちは」

魚人族《マーマン》と激戦《げきせん》を繰《く》り広げた島から、凪《な》いだ海を船を使って移動《いどう》を終えた先。コーラルという港町を突如襲《とつじょおそ》ったならず者の凶刃《きょうじん》。未遂《みすい》に終わったギルド支部《しぶ》爆破《ばくは》。これから行われるであろう式典《しきてん》の破《は》壊《かい》……。

ギオンは犯罪者《はんざいしゃ》のアジトもろとも爆散したという一味の標的が、要人暗殺の他にも、万能《ばんのう》の高エネルギー源《げん》である《重魔素《じゅうまそ》》にもあるとにらんでいた。

強い武力《ぶりょく》を用い、すでにある体制《たいせい》を恐怖《きょうふ》によって覆《くつがえ》そうとするのがテロリストだ。必ず犯罪《はんざい》者集団《しゃしゅうだん》は《重魔素《じゅうまそ》》の莫大《ばくだい》な力を狙《ねら》っているはずだった。

祇園《ぎおん》は誰《だれ》にも、どんな勢力《せいりょく》にも《重魔素》を持ち去らせるつもりはない。

このTRPGの世界においては巨大《きょだい》なギルド運営《うんえい》に欠かせない重要なアイテムである《重魔素》。

それは同時に、現実《げんじつ》の世界では強大なヴァンパイアであるリュドミナの《精髄《アゾート》》でもあった。

異端悪《いたんあく》を根絶《こんぜつ》する戦略兵器《せんりゃくへいき》としての役割《やくわり》を持つ、超希少《ちょうきしょう》な存在《そんざい》。リュドミナの《精髄》は、ヴァンパイア一掃《いっそう》の誓《ちか》いを持つ祇園にとって、今や手に入れることが前提《ぜんてい》。彼の異端討滅《いたんとうめつ》スケジュールに組《く》み込《こ》まれた、重要な歯車の重要な一部にもなっていた。

あれを一番有効《ゆうこう》に活用することができるのは自分達、異端討滅を生業《なりわい》とする鶏鳴騎士団《クルースニク》である。

ギオンは気息を充実《じゅうじつ》させ、姿勢《しせい》を正す。

はじき出されてしまった、血のにおいが立ちこめる、あの《廃《はい》ホール》を思い出す。もう油断《ゆだん》はしない。リュドミナの《精髄》は、自分のものだ。

コーラルの街で新調したプレートメイルが、微《かす》かに音を立てた。

「誰《だれ》にも渡《わた》すものか」

「んっ？　なんじゃギオン。今なんと？」

クルルからようやく解放《かいほう》された輝銀髪《プラチナブロンド》の少女が、幌馬車《ほろばしゃ》から上半身を伸《の》ばした。

「いいですか、リュドミナ」

彼は、これも新しく設《しつら》えたばかりである腰《こし》の大剣《たいけん》の柄尻《つかじり》に腕《うで》を乗せ、濃桃《ディープピンク》の瞳《ひとみ》を持つ戦士へ向き直った。

「僕らが『碧《あお》の要塞《ようさい》』へ正式入団する前に、もしもギルドの中枢《ちゅうすう》が、あの敵《てき》のアジトと同じように爆破《ばくは》されでもしたら、後ろ盾《だて》のない我々《われわれ》はあっというまに食いっぱぐれると言っているんです」

ダークエルフの聖騎士《パラディン》は、あくまでTRPGを真面目《まじめ》にプレイしているという姿勢《しせい》を崩《くず》さない。

「港町でも見たでしょう？　どこの冒険者《ぼうけんしゃ》ギルドにも入ることができずにやさぐれ、盗賊《とうぞく》まがいのならず者になり果てた冒険者達を」

「そ、それは、そうじゃが！　先に進みたくともマスターである天花寺《てんげいじ》せんせーがトイレから帰って来るまでプレイはお預《あず》けじゃろうにっ！」

「ならばそれなりにドラゴンに対する策《さく》でも練るべきでしょう？　都市国家『ボルカノ』は、いわゆる竜《りゅう》が支配《しはい》する領域《りょういき》だそうじゃないですか」

「う、うぐぅ……っ！」

幌馬車の中から身を乗り出していた少女戦士は、顎《あご》を引くようにうつむくが、

「じゃ、じゃがっ！　そもそもを言えばじゃっ！」

きぃっとダークエルフを見あげ、身を乗り出して詰《つ》め寄《よ》る。

「うぬが！　ギオンが『竜の都《りゅう》』に行くと言い出したんではないかーっ！」

「あなたは手柄《てがら》を立てたくはないんですか……？」

「て、てが……らっ⁉」

馬車の中に居《い》たクルルとアズサも、リュドミナの左右から顔を出す。

「リュドミナ、あなたはなんのために冒険者《ぼうけんしゃ》になったんです？　賭《と》せるものは裸一貫《はだかいっかん》、己《おの》が命のみ。あなたは夢《ゆめ》を持ち、この鬱屈《うつくつ》とした世界の中で駆《か》け上ることを夢見て冒険者になったはずです。それを竜！　ドラゴンへ挑《いど》めるというチャンスを前にしてたじろぐは、一攫千金《いっかくせんきん》を夢見る冒険者の名折れと心得《こころえ》なさい‼」

「な、なななななぁー……ッ‼」

リュドミナの表情《ひょうじょう》が凍《こお》り付き、白い剝《む》き出しの肩《かた》が、がくっと落ちた。

「そ……そうじゃった。わしが……わしが、間違《まちが》っておったぁ……！　すまぬギオン！　わし、目が覚めた！　そう！　わしはそういうロマンを求めて冒険者になったはず！　……冒険者なら、やってやれ！　ギオン！　うぬはそう言いたいのじゃよなっ⁉」

「いえ、今のはただ勢《いきお》いで言ってみただけです。そういうのは人それぞれでいいんじゃないですか？」

「なんでぇっ⁉　なんですぐに梯子《はしご》をはずすぅ⁉　わしのさっきの心はどこへ行くの？」

「じゃあ、でも、どうしてギオンさんは、えっと……」

呆然《ぼうぜん》としてしまった少女戦士に代わって身を乗り出すのは、魔法使《スペルエフェクター》いのアズサだった。

「自爆《じばく》したテロリストのアジトから出て来た三つ、別々の証拠《しょうこ》……」

彼女は再《ふたた》びメモ帳《ちょう》を取り出し、ぱらぱらとめくってから、

「現場《げんば》に、これ見よがしに残されていた三つの証拠……。北にある『巨人族《きょじんぞく》』、東にあって今私達が向かっている『竜族』。そして南にある『キマイラ族』……。このどれかが関与《かんよ》したと見られる犯行指示書《はんこうしじしょ》の中から、どうしてギオンさんはあんなにもあっさりと『竜族』を選んだんですか？」

「僕は、この犯罪《はんざい》の目的の一つに《重魔素《じゅうまそ》》が関連していると考えています」

「へ……っ？」

その答えにパーティの三人娘《さんにんむすめ》、リュドミナもアズサも、クルルまでもがぎょっとして、不穏《ふおん》なことを口走ったギオンを見つめる。

「そ……そういえば、あの《重魔素》の中には……」

「ちっちゃい、ドラゴンっ⁉」

彼女達は今、思い出したのだ。取り戻《もど》したとしても決して覗《のぞ》いてはいけないと言われたチェストボックスの中身。《重魔素》は、鉱石状《こうせきじょう》に結晶化《けっしょうか》した『小さな竜』のように、見えた気が
――

「ようやく気が付いたみたいですね」

ギオンはやれやれと肩《かた》をすくめ、馬車の三人へ改めて告げる。

「いいですか？　僕たちはこれから、言わばあの《重魔素《じゅうまそ》》に関連するであろう竜族《りゅうぞく》の元へ、しかも、ただでさえ難《むずか》しいテロリズムの中止要請《ちゅうしようせい》という前代未聞のハード・ネゴシエイションを、まったくの異種族《いしゅぞく》の間で成し遂《と》げなければならないのですよ？　ですから、もう少し緊《きん》張《ちょう》感を持って――」

「そ、そんなのやっぱり無理じゃよーッ⁉　じゃって、マスター言っていたではないか！　ドラゴンの所にいくならば、クエストランクは『SS』になると！　難易度《なんいど》S、A、B、C、Dの内の最高ランクSの更《さら》に上じゃぞ⁉　一生懸命《いっしょうけんめい》それを忘《わす》れて楽しくなろうとしていたのにいっ！　もう、いやじゃー！　やっぱり今からでも帰ろう！　ドラゴンには勝てないっ！」

「だめです！　強がりなさいリュドミナ！」

「なッ⁉　つ、つよ……？　つ、強がるぅぅぅ⁉」

「いいですか？　何度も言いますが、相手は竜なんです。正面きって戦うならばクエストランクは『SS』に決まってます。しかし、竜の知能《ちのう》は人間と同等以上、そして精神性《せいしんせい》はさらに高いという、神秘《しんぴ》につつまれた謎《なぞ》の部族！　他の部族とは高度に不干渉《ふかんしょう》とは聞いていますが、きちんと理《ことわり》を持って接《せっ》すれば、こちらが人間と言えども、交渉《こうしょう》難易度だけならば、クエストランクはAと言ったところのはずなのです」

立て続けのことばに、だんだんと濃桃《ディープピンク》の瞳《ひとみ》をうるうるさせるリュドミナへ、七三《しちさん》のダークエルフは構《かま》わずつづける。

「それなのに、出会う前から弱みを見せるその態度《たいど》。そんなことでは実際《じっさい》に竜と会見する場で見くびられてしまいます！　あなたに意気地《いくじ》が無いのはわかっています。ですから、せめて姿《し》勢《せい》だけでも堂々としていなさい！」

「わ、わしは意気地無しなんかじゃないもん！　意気地無しなんかじゃないもん！」

「はっ」

「笑うなーッ！」

「それに、さっき僕があなたに冒険者《ぼうけんしゃ》としての心得《こころえ》を説《と》いたのは、口から出任《でまか》せが全部じゃありません。僕らはそろそろ、竜に挑戦《ちょうせん》してもいいレベルになっていると思うんですがねぇ」

「く……くうっ、そ、そう……じゃよなっ⁉　わ……我々《われわれ》ならば、きっと……りゅ、竜とて……っ‼」

自分自身を鼓舞《こぶ》するように馬車から飛び降《お》りたリュドミナは、ギオンと張りあうように、小《こ》柄《がら》な身にそぐわぬ豊《ゆた》かな胸《むね》を張《は》る。

「竜とて、なんです……？」

「わ……我がパーティなら、なんとかする自信があるっ！　そ、そもそも、ギオンはちょっとあれじゃぞ？　な、なまいき、じゃぞ！　うぬはこのパーティのリーダーにでもなったつもりなのか！」

「他に引き受け手がなければ、いつでもそのリーダーとやらは引き受けましょう。……それよりも、さっきのあなたの、竜《りゅう》に対する物言いを忘《わす》れないように」

「ふ、ふふんっ！　そうじゃよ？　ドラゴンといえどもじゃ！」

大胆《だいたん》な毛皮鎧《けがわよろい》の少女戦士は両手を背後《はいご》へ回し、

「じゃじゃーん！　まずはこの、新調したわしのヘビーアックス二刀流の前に怖《お》じ気《け》づくはず！　遅《おく》れはとらん!!」

ギオンだけではなく少女戦士の武具《ぶぐ》もパワーアップしていた。今までの小振《こぶ》りなハンドアックスではない。屈強《くっきょう》なバーサーカーが扱《あつか》うような大斧《おおおの》をリュドミナは左右の手に一本ずつ握《にぎ》りしめている。

「本当にあなた、山賊《さんぞく》じみて来ましたね……」

だがギオンの物言いにも、今まで愛用していたハンドアックスをアクセサリーのように腰《こし》からぶら下げっぱなしの少女戦士にとっては褒《ほ》めことばなのか、「ぬふふ」とご満悦《まんえつ》。

「しかしながら、今回の相手はなかなかやっかいな相手だということだけは忘れないようにしましょう。あのドラゴンというものは、とにかく一筋縄《ひとすじなわ》ではいかないですから」

「うむっ？　なんじゃギオン。うぬはまるで竜と以前戦ったことがあるような言いようじゃな。確《たし》か、ＴＲＰＧをやるのはここが初めてと――」

『お待たせいたしましたみなさん。さあ、つづきを始めましょう』

ふわっと着地するように空間に湧《わ》いて出た黄緑色のボンネット。冒険《ぼうけん》へ出るには動きづらそうなウエイトレス姿《すがた》のゲームマスター、天花寺《てんげいじ》鳥籠《とりかご》がパーティの前に姿《すがた》を現《あらわ》した。

『みなさん、なにやら盛《も》り上がっていたようで、なによりです』

「そろそろドラゴンを拝《おが》める頃合《ころあ》いかなと、話しあっていまして」

ダークエルフの聖騎士《パラディン》は両手を広げ、ゲームマスターを迎《むか》えるように振《ふ》り向く。

「ボルカノ到着《とうちゃく》も、近いのではないですか？」

『そうですね……、わたくしがお時間を取ってしまいましたから、少々急ぎましょう』

ゲームマスターの爪先《つまさき》が、さっきまでギオンが見下ろしていた荒野《こうや》へと向いた。四人の目の前で、空の雲と大気が風もないのに目まぐるしくうつろった。

「おおおーっ！　いつの間にッ⁉」

峠《とうげ》からの景色が一変していた。

「かぁあっこいいいいーっ‼」

歓喜的《かんきてき》なクルルとリュドミナの声が山間に響《ひび》く。

「すごい……、これぞって感じです！」

「絶景《ぜっけい》ですね」

少女戦士と神官は崖《がけ》から飛び出さんばかりに身を乗りだす。

眼下《がんか》に、大地が意思を持ち、その口蓋《こうがい》を大きく開けたかのような大噴火口《だいふんかこう》が出現《しゅつげん》していた。

アズサは思わずメモを取り出しその情景《じょうけい》を書き留《と》め、ギオンは手を腰《こし》に当てて目を細める。

広大な外輪山《がいりんざん》があった。いまだ複数箇所《ふくすうかしょ》からモクモクと噴煙《ふんえん》が上がりつづけているにもかかわらず、真円《しんえん》を描くその火口の中に、巨大《きょだい》な都市が生み出されている。

異国情緒《いこくじょうちょ》あふれる、金属的《きんぞくてき》な色彩《しきさい》を持った街だった。火口沿《ぞ》いの広大な稜線《りょうせん》を天然の要害《ようがい》とする、周囲から隔絶《かくぜつ》された火山の都、『ボルカノ』。

さらに都市の頭上には、噴火で舞《ま》い上げられたような菱形《ひしがた》の巨大な山々が、完全に宙《ちゅう》に浮《う》く大地の断片《だんぺん》として漂《ただよ》っている。

淡《あわ》い雲のような霧《きり》が、その浮遊山脈《ふゆうさんみゃく》を覆《おお》っていた。水雲の源《みなもと》は、山の峰《みね》からこぼれる幾筋《いくすじ》かの水の滴《したた》りだった。浮遊山脈から放出される滝《たき》が火口都市を潤《うるお》しつづけている。

「うぅんッ！　これぞファンタジーじゃなぁあ……っ！　ここが火口都市『ボルカノ』か！」

「言ってる場合ではないですよリュドミナ！　あれを見てください！」

「ん？　……鳥か？」

浮遊する山脈の周囲を、複数《ふくすう》の三角凧《さんかくだこ》のような飛行体が舞っている。

「いえ……鳥にしては大きさがおかしい気が……先輩《せんぱい》、まさかあれって……！」

「ドラゴンです！　一匹《ぴき》……じゃありません、二体、三体ッ!?　こちらに降《お》りてきます！」

『接敵《せってき》はまだですので、その場から動きたい方はダイス判定《はんてい》なしでどうぞ。【知識判定《ちしきはんてい》】を試したい方は――』

「しなくてもわかるッ！　あれはドラゴンじゃよぉーっ！」

リュドミナは超《ちょう》スライディングで馬車の下にもぐり込《こ》んだ。

『はい、実際《じっさい》に竜はその力に対して、【知識判定】の値《あたい》はとても低く設定《せってい》されています。それではギルドから竜に関しては詳《くわ》しく教えてもらっていたことにしましょう。面白《おもしろ》いですよね、モンスターの知名度と、その強さは比例関係《ひれいかんけい》には――』

「そういうのはいいからマスター！　天花寺《てんげいじ》せんせーはなにを考えておるのーっ!?　これはさすがに終わったじゃろうぅぅぅッ!?　あのサイズは、やばいっ!!」

「しかも一体ならまだしも三体ってどういうことですか天花寺先生……!!　ま、待ってくださいリュドミナ先ぱぁあいっ!!」

「ねぇねぇこれ、もう見つかってない……っ??」

魔法使い《スペルエフェクター》アズサと神官のクルルも、馬車の下にもぐり込むリュドミナにつづいた。

――竜《ドラゴン》！

それは力と滅亡《めつぼう》の象徴《しょうちょう》！　両翼《りょうよく》を広げ上空より迫《せま》る獰猛《どうもう》な巨体が、問答無用の恐怖《きょうふ》を少女達の髪《かみ》の先まで一瞬《いっしゅん》で注ぎ込んでいた。

爪《つめ》と牙《きば》、頭部の角と長大な尾《お》。すべてのデザインが一見しただけで容赦《ようしゃ》なき破壊《はかい》を指向しているこ とが理解《りかい》できる。そしてなによりも恐《おそ》ろしいのは、その竜の吐息《といき》だと、彼女達は知っていた。竜《りゅう》の口から吐《は》き出される炎《ほのお》や雷《かみなり》の息吹《いぶき》は、そこにあったものの命を平等に奪《うば》う。近寄《ちかよ》ろうものなら一瞬《いっしゅん》で竜が作り出す殺戮《さつりく》の嵐《あらし》に巻《ま》き込《こ》まれ、命を持つ肉体はまったく別の物質《ぶっしつ》に生まれ変わるのだ。

「びっくりだねギオンくん！　ギオンくん……？　あれぇっ⁉　ギオンくんどこっ⁉」

「ギ、ギオン先輩《せんぱい》⁉」

毛皮鎧《けがわよろい》の女戦士とともに馬車の下にもぐり込《こ》んだ涙目《なみだめ》のアズサと、ハイテンションなクルルは気づく。メンバーが一人、足りない。

「な、なにをやっておるのじゃギオォォオオンッ‼」

馬車の下から身を乗り出したリュドミナが、慌《あわ》てた両サイドの二人に止められていた。

ギオンは竜を発見した場所から一歩も引かずに、自分の真正面に降《お》り立った、身の丈《たけ》の三倍以上ある萌葱色《もえぎいろ》のうろこを持つドラゴンを見あげ、

「我《われ》は冒険者《ぼうけんしゃ》ギルド『碧《あお》の要塞《ようさい》』から派遣《はけん》された公式の使者である‼　あの馬車に刻《きざ》まれた紋《もん》章《しょう》を見よ！　我々は都市国家『ボルカノ』代表、灼熔竜《しゃくようりゅう》カルメリーザ殿《どの》との面会を希望する！」

「「「えええええええええ……ッ⁉」」」

あのドラゴンの持つうろこ一枚《まい》も剝《は》げやしない！　という絶望《ぜつぼう》に少女達が襲《おそ》われている中、ダークエルフの聖騎士《パラディン》は、すでにその左右も新たに降り立ったドラゴンに囲まれているにもか

かわらず、眼前《がんぜん》、萌葱色のドラゴンに向かい、大喝《だいかつ》していた。

馬車の下からそれを見ていた三人は、唖然《あぜん》を通り越《こ》してフリーズ、息も吐《は》けない。

「それとも、竜とは人の前に立ちはだかることしか能《のう》のない暴食《ぼうしょく》の種族か！　いみじくも種《しゅ》の頂点《ちょうてん》を名乗るならば、儀礼《ぎれい》の文化を持って返礼せよ!!」

『お見事ですギオンさん。本来ならば【交渉判定《こうしょうはんてい》】が必要ですが、他でもありません、私たちがプレイしているのはテーブルトーク・RPG。ギオンさんが前にしているドラゴンは目を細めて、その口を開きます』

「ギ……ギオン下がるのじゃっ！　ブレスが来てしまうぞぉおっ!!」

「待ってくださいリュドミナ」

ギオンがなおも駆《か》け寄《よ》ろうとする女戦士に片手《かたて》をあげ、制《せい》する。

「〈……良いでしょう。あなた達を客人として、我《わ》が盟首《めいしゅ》の元にお招《まね》きします〉」

ふいに、柔和《にゅうわ》な男性の声が響《ひび》いた。萌葱色の竜を中心に破裂《はれつ》するような風が起こった。

竜は瞬間的《しゅんかんてき》に縮《ちぢ》み、姿《すがた》を変えていた。ギオンの前に大柄《おおがら》な、いわゆる頭部がドラゴンのままの、竜人が出現《しゅつげん》している。

「〈竜盟首カルメリーザ様にお仕えする、副官のラゾアです〉」

ラゾアと名乗った竜人は、線が細く、武人《ぶじん》というよりは文官のようにギオンには見えた。だが、細いとは言っても、やはり竜人種。背丈《せたけ》はギオンよりも頭二つは高く、並《なみ》の人間よりもたくましい。

「僕は冒険者《ぼうけんしゃ》のギオン。ことばを受け入れていただいたことに、礼を。感謝《かんしゃ》いたします」

名乗りあうダークエルフと竜人《りゅうじん》の様子を、ゲームマスター天花寺《てんげいじ》鳥籠《とりかご》は微笑《ほほえ》ましげに確認《かくにん》し、冒険者四人へと、

『それでは、都市国家である「ボルカノ」の代表、カルメリーザさんの副官であるラゾアさんは、両脇《りょうわき》の二匹の竜を先触《さきぶ》れとして都市に返します。ラゾアさん自身は、どうやらこのまま道案内として同行してくれるようです』

「了解《りょうかい》です。よろしくお願いしますと言っておきましょう。……って、いつまであなた達は馬車の下にいるんですか！　特にリュドミナ！　なんで後衛《こうえい》に下がっているんですッ⁉」

◆

「飛んでる？　飛んでるっ⁉　もうお空を飛んでいるぅ～ッ⁉⁉」

リュドミナは最後まで、再《ふたた》び竜と化した副官ラゾアの背《せ》に乗ることを拒否《きょひ》した。

「なぁなぁどうなのじゃ⁉　まだ飛んでない⁉　まだ飛んでないんじゃよねっ⁉」

「もうかなり前から飛んでますよ」

「落ちたら死んじゃうのじゃぞー！　落ちたら絶対《ぜったい》に死んでしまうんじゃぞお……っ‼」

都市の代表、カルメリーザが謁見《えっけん》の場所に選んだ場所は、火口《かこう》上空に漂《ただよ》う浮遊《ふゆう》山脈《さんみゃく》にあった。

そこへ辿《たど》り着くには竜に運んでもらうしか方法がない。

「っていうか狭《せま》いですリュドミナッ！　なんでこんなくっついて座《すわ》っているんですかあなた！　もっと離《はな》れて！　押《お》しつけない！　あといいかげん目を開けてください！」

「しかたないであろう⁉　死がッ！　死がわしにそうしろとささやいているんじゃからぁッ！」

「ほら見てリュドミナちゃん！　あそこ！　あそこに変な色の山があるよっ⁉　黄色いし青い！　ケムリも出てる！　見ておかないと絶対損《そん》だからっ！」

「ううう……っ！　そ、そう……？　(チラっ)なッ‼⁇　ク、クルルぅ～！　うぬ落ちちゃう！　そんなに身を乗り出したら下に落っこっちゃう～っ！」

陶器《とうき》の肌《はだ》と球体の関節を持つ神官は、萌葱《もえぎ》色《いろ》のドラゴンの背に脚《あし》をひっかけ、ほぼ宙《ちゅう》ぶらりんになって下界を眺《なが》めていた。

「お願いですからクルル先輩《せんぱい》やめてくださいっ！　見ているこっちが気を失いそうです！」

風圧《ふうあつ》になぶられる鍔広帽《つばひろぼう》を押さえたアズサも真っ青な顔で叫《さけ》んでいた。

「……やれやれ」

ギオンも、さすがに竜の背に乗って飛ぶことは初めてだった。

——竜の両翼《りょうよく》が羽ばたき、浮遊の瞬間《しゅんかん》。周囲の空間は風になり、風はすべて空になったのだとギオンは感じた。

　峠《とうげ》を馬車で登《のぼ》っていた時に近づいていた空は、ここにはなかった。空はさらに高いところに逃《に》げ去って、自分達を背《せ》に乗せた竜《りゅう》は見えない波に乗るように浮遊山脈《ふゆうさんみゃく》へと旋回《せんかい》してゆく。

　眼下《がんか》に広がる地上の景色は、もはや自分がいつも生活していた場所として目に映《うつ》らない。遠く見下ろす大地はなぜか白々《しらじら》しく、そこに数多くの人々が暮《く》らしているのだと想像《そうぞう》するだけで、なぜか異様《いよう》な興奮《こうふん》が胸《むね》に宿り、全身を熱くめぐるような不思議な感覚があった。

「これが……」

　闘争《とうそう》を繰《く》り返す本能《ほんのう》が持つという、征服感《せいふくかん》という感覚なのだろうか。

　愚《おろ》かしいとは思うものの、竜という生き物が生命の頂点《ちょうてん》を名乗るのも、無理はないとギオンは思った。

　彼の中に竜の背に乗る不安はなかった。空を征《ゆ》く竜は落とそうと思っても落ちてはくれるものではない。このまま墜落《ついらく》することも、振《ふ》り落とされることも考えられなかった。

　竜への信頼《しんらい》。というよりも、そこに宿る生命力への礼賛《れいさん》が、ギオンにはあった。

「それより、僕のライディング技能《ぎのう》は、このラゾアさんを操縦できないんですか？」

「やめよ！　怒られるぞ!!」

「あなたこそ、この空の旅を満喫《まんきつ》したらどうです。『TRPG』でもなければ竜に乗って空を飛ぶなんてことは絶対《ぜったい》にできませんよ？」

「そ、そうじゃろうけども……！」

浮遊山脈は刻一刻《こくいっこく》と近づいて来る。リュドミナは薄目《うすめ》のまま、ごくっと唾《つば》を飲んだ。指先を、ごつごつとした非生物的な竜の背、うろこに這《は》わせ、ゆっくりと、下をのぞき込《こ》む。

「…………ッ!!」

直上からしか見ることができない、はるか遠く、小さい、火口都市が目に飛び込んだ。

「だァめじゃぁあああああッ!! 普通《ふつう》に怖《こわ》い！ 普通に怖いから!!」

「どうして真下を見るんですか！ あなたやっぱりバカですか!? 周囲の景色を見るんです！ 世界の広さ、自然の偉大《いだい》さ……！ この、久遠《くおん》の一者《いっしゃ》の意思すら感じることのできる素晴《すば》らしい眺《なが》めに心を奮《ふる》わせられないとは可哀想《かわいそう》なヒトです。なるほど、ヴァンパイアの視野《しや》の狭《せま》さはこういうところにも出るというわけですね？」

「な、なんじゃとうッ!? さてはうぬ、わしのことが、本当は大好きなんじゃなぁッ!? ヴァンパイアハンターのくせに！ なあ、そうなのであろうっ!? だからうぬはわしに、こ、こんな意地悪を――」

「なんだかよくわかりませんがマスター！ できるだけゆっくり！ 目的地にはなるべくゆっくり到着《とうちゃく》してくださいお願いします！」

『かしこまりましたアズサさん。それでは、ラゾアさんはゆっくり浮遊山脈を周回し、その一角に着地します』

終始、風の影響外《えいきょうがい》で微笑《ほほえ》みつづけているゲームマスター天花寺《てんげいじ》鳥籠《とりかご》。パーティとともに竜《りゅう》の背《せ》に同乗していた彼女は、浮遊山脈《ふゆうさんみゃく》の裏手《うらて》にあった桟橋状《さんばしじょう》の建築物《けんちくぶつ》で翼《つばさ》を閉《と》じた副官ラゾアの背からすべり降《お》り、改めてパーティを出迎《でむか》えた。

「か、帰りも、これに乗らねば、ならないのか……？」

リュドミナはアズサとクルルに抱《かか》えられ、床《ゆか》に膝《ひざ》を突《つ》いていた。顔面蒼白《がんめんそうはく》な輝銀髪《プラチナブロンド》の少女は、空に開かれた小さな桟橋ともいえる構造体《こうぞうたい》から下方へ広がる絶景《ぜっけい》から視線《しせん》をそらし、

「……ん？　鋼鉄《こうてつ》の、床《ゆか》……？」

脚《あし》が触《ふ》れている床だけではなかった。桟橋から山脈内部につづく門、壁面《へきめん》、柱や天井《てんじょう》。そのすべてが、

「金属《きんぞく》で、できておる……っ⁉」

背に二丁のヘビーアックスをクロスさせて固定するリュドミナが、仰《の》け反《ぞ》るように立ち上がる。嶮《けわ》しく、垂直近くまで切り立った山肌《やまはだ》までもが鋼鉄の壁面に覆《おお》われていた。元山賊娘《さんぞくむすめ》であるリュドミナがいくら見あげても果てが見つからないほど高く、鋼色《はがねいろ》に染《そ》まる横幅《よこはば》にも途方《とほう》がない。

「〈竜の都は、すべて鋼鉄で作られています。どうぞこちらへ〉」

再《ふたた》び竜人形態《りゅうじんけいたい》に姿《すがた》を変えたラゾアが、パーティを門の内部へと導《みちび》く。

「なるほど……、火口都市ならば金属素材に困《こま》らないのかもしれませんね……」

黒曜石《こくようせき》に似《に》た光沢《こうたく》を持つ鋼材で作られた回廊《かいろう》に、ギオンの鉄靴《てつか》が高く響《ひび》く。

「それよりも、ここはどこのどういう場所なのじゃ……？」

ようやく自分の脚《あし》で歩き出したワイルドな毛皮鎧《けがわよろい》の少女は、先行してラゾアと歩く聖騎士《パラディン》を追った。

「〈ここは通常《つうじょう》、元老院が議事《ぎじ》を行う弁論堂《べんろんどう》なのですが、今日は貸《か》し切りです〉」

「べんろんどう……？」

クルルが首を傾《かたむ》ける。ギオンはうなずき、

「竜族のやり方はわかりませんが、人間同士ならば、都市の代表同士が主張《しゅちょう》を戦わせ、政策《せいさく》を決定する場かと」

『ギオンさんのおっしゃる通りです。ここは竜族の都市、ボルカノの中枢《ちゅうすう》のひとつです』

「なるほど、ここで僕達はテロ阻止《そし》のネゴシエイトというわけですか」

「ということは、いっぱい、竜人のヒトがいらっしゃるんですか……??」

『そのことなのですが……』

思わず立ち止まるアズサへと振《ふ》り向いたゲームマスターは、そのまま副官のラゾアへ視線《しせん》をふる。

「〈もうしわけありません。なにぶん、急な来客でしたので、代表の準備《じゅんび》が整うまで、私が皆《みな》様《さま》の相手をするように任《まか》されています〉」

「まあ、しかたないところですね……」

するとラゾアは、回廊《かいろう》の中程《なかほど》で歩みを止めた冒険者一行《ぼうけんしゃいっこう》へ、

「〈どうでしょう。この弁論堂《べんろんどう》には、我々竜族《われわれりゅうぞく》の戦史博物館というものが併設《へいせつ》されています。用意が出来るまで、そこをご案内いたしたいと思うのですが〉」

萌葱色《もえぎいろ》の竜人は、ドラゴンそのままの頭部を四人にめぐらせた。

「おねがいします」

「ま、まてギオン！　わしはイヤじゃよ⁉　博物館とか立ったまま眠《ねむ》ってしまう！」

「あなた本当に教養のないヴァンパイアですね……。呆《あき》れ果てます」

「そ、それは認《みと》める！　わしってちょっと変わってるのっ！」

七三分《しちさんわ》けのダークエルフのマジ口調《くちょう》に、輝銀髪《プラチナブロンド》の少女は一瞬《いっしゅん》口元を引きつらせたが、

「じゃから博物館とかではなく、代表を待つなら、おしゃれなカフェテラスみたいな——」

「いいですかリュドミナ……」

ギオンは、自分の胸《むね》より低い背丈《せたけ》の少女戦士を諭《さと》すような口調で片手《かたて》を持ちあげ、

「我々はここにネゴシエイト、つまりはテロを阻止《そし》するための交渉人《こうしようにん》としてやってきています。しかしながら……」

その手のひらで、首もと近くを鋭《するど》く撫《な》でる。

「交渉人が、交渉先で処刑《しよけい》されるという場合もあるんですよ？」

「「「ふえええええええッ⁉」」」

パーティの三人娘《さんにんむすめ》が、はじけた。

「ど、どういうことじゃ⁉　安全ではないの⁉」

それぞれが自分の胸を押《お》さえて、あえぐようにギオンを見あげる。

「まあ、それは最悪の場合です。交渉人を帰さないとなれば一気に戦争になだれ込《こ》みますが、今回の場合、そうはならないでしょうね」

「な、なぜじゃ⁉　なんでそう言い切れるーっ！」

「それを確《たし》かめるためにも、竜の戦史博物館はぜひとも見ておきたいんです。それに……」

「なんじゃ？　まだ他にも博物館を見たい理由があるのか？　うぬは勉強大好きっこか？」

リュドミナにつめ寄《よ》られたダークエルフの口元に、したたかな笑みが広がった。

「元山賊《さんぞく》のお方、あなたはその斧《おの》でドラゴンスレイヤーになるつもりはないんですか？」

「な、なにィっ⁉」

「戦史博物館というくらいです。竜の戦《いくさ》を知るコトができたら、戦闘《せんとう》の際《さい》の弱点などもわかるかも知れませんよ？」

「マ……マジかぁッ⁉」

リュドミナの声はぐっと低くなったが、表情《ひょうじょう》はぱっと上向いていく。

「そうですね……。人間視点《してん》でそれらを見ることができれば、あるいは……」

「竜殺《ドラゴンスレイ》も夢《ゆめ》ではないッ⁉ うむ……よし、ならば気張《きば》ろうではないか！ それに、そもそもこの博物館ツアーはマスター側が提案《ていあん》してきているのじゃから、なにかしら意味はあるのじゃろうし‼」

「リュドミナ先輩《せんぱい》それはメタ発言すぎます！ けど、面白《おもしろ》そうです。竜《りゅう》の戦争の歴史なんて、滅多《めった》に見れないと思いますし！」

「ボクもそれがいいっ。いいよねギオンくん！」

黒紫《こくし》の魔法使《スペルエフェクター》いアズサも、エレメンタルドールの神官であるクルルも『博物館で竜の弱点捜《さが》し』案に興味《きょうみ》が湧《わ》いたようだった。

「もちろんです、クルル。では、マスター」

「博物館なら、あの竜の人が説明してくれるからギオンくんが【知識判定《ちしきはんてい》】もしなくていいしねっ！」

「と言うことですので、ラゾアさんの誘《さそ》いに乗りたいと思います……ってクルル⁉ 今のタイミングだと僕が結局、ダイスを振《ふ》りたくないから博物館に行くみたいになっちゃったじゃないですか‼ いいんですよ⁉ いくらでも僕はダイスを振って【判定】してみせますけどッ⁉」

『それでは、ラゾアさんがみなさんを戦史博物館へとご案内いたします』

四人が副官につづき回廊《かいろう》を進めば、戦史博物館の入り口はすぐに見えてくる。通路の窓《まど》からは、ジャンボジェット機の窓から見えるような地上の景色が一望できた。

「ふむ、思ったより、楽しそうじゃな……」

四人は竜人の副官に連れられ、弁論堂《べんろんどう》の外郭回廊《がいかくかいろう》にそって作られたミュージアムに足を踏《ふ》み入れる。館内を見回すリュドミナは、ほっとしたような表情《ひょうじょう》で見物を始めた。

「館内は走らない！　ギルド代表という立場をわきまえるんですリュドミナ！　クルルも！」

そこは、竜族に対する来賓《らいひん》の興味《きょうみ》と好奇心《こうきしん》を満たし、自らの戦史がもたらすものを元老院が忘《わす》れないようにするために設《しつら》えられた施設《しせつ》だった。

「……これ、なんでしょう……」

入り口に展示《てんじ》されていた、竜族に伝えられている創世記《そうせいき》の伝承《でんしょう》をラゾアから聞き、しばらく進んだところで、アズサが足を止めた。

「竜の……合戦のジオラマですかね。東軍と、西軍……？」

竜族の戦は主に空、人間からすれば上空で行われる。巨大《きょだい》な生《い》け簀《す》のようなガラス張《ば》りの箱の中に、その空を模《も》した精緻《せいち》な模型《もけい》があった。青く塗《ぬ》られた底面を持ち、木彫《きぼ》りの竜が陣形《じんけい》を作りあう戦略図《せんりゃくず》のようでもあった。

「〈これは今から千五百年ほど前に起こった、一つの状況《じょうきょう》を描《えが》いたものです〉」

戦略模型図の横合いに立つラゾアが、四人に向かいあうように立ち位置を変えた。

「どっちが勝ったのじゃ？　見たところ、軍勢《ぐんぜい》の数は五分五分に見えるが……」

模型図《もけいず》を囲う枠《わく》から身を乗り出して、戦士のリュドミナが西軍と東軍を指さす。

「待ってくださいリュドミナ。この西軍、武装《ぶそう》をしていない……？」

ギオンは目を細める。東軍の竜《りゅう》が銀細工のような装飾《そうしょく》に覆《おお》われているのに対し、西軍は生身のままのように見えた。

「〈これは戦ではありません。起こったコトは、正規軍《せいきぐん》による同胞《どうほう》への粛正《しゅくせい》です〉」

「なんと……!?　粛正??」

「〈過去《かこ》には竜にさえ、このような時代があったということです。それを忘《わす》れないために、この事件《じけん》は戦史博物館に展示《てんじ》されつづけているのです〉」

「ボクなら絶対《ぜったい》、西軍に味方して、なんとかする!!」

神官のクルルが声を張《は》りあげる。副官のラゾアはうなずき、

「〈はい。展示目的の一つには、このような状況《じょうきょう》になってさえ、圧倒的不利《あっとうてきふり》であった西軍はどのように勝利をおさめることができるかという戦略を考えるためでもあります〉」

「僕もクルルと同意見です。力なき民の為《ため》に、我《われ》らの力はありますから」

「んん……、じゃあ、わしは東軍で……どうにか、上層部《じょうそうぶ》……？　司令官……に、停戦命令をもらう的な……いや、間にあうかぁ？」

パーティは真剣《しんけん》な面持《おもも》ちで色々な方向から模型図を眺《なが》めた。

「〈魔法使い《スペルエフェクター》の方。アズサさんと言いましたか。あなたならこの場合、どのように戦いますか？〉」

「ふぇっ……っ！」

リュドミナの隣《となり》でメモ帳を動かしていた黒紫《こくし》の魔法使いが震《ふる》えた。

「せ、西軍でですか？　それとも、東軍で、ですか……？」

「〈両方の場合が、聞きたいですね〉」

パーティの視線《しせん》が、アズサに集まった。しかし魔法使いは思考に沈《しず》んで、それに気づかない。

「……どちらにしろ、私は見守ります」

視線を戦略模型《せんりゃくもけい》に止めたまま、彼女は僅かに顎をあげた。

「アズサ……？」

「私なんかに、この戦いを止める力があるとは思えません……」

魔法使いの少女は、大振《おおぶ》りな杖《つえ》を両手でつかみ、

「でも、この記録だけは後世の人に残すことができます。ここで起こった出来事を、できるだけ正確《せいかく》に……。もちろん、目の前の状況がどうなってしまうのか見てみたいという願望も、ありますけど……」

自分の背《せ》より高い杖の陰《かげ》に隠《かく》れるようにうつむく。

「や、やっぱり、見ているだけでは悪でしょうか……？　みなさんのように行動しないと……。……でも、それも含《ふく》めて、私はこの行く末《すえ》が見てみたい。ここで起こった出来事を後世の人達に伝えたいんです。教訓とともに……」

アズサの視線《しせん》は模型《もけい》の中、西軍の先頭で翼《つばさ》を広げる大柄《おおがら》の竜《りゅう》に止まる。

「この博物館のように記録を残しておかないと、同じ過《あやま》ちを繰《く》り返してしまうかもしれませんし……」

「さすがアズサ、未来の小説家じゃなぁ……っ！」

「や、やめてくださいリュドミナ先輩《せんぱい》っ‼　ち……ちがいますから！　ギオン先輩もクルル先輩も勘違《かんちが》いしないでくださいね⁉　ほ、ほら、先に進みましょう！」

アズサは鍔広《つばひろ》の帽子《ぼうし》を深くかぶり、ぐいぐいとリュドミナを押《お》して次の展示《てんじ》に移動《いどう》する。

「〈ところでギオン、ドラゴンの弱点はわかったか……⁇〉」

リュドミナが濃桃《ディープピンク》の瞳《ひとみ》をギオンに近づけた。その視線の先に、ラゾアの背中《せなか》が確認《かくにん》できる。

「〈まだです、もう少し待ってください。というか、我々《われわれ》の任務《にんむ》の最優先事項《さいゆうせんじこう》はテロ阻止交渉《そしこうしょう》だということをお忘《わす》れなく……！〉」

『なにやら、楽しそうですね、お二人とも』

「な、なんじゃやマスターっ！　ちがうぞっ⁉　な……なんでもないんじゃぞっ⁉」

リュドミナはぱっとギオンから離《はな》れる。身軽なステップに腰《こし》までの輝銀髪《プラチナブロンド》が揺《ゆ》れた。彼女がゲームマスターを牽制《けんせい》するように移動したその先で、

「〈なにか気になるものがありましたか？〉」

竜人のラゾアが、ふいにリュドミナへと視線を向けた。副官は、ギオンよりもさらに高身長だった。自然とリュドミナは、萌葱色《もえぎいろ》の竜人を大きく見あげることになり、

「ひっ……！　あ、あー、うむ！　こ、これは……」

とっさだった。濃桃の瞳を鋼鉄《こうてつ》の壁沿《かべぞ》いに走らせ、そこに掛《か》かった一枚《まい》の絵を指さす。

「……これは、なんじゃ？　この絵に描《か》いてあるものは……」

リュドミナは、高い天井《てんじょう》までとどく巨大《きょだい》な絵画に歩み寄《よ》った。

黒雲立ちこめる夜空に、深紅《しんく》の稲妻《いなずま》があった。乱気流《らんきりゅう》を背景《はいけい》に、天を突《つ》く巨大《きょだい》な城が中心に描《えが》かれている。それらを描くタッチと絵具、筆使いには、取り憑《つ》かれてしまったかのような狂気《きょうき》が塗《ぬ》り込《こ》められていた。――あるいは、題材の持つ狂乱性が、制作者《せいさくしゃ》の精神《せいしん》を侵《おか》したか。

巨城は今、落ちようとしていた。地上にも、嵐《あらし》の空にも、無数の竜が翼《つばさ》を広げている。

「〈かつて竜族の中で行われていた堕竜狩《だりゅうが》りです〉」

「堕竜狩り……？」

「〈竜にも、いわゆる戦国の時代がありました。この竜は、かつては領民《りょうみん》に慕《した》われ、善政《ぜんせい》を敷《し》いていた一地方の領主です〉」

「じゃが……、狂《くる》ったか？」

リュドミナは城に攻《せ》め昇《のぼ》る竜人、おそらくは領民達が描かれた部分に目をうつす。

「〈この領主は、領民を想うがゆえに、手を出してくる周囲の敵《てき》には容赦《ようしゃ》がありませんでした。

領内《りょうない》は平和でしたが、エスカレートする敵《てき》に対して強力な軍を維持《いじ》するため、民は重税《じゅうぜい》に苦しみます。そしてついには領民自身が、他国の兵を引き入れるまでに〉」

「ふんっ、愚《おろ》かな竜《りゅう》じゃな‼　味方にさえ牙《きば》を向けられるとは！」

「リュ、リュドミナ先輩《せんぱい》……っ！」

アズサが少女戦士の毛皮鎧《けがわよろい》を引っ張《ば》る。魔法使い《スペルエフェクター》の少女は完全に、竜人の副官に背《せ》を向けている。リュドミナと、ラゾアの目があった。

「はッ‼　し、しまったっ⁉　わし、副官の目の前で竜の悪口を……ッ⁉」

『ですが、ラゾアさんは気にはしていないようです。描《えが》かれているのは堕竜《だりゅう》ですので』

黄緑色のレースがふんだんに使われたボンネットを被《かぶ》るゲームマスターは、そっとささやく。

「ふ、ふう……そうか？　よし、では、くっくっく……。ちょっとかましてやろう」

元山賊《さんぞく》の少女は、指出し手袋《てぶくろ》に覆《おお》われた両の手のひらを、なにか企《たくら》むように重ねあわせ、

「もしかして、領主は負けなしでは、なかったか……？」

副官の竜人、ラゾアを見あげた。

「〈勝ちつづけること。それだけが、誰《だれ》ともわかりあえなくなった領主の支《ささ》えになっていたようです〉」

「皮肉なものじゃな。勝ちつづけても、平和にはならなかった」

「リュドミナならば、この状態《じょうたい》からどうするんです？」

ギオンが隣《となり》に並《なら》んでいた。鋭《するど》い視線《しせん》には、濃桃《ディープピンク》の瞳《ひとみ》を持つ少女を試すような光があった。

「こ、ここからか⁉」

輝銀髪《プラチナブロンド》を振《ふ》り乱《みだ》すようにして、リュドミナは巨大《きょだい》な絵画を指さした。城《しろ》は闇夜《やみよ》の中で、ひときわ明るく、燃《も》え上がっている。

「……この竜は、負けることを知るべきじゃった……‼」

頭を抱《かか》えて白く輝《かがや》く長い髪《かみ》を指でかきめぐった少女は、絞《しぼ》り出すように再《ふたた》び絵画を見あげた。

「〈領主は優《すぐ》れた将《しょう》でした。周囲の国からの講和《こうわ》にも耳を貸《か》さなかったと。最初は人望のあった領主ですが、最後には配下にあった勇者からも、謀反《むほん》を起こされています〉」

「しかたがないな」

リュドミナは腕《うで》を組んで、絵画を見つめ直した。

「負けを知らぬと、勝ちつづけることしかできなくなる。引き分けですら恐怖《きょうふ》する。自分は勝てなかったと。血眼《ちまなこ》に、どんな手段《しゅだん》を使っても勝利をおさめようとすれば、その先に待つのは狂気《きょうき》じゃ。じゃが、そうなった時にはすべてを失っている！　じゃからな？　ギオン……」

七三分《しちさんわ》けのダークエルフへ、輝銀髪の少女は薄《うす》い笑みを浮《う》かべる。

「わしは、そもそもこうはなっていない。やりたくとも。なぜなら、わしには何度も何度も負けを重ねる覚悟《かくご》と自信がある！　だが、平和にはしてみせよう！　豊《ゆた》かにもな！　蜂起《ほうき》などはさせん！　この竜と違《ちが》い、敗北とわしは大の仲良しじゃからなぁッ！」

「な、なにを威張《いば》っているんですっ⁉　あなたくらいですよ⁉　そんな自信満々な敗北宣言《はいぼくせんげん》ができるのは！」

「なら、うぬはどうする！　ギオンにはなにか良い案があるのか⁉」

リュドミナの瞳《ひとみ》は噛《か》みつくように鋭《するど》くなる。喰《く》ってかかるというのが相応《ふさわ》しい勢《いきお》いを、ダークエルフは意に介《かい》する様子も見せず、

「僕が領主《りょうしゅ》ならばこの戦いにも勝ち、初志《しょし》を貫徹《かんてつ》します。秩序《ちつじょ》をもたらすは鋼鉄《こうてつ》の規律《きりつ》のみ。平和が訪《おとず》れる一瞬《いっしゅん》前こそ、暗闇《くらやみ》は深いものです」

「だよねギオンくんっ！　ボクはギオンくんの命令ならどんなものでも聞くよ？　ボクが一緒《いっしょ》に狂《くる》ってあげる！」

リュドミナが独占《どくせん》していたギオンを奪《うば》い取るかのように、二人の間に神官人形が割《わ》り込《こ》む。

「ま、待ってくださいクルル⁉　あなたは僕を狂ってると思ってるんですかっ⁉」

「ううんっ！　ギオンくんは狂ってないよ？　狂っているのはこの世界だから！」

神官クルルは聖騎士《パラディン》ギオンの手を握《にぎ》り、絵画からぐいっと自分の方へと引《よ》き寄せる。彼女の瞳の中には、いつものように純白《じゅんぱく》の花が咲《さ》き乱《みだ》れていた。

「リュドミナ先輩《せんぱい》ッ！　ここにきて三角関係ですよ！　もっと頑張《がんば》ってください‼」

「アズサ！　じゃからなんでうぬはこういう時が一番楽しそうなのじゃ⁉　メモをしてはならぬ！　これは後世に伝えなくていい‼」

『ではここで、ラゾアさんのところへ使いの竜人《りゅうじん》がやって来て、彼になにかささやきます』

場に変化が起こった。

火口都市《かこうとし》の上空。そこに浮《う》かぶ菱形《ひしがた》の山脈。都市の中枢《ちゅうすう》、鋼鉄の城塞《じょうさい》として造《つく》り直された一角。まずは博物館へと招《まね》かれた冒険者《ぼうけんしゃ》ギルド『碧《あお》の要塞《ようさい》』に属《ぞく》するネゴシエーター。彼らは時が来たのを知った。弁論堂《べんろんどう》の外郭回廊《がいかくかいろう》は、そこが竜族の戦史博物館の出口だという印を見せる。

「〈盟首《めいしゅ》の準備《じゅんび》ができたようです。お待たせいたしました。みなさん、こちらへ〉」

それが交渉《こうしょう》の場への入り口だった。竜が繰《く》り広げてきた戦の歴史を抜《ぬ》け、四人はラゾアにつづいた。これより始まる自分達の交渉は、竜の戦史に、どのように綴《つづ》られるのか──

中庭のような空間に出た。

「なんじゃ……ここは……っ」

眼前《がんぜん》の空間には、床《ゆか》がなかった。

「ここが元老院が集まるという弁論堂……」

眼下には薄雲《うすぐも》に霞《かす》んだ地表が見える。

一望できるのは隆起《りゅうき》した大地、地上の山脈。ぽっかりと口をあけるカルデラの中に作られた、あの火口都市が広がっている。その光景に吸《す》い込まれそうになり、悲鳴をあげてパーティ三人娘《さんにんむすめ》がギオンにしがみつく。

「お、おちついてください……っ！」

床《ゆか》に置かれた動く巨大《きよだい》な絵画のようなその景色の中央に、ギオンの足下からのびる鉄橋《てっきょう》があった。中空に浮《う》かぶ島状のステージへ通じる、鋼鉄《こうてつ》の橋だった。

「ひ……ひぃいっ！　こ、ここを進むのか⁉」

おびえるリュドミナ達にまとわりつかれたダークエルフの聖騎士《パラディン》は、熱心に周囲を観察していた。地上までの吹《ふ》き抜《ぬ》け区画の外側には床《ゆか》があり、そこには階段状《かいだんじょう》にベンチが並《なら》び、四方へと高くつづいている。

「ここに竜人《りゅうじん》達がつめかければ、さぞかし壮観《そうかん》でしょうね……」

火口が見える地表からは風が吹《ふ》きあげている。竜族の弁論堂《べんろんどう》は、常《つね》に地上の街を意識《いしき》する作りになっていた。

「足をすべらせたら普通《ふつう》に死んでしまうぞ⁉　竜人達は、急にわしらに落っことし攻撃《こうげき》とかしてこないじゃろうな！　おのれ……わし、さっき博物館で挑発《ちょうはつ》してしまったぞ……ッ⁉」

「落ち着いて下さいリュドミナ！　橋の幅《はば》は二メートルはあります。めったなことでは落ちません」

それでも、冒険者一行《ぼうけんしゃいっこう》はじわりじわりと橋の上を進む。

「ギオンくんっ⁉」

周囲が暗くなったのは一瞬《いっしゅん》だけだった。四人はすぐに気づいた。上空を、影《かげ》がよぎったのだ。

とっさに見あげる。

「っんん⁇」

床だけではなく、弁論堂には天井《てんじょう》もなかった。冒険者達は橋の中程《なかほど》から、さらに頭上に浮かぶ山塊《さんかい》を見ることができた。

「ねえ、……あれは、なに？　ギオンくん……」

リュドミナもアズサも、頭上へ首をもたげたまま、動けなくなっていた。

天を、赤いドラゴンが舞《ま》っている。

「まさか、あれが……？」

空そのものが裂《さ》けて、滴《したた》ってくるような赤だった。うろこや爪《つめ》が紅玉《ルビー》で構成《こうせい》されているのか、太陽光までもが紅になって降《ふ》り注いだ。険《けわ》しい山道で見たドラゴンの倍以上はあろうかという巨体《きょたい》。広げた翼《つばさ》に宿る威厳《いげん》も、比較《ひかく》にならないほどに。

「ちょっと、なんですかあなた達！」

いつのまにかリュドミナとアズサ、そしてクルルが、毅然《きぜん》と赤竜をあおぎ見ていたギオンにぴたりと、さらにさらに寄《よ》り添《そ》っていた。

「じゃってこれ、本来なら大ボスじゃぞ⁉　最終ボスじゃよっ⁉」

「ギオン先輩《せんぱい》絶対《ぜったい》に相手を怒《おこ》らせないでくださいね!? 絶対ですよ!?」

「きゃーっ! ギオンくんかっこいいぃぃっ!」

風の幕《まく》が幾重《いくえ》もパーティを打った。マグマのごとく分厚《ぶあつ》く煌々《こうこう》とした輝《かがや》きを体内に宿す巨大《きょだい》な赤竜《せきりゅう》が、弁論堂《べんろんどう》内部に降《お》り立った。両翼《りょうよく》で周囲の空間をつつみ込《こ》む赤竜を見あげるパーティに、世の理《ことわり》を越《こ》える畏怖《いふ》が沸《わ》き立つ。濃密《のうみつ》な圧力《あつりょく》が四人の身体《からだ》を吹《ふ》き抜《ぬ》けつづける。

――大竜の御姿《みすがた》。

赤い、竜の首。眼窩《がんか》におさめられた溶融《ようゆう》する黄金のような視線《しせん》が冒険者《ぼうけんしゃ》を捉《とら》える。見つめられたリュドミナ、アズサ、クルルは、完全にダークエルフの聖騎士《パラディン》を盾《たて》にしていた。

「〈そなたらが、『碧《あお》の要塞《ようさい》』に属《ぞく》する冒険者か〉」

弁論堂に鋭《するど》く、それでいてたおやかな女性の声が響《ひび》いた。それを追うようにして、いくつもの風の壁《かべ》が四人を翻弄《ほんろう》する。

「……ええ、我々《われわれ》は使者としてやって来ました……!」

ふいの疾風《しっぷう》に背《そむ》けていた顔をあげる。ステージの上に、赤い竜人が現《あらわ》れていた。

「〈なかなかの面構《つらがま》えじゃないか、ダークエルフ。おまえがパーティのリーダーか〉」

「そうです」

「そうなのかぁッ!? え? このパーティのリーダーって、うぬになったの!? わしかと思ってた!!」

ギオンはつめ寄《よ》ってくるリュドミナを片手《かたて》でその場に押《お》しつけるように留《とど》めたまま、中央ステージ上からパーティを見下ろしてくる溶融金の瞳《ひとみ》、深紅《しんく》の竜人に会釈《えしゃく》する。

「冒険者ギルド『碧の要塞』の交渉代理人《こうしょうだいりにん》、ギオンと言います。代表殿《どの》とお会いできて光栄です」

「〈竜盟首《りゅうめいしゅ》のカルメリーザだ。楽にしろ〉」

うろこと同じ紅《あか》い礼装甲冑《れいそうかっちゅう》を身に着けた、武《ぶ》を重んじる貴族然《きぞくぜん》とした竜人だった。

『人間サイズに直立した竜』と形容《けいよう》するだけでは足りない妖麗《ようれい》さが、火口都市《かこうとし》ボルカノ代表の姿《すがた》にはあった。腰《こし》からのびる太い尾《お》が、しなやかに動く。

「〈ステージに上がり、掛《か》けるといい。生憎《あいにく》、人間の好みの茶を用意する余裕《よゆう》はなかったが、ゆっくり飲んでもいられぬのだろう？〉」

冒険者の四人は、群衆《ぐんしゅう》がいるならば周囲から一身に視線《しせん》を集めるだろうステージに上がった。置かれていたのは木製《もくせい》のテーブルと、片側《かたがわ》に並《なら》べられた四つのイス。中央にギオンが来るようにして腰掛けた。同じく正面に腰掛ける深紅の竜盟首。

その背後《はいご》に副官のラゾアが立つ。極秘《ごくひ》とも言える交渉が、始まった。

「この度《たび》は、事前の約束もない突然《とつぜん》の訪問《ほうもん》にもかかわらず、交渉に快く応じていただき——」

「〈よせ、挨拶《あいさつ》など交わしあうほど我々は親しくはない。手短《てみじか》に。私は忙《いそが》しい〉」

カルメリーザは片手をあげて、ギオンの辞令《じれい》を制《せい》した。

「〈ではまずはこちらから問おうか。なぜ人の子がここへ、この竜盟首《りゅうめいしゅ》を訪《たず》ねて来た〉」

「コーラルの港街で『碧《あお》の要塞《ようさい》』と街の要人の同盟式典《どうめいしきてん》を狙《ねら》った重大犯罪《じゅうだいはんざい》が起こりました。未遂《みすい》で済《す》みましたが、その犯人は、この『ボルカノ』の中枢《ちゅうすう》から送られて来たことを示《しめ》す証《しょう》拠《こ》を残しています」

「〈それは真《まこと》か？〉」

ギオンに、竜の表情《りゅうひょうじょう》を読み取るスキルはない。だが彼女の声には、交渉人《こうしょうにん》であるギオンが並《なら》べる奇矯《ききょう》な言動を喜ぶような響《ひび》きがあった。

「真実はこうです。犯人は自爆《じばく》し、跡形《あとかた》もありません。しかし、アジトに残された証拠が三つ。『巨人族《きょじんぞく》』、『竜族』、そして『キマイラ族』が関与《かんよ》したと見られる指示書《しじしょ》でした。言うまでもなく、この中の二つは時間稼《かせ》ぎのための偽物《にせもの》。その真偽《しんぎ》を確《たし》かめる方法として、我々《われわれ》『碧の要塞』は、その三つの箇所《かしょ》に同時に冒険者《ぼうけんしゃ》を送り込《こ》んだのです」

臆面《おくめん》もないギオンのことばに、カルメリーザは喉《のど》を鳴らして笑った。

「〈あるいは出て来た証拠は三つとも偽物か。……さてはおまえ達、ギルド内での地位は高いところにはないな？　いや、はっきり低いと言ったほうがいいか。慇懃《いんぎん》なわりに、さしずめ三つもあった選択肢《せんたくし》の中から、おまえ達はこの竜の都を押《お》しつけられたというところか〉」

「いいえ。僕達は自分の意思で、この『ボルカノ』を選びました」

「〈……なに？〉」

紅《くれない》の竜人《りゅうじん》から皮肉な笑みが消えた。

「僕たちは、この犯罪《はんざい》の目的の一つに《重魔素《じゅうまそ》》が関連していると考えています」

「〈ギ、ギオン！　それを言ってしまうのか⁉　あ、あまり代表を刺激《しげき》するでないっ！　我々《われわれ》など、この竜にかかったらあっというまなのじゃぞ⁉〉」

「（というかなんでギオン先輩《せんぱい》はそんなに落ち着いてスラスラなんですかっ⁉　ちょっとおかしいです！）」

「（ギオンくんはこういうの、容赦《ようしゃ》ないからなぁ）」

三者が三様のやり方で、イスの上でお尻《しり》ももじもじ落ち着かないことこの上なしだった。しかし、ギオンが放った《重魔素》のことばに最も反応《はんのう》していたのは当の交渉相手《こうしょうあいて》。紅の竜人だった。

「〈ほう……、その《重魔素》とやらが、我々竜族に繋《つな》がると、そなたらは考えているのだな〉」

竜人の鋭《するど》い爪《つめ》が、テーブルの表面で硬《かた》い音を立てた。

「〈どちらにしろ、それについて我々が人間風情《ふぜい》になにかを告げてやる謂《いわ》れなど、なにもない〉」

ギオンの目の色を見聞《けんぶん》するような間のあと、竜盟首《りゅうめいしゅ》は牙《きば》を見せた。

「〈我々が《重魔素》にどのような想いをいだいているかなどということは、そなたらには関係ないことだ〉」

カルメリーザの仕草《しぐさ》、ふる舞《ま》い。それがわずかに、緩慢《かんまん》なものになる。

「〈しかし、人間の冒険者《ぼうけんしゃ》が、ここまでやってきたのも事実〉」

その声に、けだるいような息が、混《ま》じり始めた。

「〈では、我々がコーラルの街を襲《おそ》い、要人を暗殺し、《重魔素》を奪《うば》う計画を進めているという仮定《かてい》で話をしよう。確信《かくしん》があってここに来たのだろう？　そうではないとは言わせぬ〉」

竜盟首カルメリーザは淡々《たんたん》と告げた。

「〈ならばギオンとやら、手短に行こうではないか。計画中止の交換条件《こうかんじょうけん》だ。選べ。おまえ達四人の中から、一つ命を差し出せ。それと引きかえに、あの港町にひそませてある別の作戦要員に中止命令を出す〉」

「ならば僕の、この命を」

「〈即決《そっけつ》か〉」

「ぐぅっ？」

「へ……？」

「ふぇあっ？」

戦士と魔法使い《スペルエフエクター》と神官の視線《しせん》が一瞬遅《いっしゅんおく》れてギオンに注がれた。

「ぎ、ギオン！　待て！　えっ⁉　なんじゃっ⁉　なにを言っているのじゃうぬは！」

「そうですギオン先輩っ！　そんな大事なコトは、みんなで話しあって決めないと……！」

「任務《にんむ》は⁉　ねぇギオンくん、任務のこと、忘《わす》れてないっ⁉　ボク達は、リュドミナちゃんの

《精《アゾー》むぐぅー」

「落ち着いてください、三人とも」

クルルの顔面を押《お》さえながらギオンはパーティを鎮《しず》める。

「言い方を変えましょう。このパーティの中では、防御力《ぼうぎょりょく》の高い聖騎士《パラディン》である僕が、一番生き残る確率《かくりつ》が高いんですよ」

「……は？」

三人は、ぽかんとして、ギオンのことばのつづきを待った。

「なんのために僕達は竜族《りゅうぞく》の戦史博物館を見てきたんですか？　思い出してください。そして目の前をよく見るんです。竜盟首《りゅうめいしゅ》のカルメリーザ殿《どの》はもとより、あの副官にいたるまで、身のこなしは一流の戦士。彼らは誇り高き武人《ぶじん》です。そのような戦士が命を差し出せと言った場合、それはつまり、単なる処刑《しょけい》を意味せず、決闘《けっとう》を意味するのではないですか……？　人間の命をただ散らすだけで、誇り高いドラゴンが自《みずか》らの計画を変えるとは思えません。そこには、さらなる代償《だいしょう》が必要でしょう。つまり、ただ死ぬのではなく、そこに誇りを見せろと言っているのです」

褐色《かっしょく》の肌《はだ》のダークエルフは座《すわ》ったまま竜人を見あげた。

「そうなのではないですか？　カルメリーザ殿」

高く澄《す》んだ笑い声が弁論堂《べんろんどう》に響《ひび》いた。

竜人の喉《のど》が震《ふる》えていた。

「〈気を悪くしたなら済《す》まない。今のはただの冗談《じょうだん》だ〉」

ギオンを左右から囲む少女達は笑う竜人を見て、恐《おそ》る恐る安堵《あんど》の息をついた。

「〈しかし、そうでなくてはな。ギオンとやら、リーダーのおまえが他人の命を差し出すと言ったら、四人まとめて八つ裂《ざ》きにするところだ〉」

「ふっ……、心得《こころえ》ておきます。竜の冗談というものを」

「ひぃっ！　なんじゃこいつらぁああ‼」

ギオンとカルメリーザの雑談《ざつだん》が始まった。

だが、その軽口や皮肉、装備《そうび》している武具《ぶぐ》や世相《せそう》を評《ひょう》することばの一つ一つが、竜盟首とギオンが操《あやつ》る剣《けん》であり盾《たて》だった。

ダイスを用いない、テーブルトークのみで進む、それがハードネゴシエイトだった。

「〈副官のラゾアが、そなた達を運んだと思うが、道中気を悪くはしなかったか？〉」

「快適《かいてき》な道行きでした。あの僅《わず》かな旅で、竜の持つ心がわかったような気がします。自らの力で空を羽ばたき空をゆく種族。……あの光景には精神《せいしん》そのものが奮《ふる》え立ちます。人は地を歩くだけで、ここまでものを為《な》してきましたが」

「〈はっはっは！　しかし我々《われわれ》とていつも空を舞《ま》っているわけではない。この弁論堂しかりだ。急ぐ旅でなければ、浮遊城《ふゆうじょう》の見学も許可《きょか》するが？〉」

「お申し出に感謝《かんしゃ》を。この身に翼《つばさ》があれば、行きも帰りも喜んで自《みずか》らの力で降《お》りたつのですが」

竜盟首《りゅうめいしゅ》とギオンのやり取りがつづく。リュドミナの喉《のど》が、ごくりと鳴った。濃桃《ディープピンク》の瞳《ひとみ》が潤《うる》み始めていた。

「〈……そなた、人間に……、いや、ダークエルフにしておくのが惜《お》しいな〉」

ギオンは肩《かた》をすくめ、机上《きじょう》のカップを手にしていた。いつの間にかテーブルの上に副官が用意した茶が出されている。だが、ギオンとカルメリーザ以外、それに手をつけている者はいなかった。

「〈我々《われわれ》は今、訳《わけ》あって様々な力を欲《ほっ》している。どうだ？　こちらに付かないか？〉」

「「「……ッ⁉⁉」」」

リュドミナもアズサも、クルルですら、もう胃《い》が痛《いた》くなっていた。自分達はまだ『碧《あお》の要《よう》塞《さい》』にすら、三日後に到着《とうちゃく》するという本部での正式採用《せいしきさいよう》はされていないのだ。それを、この段《だん》階《かい》で竜サイドに鞍《くら》がえ⁉　意味がわからない上に想像《そうぞう》することも難《むずか》しい。

カルメリーザの突《つ》き出してくる剣は、どれも『選択《せんたく》』の連続だった。しかも軽く突き出されたように見えるただの一撃《いちげき》が、今後の一生を大きく左右させるほどの大選択。

それこそ、竜の一撃のように。

「人界の風はダークエルフには冷たく厳《きび》しいものと聞く。だが、我らの元に参じるならば、その懸念《けねん》は皆無《かいむ》になると言っておこう。我が配下は実力主義《じつりょくしゅぎ》を持って成る。白眼視《はくがんし》などさせぬが？」

「お申し出、大変ありがたく思います、カルメリーザ殿《どの》」

「では？」

「申し訳《わけ》ありません、僕は竜の側につくことはできないのです。それに、僕は今まで一度として、ダークエルフとして生まれたことを後悔《こうかい》したり、それにより他人をねたんだことなどないのです」

褐色《かっしょく》の肌《はだ》を持つ聖騎士《パラディン》は微動《びどう》だにせず、竜盟首を前につづける。

「そして、力は求めるは我々冒険者《われわればうけんしゃ》も同じですが、それはひとえに、信義《しんぎ》に基《もと》づいている」

「〈信義《フィデス》。まさしく、今の世に必要なのはそれだ〉」

ギオンはカルメリーザの攻撃《こうげき》を、すべていなしていた。いなせばいなすほど次の一撃が大きいと予告されながらの攻防《こうぼう》だった。

「〈いいだろう、ギオン。そなたの言い分を呑《の》もう。ここに信義は成った〉」

それがふいに止んでいた。

「〈人界の強風を受け入れるばかりか、我が誘《さそ》いを払《はら》いのけ、元来の所属《しょぞく》を堅持《けんじ》するとは。これほどの信頼《しんらい》はない。……我々は今後、そなたら『碧《あお》の要塞《ようさい》』に手出しはしないだろう。しばし待て。今、書面の用意をする〉」

「感謝《かんしゃ》を。カルメリーザ代表」

「〈だいぶ暇《ひま》が潰《つぶ》れた。これはその、ささやかな礼だ〉」

リュドミナもアズサも、手のひらの中はもとより、全身が汗《あせ》に濡《ぬ》れていることに気づいた。

なにが起こったか、よくわからなかった。いくつかの選択《せんたく》があった。それを選ぶことに、なんの【判定《はんてい》】もいらない。あるのは意思、一つ。

サイコロを振《ふ》るだけでは味わえない、TRPGのもう一つの醍醐味《だいごみ》が、目の前を轟音《ごうおん》を立てて通過《つうか》していった。

「どうやら上手《うま》くいったみたいですねクルル。やはり交渉事《こうしようごと》は疲《つか》れます。いつもは諫奈《いさな》に任《まか》せてしまいますからね」

「ギオンくんはゴリ押《お》しタイプだからねーっ」

聖騎士《パラディン》のダークエルフと神官のエレメンタルドールのやり取りを見ていた魔法使い《スペルエフェクター》のアズサは、ふと気になってリュドミナを振《ふ》り返った。

「……っ、……——」

その濃桃《ディープピンク》の視線《しせん》は、ギオンの動きとまったく連動してしまっている。アズサのペンとメモ帳がうなりをあげた。

「〈これを持て〉」

やがて、副官からもたらされたロール状《じよう》の羊皮紙が、竜盟首《りゆうめいしゆ》カルメリーザの手から、ギオンへと差し出された。留《と》め口《ぐち》には、真っ赤な蠟《ろう》の封印《ふういん》がほどこされている。

「確《たし》かに。……では、また改めて使者をこちらに送ります」

「〈そうなるだろう。今そなたに渡《わた》した物は講和《こうわ》のための、事前交渉《じぜんこうしょう》を進める親書だ。落とすことのないようにな。……忘《わす》れるな？　今までのことは全て仮定《かてい》の話だった。我々《われわれ》は元々、ギルドの襲撃《しゅうげき》も意図していなかった上に、たまたまやってきたそなたらに友誼《ゆうぎ》を示《しめ》し、その同盟《どうめい》和議の親書を差し出したのだ。我々竜族はそもそも俗界《ぞっかい》との交流を好まぬ。そなた達との信義は成ったが、これからのことは、それ次第《しだい》になる〉」

「承知《しょうち》しました。当方としても、竜の一族と交流が持てることを嬉《うれ》しく思います」

深紅《しんく》の竜人が立ち上がり、ギオン達もそれにつづく。

交渉は終わった。帰りも、来た時と同じ手はずが整えられた。

「ふ、ふぅ……わしはてっきり、ギオンは竜の方について行ってしまうかと思った」

「まさか」

「そ……そうじゃよねっ⁉　うむ！　さすがギオン！　これが信義というやつじゃな！」

副官のラゾアのあとにつづいて、切り立った鋼鉄《こうてつ》の桟橋《さんばし》に四人は戻《もど》った。

「〈そういえば、そなた達に一つ、聞き忘れていたことがあった〉」

見送りにやって来ていたカルメリーザが、桟橋につづく門から冒険者一行《ぼうけんしゃいっこう》を呼《よ》び止めた。

振《ふ》り向いたギオン、そして他の三人は、その場で固まった。

距離《きょり》を置いたカルメリーザが、激発寸前《げきはつすんぜん》の、深紅《しんく》の戦気につつまれている。

竜人《りゅうじん》は問うた。

「〈《重魔素《じゅうまそ》》がおさめられていた箱の中には、なにがあった？〉」

『それではみなさん【抵抗判定《ていこうはんてい》】を達成値《たっせいち》二十三でお願いします。失敗すれば、竜の特殊能《とくしゅのう》力《りょく》【畏怖《いふ》】により、すべての判定値にマイナス4のペナルティ。そして、今後の交渉《こうしょう》において嘘《うそ》をつくことができなくなります』

「「「「ッ⁉⁉⁉」」」」

ゲームマスターは告げる。ことばもない四人から、一斉《いっせい》にダイスが放たれた。

判定に成功できた者は、いなかった。

「ギオン！　これは、どういうことじゃっ⁉」

「わかりませんが……これが、本当に最終質問《さいしゅうしつもん》になるはずです‼　いや、ここからが交渉の本番と言っていいかもしれません……！　そして、その答えを間違《まちが》えれば、おそらく――僕らは、ここに来なかったことになります――」

「〈どうした。今まで通り、答えてみせよ〉」

リュドミナ、アズサ、クルルは、パーティのリーダー、ギオンを見守った。歩みを戻《もど》し、竜盟首の数メートル先で立ち止まるダークエルフの背中《せなか》。

「カルメリーザ殿《どの》！」

聖騎士《パラディン》は燃《も》え立つような深紅の灼溶竜《しゃくようりゅう》に相対し、告げる。

「あの、《重魔素》を、我々《われわれ》は……」

瞳《ひとみ》を閉《と》じぬまま、一瞬《いっしゅん》空をあおいでから、紡《つむ》いだ。

「……我々冒険者《ぼうけんしゃ》は、確《たし》かに《重魔素》という大きな力を手に入れました。しかし、我々は力あるものを手にしたがゆえに、ある種の責任《せきにん》を果たさねばなりません。……我々は、命を扱《あつか》う。しかし、それがどのような命であろうとも、その生滅《しょうめつ》に敬意《けいい》をはらいます。いずれ大樹《たいじゅ》になるかもしれない鼓動《こどう》を護《まも》るため、僕は聖騎士として生きる誓《ちか》いを立てている！」

「……──」

桟橋《さんばし》を吹《ふ》き抜《ぬ》ける風が、ギオンをなぶった。

今やあの『重魔素』が竜の一族由来の品だということはあきらかだった。それは本来、竜族の誇《ほこ》りにかけて、人界になどゆだねておくことはできないものなのだ。

「……今は……」

ギオンの吐《は》き出した息は、静かで、濃密《のうみつ》だった。

「今は失ってしまいましたが、僕にも、命の移《うつ》し身とも言える宝物《たからもの》が、ありました。その人形の名をエリザと言います」

なにを言い出し始めたのかと、パーティの三人娘《さんにんむすめ》はリーダーであるギオンを見た。

特にクルルは初めて聞く祇園《ぎおん》の過去話《かこばなし》に瞳《ひとみ》を輝《かがや》かせ、リュドミナもいぶかしげにギオンのことばの行く末《すえ》に身構《みがま》える。

「僕は、過去の記憶《きおく》の大部分を失っています」

「そんな設定《せってい》が……」

クルルがメモ帳を胸元《むなもと》から引っ張《ぱ》り出し、ゲームマスターもクリップボードにペンを構《かま》えた。

「けれども、たった一つだけですが、幼《おさな》い頃《ころ》の記憶が僕の中には残っています。断片的《だんぺんてき》なその記憶の中で……僕はかけがえのない誰《だれ》かと、その人形の三人だけで過《す》ごしていたのです。僕ら三人は、その時、確かに家族でした」

灼溶竜《しゃくようりゅう》カルメリーザは、戦気をまとったまま動かない。

「……その誰かと僕は、毎日少しずつ、人形であるエリザに魂《たましい》を込《こ》めていきました。新しい服をつくり、帽子《ぼうし》をつくり……、ことばを教えたのです。それは、今からすればくだらないおままごと、そのままです。ですが、その時の僕らには、エリザとの毎日が、とてつもなくかけがえのないものでした。……けれどある日、エリザは取り上げられてしまったのです。唐突《とうとつ》に、彼女は棄《す》てられてしまいました」

ギオンは深紅《しんく》の竜盟首《りゅうめいしゅ》と向き合ったまま、一歩も下がらず、むしろ姿勢《しせい》を変えながら前進した。

「僕ら二人は、エリザを家族として必死に探《さが》しました。……やがて、彼女は見つかります。しかし、僕らの元に戻《もど》って来たエリザは、元のエリザとは言えないくらいに、ボロボロになっていました。でも、僕らはそれまでと同じように、……いえ、前よりももっと僕らは固い絆《きずな》で結ばれ……。――……今では、その三人がバラバラになるほど、長い時間が経《た》っています。……それから様々なことが変わってしまいましたが、僕は、今でもその人形を探しています。……そして僕は、あのチェストボックスの中に、エリザの断片を見た気がするのです！」

いつのまにか閉《と》じていた瞳を開き、『碧《あお》の要塞《ようさい》』から派遣《はけん》されたパラディンは、竜の都市を治める者に、最後の言《こと》の矢を放つ。

「あの《重魔素《じゅうまそ》》には、確《たし》かに莫大《ばくだい》な力が宿っています。けれども、大いなる魂《たましい》は、その力は、今のままでは種《シード》にすぎず、誰《だれ》かがそれを手にし、この大地に根を下ろさせ、持って我々《われわれ》を庇護《ひご》したもう礎《いしずえ》となる大樹《たいじゅ》となるよう導《みちび》かねばならないもの。僕はあの《重魔素》を、誰よりも深く、通じあうがごとく理解《りかい》しなくてはなりません。力そのものに目が眩《くら》んだ者しかいない現実《げんじつ》は、この僕が変えます！」

火山都市の空に、ギオンのことばが風となって溶《と》けた。

「〈いいだろう。受け取ったぞ、その魂を〉」

都市の代表が、ギオンを見ていた。

「〈おまえ達のようなモノが冒険者《ぼうけんしゃ》であるならば、預《あず》けよう。その《重魔素《じゅうまそ》》を〉」

竜盟首《りゅうめいしゅ》カルメリーザの体が、再《ふたた》び深紅《しんく》の大竜と化した。
広がった翼《つばさ》が空を叩《たた》き、天へと舞《ま》い戻《もど》る。
陽光を赤くちらし、深紅の竜はさらに上空にある山脈の陰《かげ》に消えた。

ぎおんの章

「〈おい、あんたか！　あんたが例の、爆破《ばくは》阻止《そし》交渉《こうしょう》をまとめちまった冒険者《ぼうけんしゃ》!?　うおおおおっ！　すっげーな……！　やっぱオーラがちげぇよ！　頼《たの》む！　そっちのテーブルで話聞かせてくれ！　は？　俺？　商人！　旅商人的冒険者！　な？　いいだろ!?　なあすげえよあんた、本当なんだろ？『碧《あお》の要塞《ようさい》』メンバーっつうのは。……は？　まだ正式には入団《にゅうだん》してない？　だったらなおさらすげえじゃねえか！　おい、奢《おご》らせてくれよダークエルフのあんちゃん！　未来の救世主に乾杯《かんぱい》だ……！　あの港町、コーラルはもう、安全なんだよなっ!?　爆弾《ばくだん》騒《さわ》ぎはもうナシだ！　ありがてぇ……!!〉」

いいえ、自分は任務《にんむ》を忠実《ちゅうじつ》に遂行《すいこう》したにすぎません。

まあ、確《たし》かに誰《だれ》にでもできるというわけではないでしょうけれど、僕は、自分のやるべきこと、できることをやっただけですので。

——いいかげんうるさいので、もう向こうに行ってもらっていいですか……？

「〈ウチらはわかっとったよ？　……ギオンって、いったっけ。アナタみたいなのが、やってくれるて。これだけマーマンを退治《たいじ》してくれたら、漁師《りょうし》達の船かて、もう沈《しず》められることもなくなるやろうし、魚もっと採《と》れるようになる。それに、船を襲《おそ》われたウチの父ちゃんもきっと喜んどるよ。冒険者なんてどいつもこいつもロクでもないやつらばっかりやけど、アナタは違《ちが》うよ。……ありがとうな〉」

別に僕はあなた達漁師のために魚人族《マーマン》を討伐《とうばつ》したわけじゃありません。

奴《やつ》らにはただ、嵐《あらし》に乗じてギルドの船を沈《しず》めた報《むく》いを受けさせただけのこと。

それに《重魔素《じゅうまそ》》を異端《いたん》に渡《わた》すわけにもいきませんでしたから。

礼など、結構《けっこう》。

「〈キ、キ、キミ達のおかげで、と、とうとうトンネルが開通したんだ……!! わ、わかるかい？　これは、じ、実に三百年振《ぶ》りのことなんだよっ！　ほ、本当に、ラヴィリンス・ハザードってのはやっかいだ。も、もともとは一本道だった海底トンネルが迷宮《めいきゅう》になって、モンスターすら出て来てしまうんだから。ざ……財団《ざいだん》を代表して、礼を言わせて欲《ほ》しい。こ、これで玖《グ》大陸とラズリ島までが陸路で繋《つな》がったことになる！　じ、実に……実によくやってくれた！　キミのことは……絶対《ぜったい》に忘《わす》れないよ。わ、忘れられるものか！　なにか困《こま》ったことがあったら自分達にいつでも声をかけてくれ。わ、我々《われわれ》は、なにを置いてもすぐに駆けつけよう！　た、た、助かった……！　ああ、助かったとも！〉」

僕達は自分達のために行動しただけです。

慈善事業《じぜんじぎょう》として研究を進めておられたあなた達の方がよほど褒《ほ》められて然《しか》るべきですよ。

こちらこそ、様々なバックアップをしていただき、感謝《かんしゃ》しています。


「〈本当に……本当に、ありがとう！　あなたがいなかったら、村のみんなは死ぬより辛《つら》い目にあっていたはずだわっ！　ギオンさん、あなたこそ神さまがこの村に遣《つか》わせてくれた天使様にちがいないって、わたし、思うの！　オークなんかのお嫁《よめ》さんになんかなりたくないけど、わたし、あなたのお嫁さんにだったら喜んでなるわっ！〉」

「〈ダークエルフのお兄ちゃん、ありがとう！　お姉ちゃんを助けてくれて！　これでまた、みんなで一緒《いっしょ》に、この村で暮《く》らせるんだね？　ずっとだよねっ⁉〉」

たった一人でオークに立ち向かおうだなんて、なんという無茶をしたんですか！

僕達が間にあわなければ、どんな惨劇《さんげき》がこの村に訪れていたことか……‼

「ぎおん」

異端《いたん》を討滅《とうめつ》するために、我々《われわれ》の力はあります。もう二度と、この温かさを失わせはしません。

礼など、結構《けっこう》。

「たすけにきてくれたんだよね、ぎおん」

我々《われわれ》が礼を言われるということは、すべてを秘匿《ひとく》するという任務《にんむ》の失敗を意味するのですから。救った者から礼を言われるなど、望むべくもないこと――

そう、礼など、聞きたくありません。

「ぎおん、おねえちゃんは、すごくうれしいよ……」

誰《だれ》でもない……。そうです。

僕はもう、絶対《ぜったい》に聞くことの出来ない、ただ一人から、

お礼を、

ありがとうを、言ってもらいたい、だけなんです――

――静かに、目が覚めた。

祇園《ぎおん》はカーテンの隙間《すきま》からもれる朝日を頼《たよ》りに、自室のベッドの中から目覚まし時計を見た。

ベルが鳴る十五分前。

――気が、立っているのだ。

竜《りゅう》とのネゴシエイトをこなしたセッションを終えたのが、昨日だった。

プレイ時間はのびにのびていた。結果、なんとセッションはコーラルの街で最後を締《し》めようとなった途《と》中《ちゅう》で、校内を見回りしていた警備員《けいびいん》に見つかり、追い出されるように場はお開きになってしまったのだ。

これも予想外の出来事だった。街に戻《もど》りさえすればギルド本部に通され、そのまま《精髄《アソート》》たる《重魔素《じゅうまそ》》を手に入れられると思っていた祇園の思惑《おもわく》。それが、そのはるか手前で、『では、そういうことで！』的に強制的《きょうせいてき》に終了《しゅうりょう》してしまうとは……。

「くッ……」

体内に、夢《ゆめ》を見ていた感触《かんしょく》が残っていた。頭が重く、熱っぽいような気がした。

「……、なん、だ？」

なにかが、おかしかった。今さっきまで見ていたはずの夢の内容《ないよう》を、なぜか、まったく覚えていない気がする。いつもの、あの焼けつくような感触がなかった。

儀式《ぎしき》のようになっている『あの夜』のビジョン。血の色をした闇《やみ》に塗《ぬ》りつぶされた惨劇《さんげき》。幾《いく》度《ど》となく、これからも絶対《ぜったい》の復讐《ふくしゅう》を誓《ちか》いを捧《ささ》げる十字架《じゅうじか》――

またあの情景《じょうけい》を見たはずなのだ。だが、その感触が、いつもとまるで違う。

「それでも、胸《むね》に残っている、この……」

祇園《ぎおん》は昨夜、帰宅《きたく》後のトレーニングのあと、ショートパンツのみで寝《ね》てしまっていた。肌《はだ》の大部分が空気にさらされている。

彼は傷《きず》だらけの胸《むね》をさわった。比喩《ひゆ》表現《ひょうげん》ではなく、異端討滅騎士《いたんとうめつきし》の肌は、いたるところに無数の傷が走っている。齢《よわい》十七にして、歴戦の証《あかし》。

「……？」

異変《いへん》は胸の中だけではなかった。

頬《ほお》が、濡《ぬ》れていた。

とっさにそれを血だと思い、拭《ぬぐ》って確《たし》かめる。無色の液体《えきたい》が、手のひらについている。

「なんです？　これは……」

目元を拭えば拭うほど、視界《しかい》がクリアになっていった。祇園は心を落ち着ける。――問題はなにもないはずだった。

《重魔素《じゅうまそ》》は、『碧《あお》の要塞《ようさい》』という、あの世界では一位二位を争うであろう、練達《れんたつ》の冒険者達《ぼうけんしゃ》に最優先《さいゆうせん》で護《まも》られている。

爆破《ばくは》の脅威《きょうい》も取り除《のぞ》いた。安定的な場所は確保《かくほ》しきることができた。それが保証《ほしょう》できなければ、いわゆる《精髄《アゾート》》の腑《ふ》わけができない。

むしろ、ここからが正念場《しょうねんば》だった。このままTRPGのセッションを進めることが出来れば、《精髄》内部へ――あのリュドミナらしき少女と、そこにいた浮浪児《ふろうじ》のような黒髪《くろかみ》の青年の謎《なぞ》を解明《かいめい》できる。

「よし……」

祇園はシャワーを浴《あ》びようと、布団《ふとん》をめくった。

「……はっ!?」

とっさにギオンは、ベッドの上掛《うわが》けをすべてはぎ取る。

「……、ふぅ……」

シーツの上には、自分ただ一人きりだった。

「ですよね。居《い》るわけが、ありません……まったく」

シャワーを軽く浴びてから、祇園はリビングに移動《いどう》した。

「……どうしたんですか？　諫奈《いさな》」

そこでは家を出て行ったはずの嬉奈森《うれしなもり》諫奈が待ち構《かま》えていた。祇園は気にせずイスに座《すわ》り、柩《くるる》が用意しておいてくれた新聞を広げる。

「今日は『鶏鳴騎士団《クルースニク》』……いえ、『異端審問庁』からの報告《ほうこく》を持ってきました」

目を細める七三分《しちさんわ》けの騎士《きし》に、メガネのフレームを押《お》しあげた諫奈が告げた。

「お願いします」

「あのリュドミナというヴァンパイアですが、彼女は『第三断片《だいさんだんぺん》』という『褥訓《レリジョン》』に所属《しょぞく》するヴァンパイアと判明《はんめい》しました」

「聞いたことがありませんね……。『第三断片《だいさんだんぺん》』……」

祇園《ぎおん》は、上層部《じょうそうぶ》からのエージェントとして姿《すがた》を見せた少女から、一枚《まい》の紙面を受け取った。

「そして新たに判明《はんめい》したこの事実により、第十三小隊隊長の祇園さんへ、当該《とうがい》ヴァンパイアであるリュドミナ・エステルハージに対する新たな指令が下されました」

「新たな……？」

「彼女に対する調査《ちょうさ》任務《にんむ》は、現時刻《げんじこく》をもって中止となります」

薄《うす》い魔導書《まどうしょ》に視線《しせん》を落とす元部下、嬉奈森諫奈《うれしなもりいさな》は抑制《よくせい》の利《き》いた声でつづけた。

「帰死者《ヴァンパイア》戦略班、第十三小隊隊長・刀儀野《とぎの》祇園は、これより直《ただ》ちに魔王級《まおうきゅう》ヴァンパイア、リュドミナ・エステルハージを討滅《とうめつ》。灰《はい》に還《かえ》し、葬処《そうきょ》へと送れ。……指令書にある通りです。よかったですね、隊長」

エージェントの元部下は、元上司である刀儀野祇園へと、少しだけ表情《ひょうじょう》をゆるめた。

「ついにあなたのやり方が、『聖団』上層部にも認《みと》められたということです」

祇園は、先ほどまでベッドの中で見ていた夢《ゆめ》を思い出そうとしていた。なぜかわからなかったが、今、どうしてもそれが必要な気がしていた。

『ＴＲＰＧしたいだけなのにっ！　異端審問《イタンシンモン》ハ　ソレヲ許《ユル》サズ
〈下〉叛逆《はんぎゃく》のダークエルフ』につづく

あとがき

TRPGを一言で説明することは本当に難《むずか》しい。自分が知る限《かぎ》り、これだというクリティカルなフレーズ、つまり、TRPGの知識《ちしき》をなにも持たない友人へ、そのままストレートに、あますことなくその楽しさを伝えて興味《きょうみ》を持ってもらえる誘《さそ》い文というものを、今まで一度も見たことがない。どうしても、それは長文になる。そしてTRPGについての説明をしているうちに、友人は別のなにかに興味を移《うつ》してしまう。おい待つんだ、おまえが今興味を示《しめ》すべきなのはスマホの画面じゃない。こっちを向いてくれ……。

今日も世界のどこかで、このはがゆさは生まれている。

TRPGは楽しい。どこかのヴァンパイアではないが、文句《もんく》なしに究極の遊技《ゲーム》だと僕も思う。けれど、おそらくTRPGというものが持つ魅力《みりょく》が重厚《じゅうこう》で多層的《たそうてき》すぎるせいで、それはうまく一つの方向から言語化することができない。今朝《けさ》見た大爆笑ものの夢《ゆめ》を飲み会の席で語る時のように、自分でだんだん「これはちがう、もっと面白《おもしろ》い物なのに……」と後悔《こうかい》が始まる。己《おのれ》の伝達能力《でんたつのうりょく》に軽い失望感さえ抱《いだ》くようになり、その日の夜の布団《ふとん》の中でもだえることにもなる。ここ最近、僕は誰《だれ》かと飲みになんて行ったりしていないけれども。

自分がTRPGを小説にしようと思ったきっかけは、担当編集《たんとうへんしゅう》さんの一言だった。

「おかゆさんしか書けないハウツーものとか、ありませんか」

「また無茶なことを」

僕は笑った。ハウツーものを書くほど、僕には精通《せいつう》した唯一的《ゆいいってき》な趣味《しゅみ》や仕事などない。もう四年も前の話だ。


小説のジャンルの中にはハウツーものと呼《よ》ばれるものがある。最近の電撃文庫《でんげきぶんこ》でいえば夏海《なつみ》公司《こうじ》先生の『なれる！　ＳＥ』などがそうだ。この物語はＳＥ《システムエンジニア》と呼ばれるIT企業《きぎょう》の中の一つの職種《しょくしゅ》についてコミカルに、一種ライトノベル的に描《えが》きながらも、同時にSE業界の内実を詳《くわ》しく公開していくことで、業界初心者である読者の知識欲《ちしきよく》を楽しませることを目的としている。なおかつ、実際《じっさい》にIT業界の方が読めば、あるあるものとしても機能《きのう》するようになっていて、「これぞハウツーの醍醐味《だいごみ》！」というものを満喫《まんきつ》できる一冊《さつ》だ。

そんな感じで、ハウツーものには『なれる！　ＳＥ』のように異業種《いぎょうしゅ》ものと呼ばれるものもあるし、最近では将棋《しょうぎ》のハウツーや、高校野球のハウツー、オタク業界のハウツーものなどでヒットしている作品もある。

ＴＲＰＧのハウツーものをやってみようと僕が思ったのは、それが自分にしかできないと思ったからではない。書いたら面白いものになるだろうという予感があったからだ。

執筆《しっぴつ》はもちろん難航《なんこう》した。結果、自分の力不足により話がコンパクトにまとまらず、上下巻《かん》という構成《こうせい》になってしまった。TRPGの魅力《みりょく》を語ろうと思った時、その文章は長くなるという部分を僕はクリアーできなかった。

でも、いいわけするコトが許《ゆる》されるならば、僕は最後までこう言い張《は》りたい。「TRPGの面白《おもしろ》さを語るには、やっぱりこのくらいの分量が必要なんです」と。今回の作業で改めて実感した。TRPGはその大部分が一言では言い表せないたぐいの成分で構成されているのだと。

そして一言で伝えられないものを描《えが》くには、小説はうってつけの媒体《ばいたい》だと僕は思っている。

この、まだ前半しか書かれていない物語を読んだあなたが「ぜひ自分もTRPGをやってみたくなった」、「そういえば久《ひさ》しぶりにやってみようか」と思ってくれたなら、僕のもくろみは成功したことになる。「下巻も絶対《ぜったい》読まなきゃ！」と思ってくれていたなら、それも一つの小説としての成功だ。TRPGを実際《じっさい》にやってみるのは下巻を読んでからでも遅《おそ》くはない。自分のやりたいTRPGのルールの情報収集《じょうほうしゅうしゅう》や準備《じゅんび》にも時間はかかる。

TRPGはたくさんの偉大《いだい》な先人の方々が築き上げてきた文化だ。そこに自分のような者が、なんの断《ことわ》りも無しに突然《とつぜん》小説として作品を発表してしまうことに、実はすこしだけ罪悪感《ざいあくかん》がある。

でも自分自身のTRPGに対する愛と、この奇妙《きみよう》な遊技《ゲーム》に対する感謝《かんしや》の念だけは、僕は本物だと確信《かくしん》している。

それを贖宥状《しよくゆうじよう》――免罪符《めんざいふ》として、僕はもう少しだけこの物語を書き進めて、読者になってくれた方々の審判《しんぱん》を待つことにする。

上巻を読んでいただき、本当にありがとうございます。

下巻は、一ヶ月後に発売される予定です。

異端審問官《いたんしんもんかん》の青年は、この奇妙な事件《じけん》に、どのような決着をつけるのか。

そして帰死者《またがえりもの》の少女は、なぜ『TRPG』という遊技を始めるに至ったのか。

全てはそこで明かされます。

しばしのお別れであることを祈《いの》りつつ、それでは今日は、この辺で。

おかゆまさき

◉おかゆまさき著作リスト

「撲殺天使ドクロちゃん」（電撃文庫）
「撲殺天使ドクロちゃん②」（同）
「撲殺天使ドクロちゃん③」（同）
「撲殺天使ドクロちゃん④」（同）
「撲殺天使ドクロちゃん⑤」（同）

「撲殺天使ドクロちゃん⑥」（同）
「撲殺天使ドクロちゃん⑦」（同）
「撲殺天使ドクロちゃん⑧」（同）
「撲殺天使ドクロちゃん⑨」（同）
「撲殺天使ドクロちゃん⑩」（同）
「撲殺天使ドクロちゃんです」（同）
「森口職人の陰陽道」（同）
「森口職人の陰陽道　巻ノに」（同）
「森口職人の陰陽道　巻ノさん」（同）
「森口職人の陰陽道　巻ノよん」（同）
「ぜのん様である！」（同）
「誰もが恐れるあの委員長が、ぼくの専属メイドになるようです。」（同）
「誰もが恐れるあの委員長が、ぼくの専属メイドになるようです。2」（同）
「バニッシュ・ドロップス　家出中アイドルをフォローしますか？」（同）
「俺のペット生活《ライフ》がハーレムに見えるだと？」（同）
「俺のペット生活《ライフ》がハーレムに見えるだと？2」（同）
「TRPGしたいだけなのにっ！
異端審問ハ　ソレヲ許サズ〈上〉純血のダークエルフ」（同）

本書に対するご意見、ご感想をお寄せください。

電撃文庫公式ホームページ 読者アンケートフォーム
http://dengekibunko.dengeki.com/
※メニューの「読者アンケート」よりお進みください。

ファンレターあて先
〒102-8584　東京都千代田区富士見1-8-19
アスキー・メディアワークス電撃文庫編集部
「おかゆまさき先生」係
「ななしな先生」係

本書は書き下ろしです。

電撃文庫

TRPGしたいだけなのにっ！　異端審問《イタンシンモン》ハ　ソレヲ許《ユル》サズ〈上《じょう》〉
純血《じゅんけつ》のダークエルフ

おかゆまさき

発　行　2014年11月8日　初版発行

発行者　塚田正晃
発行所　株式会社KADOKAWA
〒102-8177　東京都千代田区富士見2-13-3
プロデュース　アスキー・メディアワークス
〒102-8584　東京都千代田区富士見1-8-19
03-5216-8399（編集）
03-3238-1854（営業）
装丁者　荻窪裕司(META＋MANIERA)
印刷・製本　旭印刷株式会社

ISBN978-4-04-869032-4　C0193　Printed in Japan

電撃文庫　http://dengekibunko.dengeki.com/
株式会社 KADOKAWA　http://www.kadokawa.co.jp/

電撃文庫創刊に際して

文庫は、我が国にとどまらず、世界の書籍の流れのなかで〝小さな巨人〟としての地位を築いてきた。古今東西の名著を、廉価で手に入りやすい形で提供してきたからこそ、人は文庫を自分の師として、また青春の想い出として、語りついできたのである。

その源を、文化的にはドイツのレクラム文庫に求めるにせよ、規模の上でイギリスのペンギンブックスに求めるにせよ、いま文庫は知識人の層の多様化に従って、ますますその意義を大きくしていると言ってよい。

文庫出版の意味するものは、激動の現代のみならず将来にわたって、大きくなることはあっても、小さくなることはないだろう。

「電撃文庫」は、そのように多様化した対象に応え、歴史に耐えうる作品を収録するのはもちろん、新しい世紀を迎えるにあたって、既成の枠をこえる新鮮で強烈なアイ・オープナーたりたい。

その特異さ故に、この存在は、かつて文庫がはじめて出版世界に登場したときと、同じ戸惑いを読書人に与えるかもしれない。

しかし、〈Changing Times,Changing Publishing〉時代は変わって、出版も変わる。時を重ねるなかで、精神の糧として、心の一隅を占めるものとして、次なる文化の担い手の若者たちに確かな評価を得られると信じて、ここに「電撃文庫」を出版する。

1993年6月10日
角川歴彦

電撃文庫

TRPGしたいだけなのにっ! 異端審問ハンソレラ許サズ〈上〉 純血のダークエルフ

おかゆまさき
イラスト／ななしな

魔王級ヴァンパイア、リュドミナがとある学院で生徒会長を務める理由……それは『TRPG』を布教するため!? 『TRPG』の素晴らしさは人生のすばらしさ!!をたっぷり描きます!

お-7-22　2840

バニッシュ・ドロップス! 家出中アイドルをフォローしますか?

おかゆまさき
イラスト／前田理想

街で出会った家出少年のレオ。彼に助けられ、お礼として家に招いた駆はまだ知らない。隣で眠りこける彼が、本当は彼女であり、しかも美少女であるコトを!

お-7-18　2310

俺のペット生活《ライフ》がハーレムに見えるだと?

おかゆまさき
イラスト／上下

突然の火事を契機に、女子寮《アクア寮》で『ペット』として飼われることになった真次郎。寮生たちは一癖も二癖もある、超個性的な美少女達ばかりで……!?

お-7-20　2532

俺のペット生活《ライフ》がハーレムに見えるだと?2

おかゆまさき
イラスト／上下

《アクア寮》に住まう、魅力的だけど個性が豊か過ぎる女子寮生達との波乱尽くしの日常は続く……!? 果たして真次郎の運命は!? 居候ラブコメ第二弾!

お-7-21　2640

虹色エイリアン

入間人間
イラスト／左

そいつはひやむぎ泥棒か宇宙人、どっちなのだろう。名前も分からない、言葉も分からない。分かるのはその少女の髪が虹色に輝くことだけだった。

い-9-35　2839